大家小书

大家小书

唐宋八大家
——古代散文的典范

葛晓音　选译

北京出版集团公司
北京出版社

图书在版编目（CIP）数据

唐宋八大家：古代散文的典范 / 葛晓音选译. —
北京：北京出版社，2018.5
（大家小书）
ISBN 978-7-200-12948-9

Ⅰ. ①唐… Ⅱ. ①葛… Ⅲ. ①唐宋八大家—古典散文—散文集 Ⅳ. ①I264.2

中国版本图书馆 CIP 数据核字(2017)第217358号

总 策 划 安 东 高立志
责任编辑 高立志 邓雪梅

·大家小书·

唐宋八大家

——古代散文的典范

TANG-SONG BADAJIA

葛晓音 选译

*

北京出版集团公司
北京出版社 出版

（北京北三环中路6号 邮政编码：100120）

网 址：www.bph.com.cn
北京出版集团公司总发行
新华书店经销
北京华联印刷有限公司印刷

*

880毫米×1230毫米 32开本 9.875印张 167千字
2018年5月第1版 2023年6月第5次印刷

ISBN 978-7-200-12948-9

定价：38.00元

如有印装质量问题，由本社负责调换
质量监督电话：010-58572393

总　　序

袁行霈

“大家小书”，是一个很俏皮的名称。此所谓“大家”，包括两方面的含义：一、书的作者是大家；二、书是写给大家看的，是大家的读物。所谓“小书”者，只是就其篇幅而言，篇幅显得小一些罢了。若论学术性则不但不轻，有些倒是相当重。其实，篇幅大小也是相对的，一部书十万字，在今天的印刷条件下，似乎算小书，若在老子、孔子的时代，又何尝就小呢？

编辑这套丛书，有一个用意就是节省读者的时间，让读者在较短的时间内获得较多的知识。在信息爆炸的时代，人们要学的东西太多了。补习，遂成为经常的需要。如果不善于补习，东抓一把，西抓一把，今天补这，明天补那，效果未必很好。如果把读书当成吃补药，还会失去读书时应有的那份从容和快乐。这套丛书每本的篇幅都小，读者即使细细地阅读慢慢地体味，也花不了多少时间，可以充分享受读书的乐趣。如果把它们当成补药来吃也行，剂量小，吃起来方便，消化起来也容易。

我们还有一个用意，就是想做一点文化积累的工作。把那些经过时间考验的、读者认同的著作，搜集到一起印刷出版，使之不至于泯没。有些书曾经畅销一时，但现在已经不容易得到；有些书当时或许没有引起很多人注意，但时间证明它们价值不菲。这两类书都需要挖掘出来，让它们重现光芒。科技类的图书偏重实用，一过时就不会有太多读者了，除了研究科技史的人还要用到之外。人文科学则不然，有许多书是常读常新的。然而，这套丛书也不都是旧书的重版，我们也想请一些著名的学者新写一些学术性和普及性兼备的小书，以满足读者日益增长的需求。

“大家小书”的开本不大，读者可以揣进衣兜里，随时随地掏出来读上几页。在路边等人的时候，在排队买戏票的时候，在车上、在公园里，都可以读。这样的读者多了，会为社会增添一些文化的色彩和学习的气氛，岂不是一件好事吗？

“大家小书”出版在即，出版社同志命我撰序说明原委。既然这套丛书标示书之小，序言当然也应以短小为宜。该说的都说了，就此搁笔吧。

观水有术，必观其澜

——葛晓音先生《唐宋八大家——古代散文的典范》读后

刘　宁

中国古代散文这条长江大河，在唐宋时期曾掀起壮阔的波澜，形成继先秦之后的又一次高潮。八大家的散文，则是这一高潮中最壮丽的景象。

八家之文，又被称为“古文”。韩愈作为古文宗师，提倡为文以三代两汉为法，在形式上以奇句单行为主，回避骈俪色彩；在内容上则强调“发明古道”。“古文”并非单纯复古，而是以复古为创新。韩愈以巨大的艺术创造力，通过古文写作表现了复兴儒道的现实思考，其艺术成就对后世产生了深远影响。宋代散文作者以韩愈为法，继承古文创作道路而益之以丰富的精神艺术创变。清人刘开云：“文章之变，至八家齐出而极盛。”（《与阮芸台宫保论文书》，自《刘孟涂集》）这个评价洵非过誉。

从两宋之际，人们就开始自觉对古文艺术进行总结和研究，越来越将研究对象集中在“唐宋八大家”这八位作者身上。从今天传世的文献来看，“唐宋八大家”这一并称，始于明代茅坤的《唐宋八大家文钞》，但对八大家的特别重视，是长期古文研究中所形成的。清人方东树说：“唐、宋以来，号能文者，无虑数十百家，日久论定，其卓然不可易者，八家而已。”他认为八大家罕有伦比的典范地位，是千百年历史沙汰的结果。当然，也有人对此提出异议，清代才子诗人袁枚有诗云：“诗亡原只存三百，文古何曾止八家”（《小仓山房文集·补遗》），认为论文只谈八家，并不足取。清代文章家储欣亦提出“大家岂有定数”（《唐宋十大家全集录·序》），他编选《唐宋十大家全集录》，就是要打破八家之限；其后还有《唐十二家文选》（蒋湘南）、《唐十八家文录》（张文虎）等选本，对唐文的选取，更为宽广。刘开则指出八家成就参差不齐，不当相提并论：“韩子之文，冠于八家之前而犹屈；子由之文，即次于八家之末而犹惭。”（《与阮芸台宫保论文书》）虽然有这样那样的异议，但还是有更多的意见肯定八大家远过于其他唐宋散文作者的典范地位。清代著名选家张伯行，就从八大家何以为“大家”的角度，对此有详细的分析："夫立言之士，自成一家为难，其得称为大家，抑尤难也。是故巧言丽辞以为工者，非大家也；钩章棘句以为奥者，非大家也；取青妃白，骈四俪六以为华者，非大家也；繁称远引，搜奇抉怪以为博者，非大家也。大家之文，其气昌明而伟俊，其意精深而条达，其法严谨而变化无方，其词简质而皆有原本。……此韩、柳、欧、苏、王诸公，卓然不愧大家之称、流传至今而不朽者，夫岂偶然哉？"（《唐宋八大家文钞·原序》）

《孟子》云："观水有术，必观其澜。"观于江海者，要从壮阔的波澜去领略江海的伟大。求道如此，为文亦如是。要体会古典散文的艺术成就，唐宋八大家是必须领略的奇观，葛晓音先生这本《唐宋八大家》则是学习八家之文绝好的津梁。

葛晓音先生长期任教于北京大学中文系，在古典文学研究领域，尤其是中古以及唐宋诗文方面，取得了精深而卓越的成就。她的《八代诗史》《汉唐文学的嬗变》《山水田园诗派研究》《诗国高潮与盛唐文化》《唐诗宋词十五讲》《先秦汉魏六朝诗歌体式研究》等专著，都引起学界的广泛重视。对于唐宋古文，葛先生有一系列重要的论文，如收入《汉唐文学的嬗变》一书中的《论唐代的古文革新与儒道演变关系》《古文成于韩柳的标志》《中晚唐古文趋向新议》《欧阳修排抑太学体新探》《北宋诗文革新的曲折历程》等。葛先生对唐宋诗文演变的社会文化背景有全面的把握，她特别从儒道内涵的演变出发，对唐宋古文运动的精神追求，做出深入观察，指出中唐古文运动的成功，主要在于韩、柳对儒家传统的政治观和文学观进行了全面的清理，提出了许多反传统观念的新解，得到当时新兴庶族士人的响应，才能以“道”的变革带动古文自身的革新。对于北宋诗文革新，前人多将宋初富于骈俪风格的西昆体创作，视为欧阳修等人革新文风的对立面，葛先生则通过细致的梳理，指出北宋诗文革新经历了反对五代体、西昆体和太学体三个阶段，其革新的成功在于彻底纠正了尊雅颂、贬风骚的观念，确立了以风骚为本的风雅观，树立了影响有宋一代的平易典要的文风。这些思考都揭示了唐宋古文运动的深层原因。对于唐宋古文的艺术成就，葛先生曾在《古文成于韩柳的标志》一文中围绕韩柳的文体革新之功，做出过深入的分析。她指出，韩柳在应用文章中灌注了自己的个性、遭遇、感慨、意志和心绪，从而使散文跨入了自由的艺术领域；而中晚唐古文创作的衰落，则进一步反衬韩柳高超的艺术创新成就。这些认识都对唐宋古文研究，产生了重要影响。

作为一位深入唐宋散文之江海、探骊得珠的研究者，葛晓音先生编选这本八大家读本，无论是对八家成就的条析论列，还是对具体篇目的编选解说，都深具会心。书前的导言，提纲挈领，观其大体，读者可以由此对唐宋古文运动通观衢路。书中所编选的八家之文，全面地呈现了古文作者的文道追求，对文章艺术的品鉴亦颇堪玩味，如其论柳宗元“永州八记”之《袁家渴记》：“写一路所见到的重洲小溪、澄潭浅渚、佳木异卉、美石岩洞，令人目不暇接，似乎漫无中心，最后却拈出一个‘风’字，用华美铺陈的辞藻，将水声、花气、树响一总收束到山间水上冲荡回旋的大风中，染出奇光异彩，使缤纷繁杂的画面归结于‘幽丽奇处’的主要特征。”评说苏轼《赤壁赋》“旷达的情怀，明彻的哲理，融和在山水与箫声之中，交织成一个诗意盎然，韵味深远的优美境界。《后赤壁赋》写冬夜游于赤壁之下，山高月小，断岸千尺，江流有声，孤鹤夜渡的景色，字字如画。境界的萧条森爽，又与《赤壁赋》的清旷邈远迥异其趣。”如此精妙的解说，既揭示了文理，又神韵悠然，回味无穷。

相信这本对唐宋散文艺术观澜索源的读本，会对所有期望领略八大家波涛之盛的读者，有切实的帮助。

目 录

唐宋八大家

——古代散文的典范

“唐宋八大家”是我国唐宋时期八个著名的散文大作家的合称。他们是唐代的韩愈、柳宗元，和宋代的欧阳修、曾巩、王安石、苏洵、苏轼和苏辙。八大家文代表着我国古代散文史上的第二个高峰——唐宋散文所取得的最高成就。

中国古代散文的第一个高峰是先秦两汉时期。《尚书》向来被视为我国散文的一个重要源头。这部记载虞、夏、商、周历史的典籍，有典、谟、训、诰、誓、命六种文体，载言记事质朴典要，但文字古奥难懂。到春秋战国时期，社会的动荡、政治的急速变化和学术上百家争鸣的局面促进了散文的全面繁荣。出现了《左传》《国语》《战国策》等叙事详博的历史散文，以及《老子》《论语》《墨子》《庄子》《孟子》《荀子》《韩非子》等丰富多彩的诸子散文。它们语言平易、逻辑严密、文气流畅、说理透辟，形成了既适宜于实用又富有文学价值的新文体。两汉时期，司马迁的《史记》和班固的《汉书》，记载史事以描摹人物为中心，成为我国纪传体史书的开山祖，标志着记叙散文的高度发展。与此同时，两汉的政论文由先秦的雄辩夸张变为淳厚切实，其中有不少名篇成为后人效仿的范文。

从东汉时起，文章中出现了句式整齐、文辞对偶的倾向。魏晋南北朝时期，骈体文逐渐形成。“骈”是并列、对偶的意思。这种文体全篇以双句（又称俪句、偶句）为主，最多见的是用四字、六字排比或间隔交错，叫作骈四俪六。并且讲究声律、对仗、辞采华美和使用典故。由于南北朝时文学观念发生变化，对文学形式和艺术技巧的探索更加深入，骈文便逐渐取代了散文。先秦两汉时期，文学、哲学和史学没有分家，还没有出现纯文学的散文。南朝文人提出要把应用文章和文学作品区分开来，一部分骈文尤其是序文、书启中便产生了一些抒情写景的文学作品。后来绝大多数应用文也都趋向骈俪化。散文只能在少数历史地理著作中保留一点自己的地盘。这种状况一直延续到盛唐初。

唐代的骈文更加盛行，又大多用来歌功颂德、粉饰太平，变得愈来愈空洞浮夸。这时有一部分文人认为这种浮华的文风对于政治十分有害，便主张对文体来一次革命。初盛唐已有少数政治家改用散文给皇帝上奏疏，其中陈子昂所写的政论文朴实平易，成为散文复兴的先导。安史之乱以后，唐王朝由极盛急转为极衰。不少文人认为国家动乱的根本原因是儒家古道的衰落，而儒学衰微又是因为浮靡文风流行，所以纷纷起来反对“俪偶章句”，提倡三代两汉的文风。李华、元结、萧颖士、独孤及、梁肃、柳冕等人写下了大量议论散文，阐述他们改革文风、复兴儒学的主张。但他们推崇的古文，主要是以上古的典诰之文作为最高标准。他们还没有意识到：这种文体既不能适应时代发展的需要，也无法在文学性和艺术表现上与骈文争夺优势，这就使他们本人的散文成就受到局限。加上当时从事散文创作的人大多缺乏创新的能力和过人的才华，所以尽管散文数量已大大增多，却还没有形成一种在内容和形式上都足以胜过骈文的新体散文。正是在这样的背景下，韩愈和柳宗元意识到要复兴古道，首先必须对古文自身进行革新，并自觉地担当起创造新体散文的历史使命。这种精神又为欧阳修等宋代散文大家所继承。欧阳修所领导的北宋古文运动以学习韩柳散文为号召，同时又批判了唐末宋初古文中的不良倾向，将宋代散文引上了正确的轨道。

唐宋八大家的散文在精神上一脉相承，又各具鲜明的艺术风格。它们继承了先秦两汉散文的优良传统，带动了唐宋散文的全面繁荣，又对后世散文的发展产生了深远的影响。因此历来被奉为古代散文的典范。

唐世文章　首称韩柳

前人常说，唐代文章家有“韩柳”，就像诗人中有“李杜”。韩愈和柳宗元齐名并称，主要是因为两人都是中唐文坛的领袖。他们相互呼应，一起倡导古文运动，并在创作上达到了唐代散文的顶峰。

所谓“古文运动”，是现代人的概念。唐代古文运动指的是发生在公元8世纪后期的一次文体革命。它的口号是“文以载道”，就是要求用散文来阐明儒家古道的宗旨，摆脱骈俪体裁的束缚，使文章的形式为内容服务。因为参加的人很多，目标明确，既有理论指导，又有创作实践，形成了规模较大的文学浪潮，所以称它为文学史上的一次运动。

韩愈和柳宗元为什么要发起这场运动呢？原来，唐王朝经过安史之乱后，一直没有恢复元气。河北藩镇割据，不服中央管束；朝廷里宦官专权，地方上贪吏横行；赋税繁重，民不聊生；加上外族频频入侵，各种社会矛盾交织在一起，政治到了非改革不可的地步。这时一大批关心国家命运的文人就起来指摘朝廷的得失，寻求改革现实的处方。虽然他们的政治派系不同，但都主张恢复孔孟之道的正统地位，强化封建秩序，维护中央集权，减轻剥削，缓和社会矛盾。

韩愈和柳宗元当时不属于同一个政治集团，但对很多社会问题的看法基本一致。他们都认为从汉代以后，儒学在佛教和道家思想冲击下，不但越来越衰落，而且被掺进了许多杂七杂八的东西，已不符合孔孟的本意，所以首先要对儒家思想来一番清理。他们提出，孔孟思想中最重要的一条是：以修身正心和任人唯贤作为治国平天下的根本。朝廷应当选用真正有才有德的人士参与政治，才能使古道得以复兴。由于他们根据现实形势的需要对孔孟思想做出了新的解释，传统的古文形式已不能为新的内容服务，所以他们对“载道”的古文，也主张在文辞上“能自树立，不因循”[①]。也就是说，“学古道则欲通其辞”[②]，不弄通古文辞当然没法学古道，但通文辞不是模仿因袭，而是“师其意不师其辞”，要学古人措辞的意思，并不是照抄他们的文句。而要做到树立自己的一家之言，又必须加

① 韩愈《答刘正夫书》。

② 韩愈《题〈欧阳生哀辞〉后》。

强自己的学识和道德修养，“气盛则言之短长与声之高下皆宜”[①]，修养好，气势足，则文句的长短和声调的高低自然都会合适。由于重视古文的创新和作者的修养，韩柳才能在学习先秦两汉散文的基础上，广泛吸取前代各种文学形式的艺术经验，根据当代口语提炼新的散文语言，创造出以奇句单行为主，有条理、有规律，适宜于说理、抒情、叙事的新散文。在他们的指点和影响下，又涌现出一大批古文作家，这种新散文便成为中唐以来最流行最合用的文体。

韩愈生于公元768年，字退之，河阳（今河南孟州市）人，原籍昌黎（今河北省东北部一带）。出身贫寒，三岁就成了孤儿，由大嫂郑氏抚养成人。二十五岁中进士，二十九岁踏上仕途，在科举中曾历经坎坷。早年担任过汴州观察推官、四门博士、监察御史等官职。他天性刚正，敢说直话，毫无顾忌。贞元十九年（803），因关中一带遭受旱灾，发生饥荒，他给唐德宗上书请求宽免百姓的赋税徭役。皇帝大怒，把他贬到广东阳山去做县令。他在阳山很得民心，不少人用他的姓给儿子起名字。后来召还朝廷，又曾几次被黜，后升任史馆修撰、中书舍人等职。元和十二年（817），他跟宰相裴度平定淮西藩镇

① 韩愈《答李翊书》。

吴元济的叛乱，升刑部侍郎。过了两年，唐宪宗派使者将佛骨迎到宫中，韩愈上书劝谏，触怒皇帝，几乎被杀。幸亏裴度救援，才被贬为潮州刺史，后来移任袁州刺史。在此期间，他经常访问民间疾苦，放免农民抵押给豪门地主做奴婢的子女计七百多人。唐穆宗时，他奉诏回京，任兵部侍郎。又奉命出使镇州，劝说藩镇王廷凑归顺朝廷。在王廷凑部下全副武装、严阵以待的情势下，他毫不畏惧，长驱直入，与将士们辩论。归来后任吏部侍郎。公元824年病故，终年五十七岁。谥号为“文”，所以后世又称他为“韩文公”。

韩愈的散文有三百多篇，内容丰富复杂。最著名的《原道》《原性》《原人》等文章，集中阐明了他对古圣贤之道的基本看法。所谓“圣人之道”，就是唐尧、虞舜、夏禹、商汤、周文王、周武王、周公、孔子、孟子等圣贤一脉相传的道。韩愈确立了这一“道统”以后，又指出汉魏以后佛教和老庄思想流行，对圣人之道极为有害。最大的害处是佛老不要仁义，不要君臣父子。而儒家讲道德仁义，要以救世的公心为出发点，分清君、臣、民的各自职责，设礼、乐、刑、政维持封建秩序，这种秩序应当建立在“以智役愚”的社会等级之上。这些理论后来虽然被封建阶级当作维护自己统治的主要依据，但在当时，他主要是针对现实而发的。一方面，藩镇拥兵割据，父子世袭，无视君的绝对权威，不守为臣的本分，使韩愈深恶痛绝。另一方面，朝廷用人只看门第出身，上层贵族子弟享有种种特权，下层官僚或平民子弟遭到排挤，韩愈认为这是朝廷用贤的最大障碍。所以《原道》着重论证了根据贤愚划分社会等级的必要性。《原性》说人性分上中下三品，区分等级的标准是仁义礼智信。人的差别仅在于本性的贤愚、善恶，而不在地位的高低贵贱。《原人》说圣人主张对人不分远近，一视同仁，仁就是“博爱”。当然这只是要求实现地主阶级内部的平等博爱，对于人民的仁政，则是以民必须向君“出粟米麻丝作器皿通货财”为前提的。要是不交，还得杀头。不过话又说回来，韩愈在给皇帝的一些奏疏中，还是反映了当时百姓在旱灾饥荒和赋税逼迫下抛妻逐子、饿死道路的悲惨状况，并请求朝廷不要向人民横征暴敛。所以韩愈提倡仁政的出发点，与绝大多数封建正统文人的主张一样，首先保证封建君主剥削人民的根本权益，其次再考虑人民承受剥削的限度。《原道》《原性》中的思想，在后世被发展成维护中国封建秩序的基本原则，但在当时，是具有巩固中央统治、反对分裂和苛政的进步意义的。

韩愈还写了大量散文为那些才学兼备而仕途失意的文人鸣不平。他本人出身贫寒，又深知科举考试的艰难，所以特别同情寒士而憎恨权贵。《旧唐书·韩愈传》说他视权门豪士如同奴仆，见面瞪着眼睛毫不理睬。而家里却寄住着许多贫寒的士子。有时家人连早饭都吃不上，他却怡然处之，毫不介意。正是出于如此鲜明的爱憎，他在文章中不遗馀力地抨击朝廷执政者不识人才，不能任贤，批判官场中的丑恶和官僚制度的腐朽，讽刺各级官吏尸位素餐，指责上层社会士大夫中的种种不良风气。《原毁》指出士大夫之间相互忌妒、毁谤的恶习是推行圣人之道的主要障碍；《师说》批评士大夫不肯求师的不良风气，提出无论地位高低、年辈长少，在道的面前应当人人平等，谁有道就尊谁为师；《送李愿归盘谷序》将权贵骄奢荒淫、作威作福的丑态和小人奔走权门、钻营功名的尴尬相揭露得淋漓尽致。此外，《送孟东野序》《杂说》《讳辩》等也都是这类散文的名篇。

苏轼称赞韩愈“文起八代之衰”[①]，这意思是说，从汉魏晋宋到齐梁陈隋八代，散文日益衰微，到韩愈手中才得以振兴。这句话简要地概括了韩愈对中国古代散文所做出的重大贡献。

韩愈对古文最重要的贡献之一，是提高了散文的文学价

① 苏轼《潮州韩文公庙碑》。

值。从骈文流行以后，散文就成了一种主要应用于说理记事的文体，与抒情言志几乎无缘。韩愈的文章则往往在说理记事之中表现出自己倔强刚直的个性和愤世嫉俗的激情，所以不少应用文实际上是文学意味很浓的抒情文。尤其是他的“感激怨怼奇怪之辞”，也就是用近乎游戏的笔墨大发牢骚的一类文章，更是纯粹的文学性杂文。例如《送穷文》是一篇祭祀穷鬼的祝告文，写主人公打算把穷鬼送走，可是穷鬼偏赖着不走，反而挺委屈地诉说自己四十年来追随主人的忠心，最后主人只好请它坐了上座。文章采用拟人化的手法，借祭鬼这种荒诞的形式，历数作者半世“智穷、学穷、文穷、命穷、交穷”的遭遇，道出了自己力图摆脱穷困却又无计可施的处境。戏谑式的自我嘲弄中又可见出作者坚守志节的傲骨。《进学解》是韩愈的名篇，和《送穷文》一样，都是反话正说。作者本来的意思是感慨自己几次遭贬，困守在国子博士的职位上，埋怨宰相目不识贤、大材小用。文章却以国子先生赞扬圣君贤臣的一段颂词开头，称道当今治世，野无遗贤，劝国子监太学生好好念书，必定有成。然后借一个学生之口，用国子先生自己徒有学问品行而不受重用的遭遇作为例证，反问先生精于学业又有何用。最后国子先生用一番自我贬责聊以解嘲。文章对执政者以颂为刺，对自己明贬暗褒，有无限冷语含在言外。

韩愈的散文还从先秦诸子和史传文学取得借鉴，吸取小说的创作艺术，塑造生动的人物形象以反映生活的本质，这也是他使散文由应用性变为文学性的一大创造。他往往用传奇的笔法，从人物事迹中提炼富有典型意义的细节。如著名的《张中丞传后叙》一文塑造了张巡、许远、南霁云等英雄人物的形象。其中写到张巡读书过目不忘，在数万士兵居民中，见人问过一次姓名以后便能认识等细节，把他记忆力过人的长处和关怀士卒百姓的精神联系起来，便烘托出张巡敏悟博学、深得人心的特点。写南霁云向贺兰进明求救兵而遭到拒绝时，通过他慷慨陈词、拔刀断指、抽箭射砖等一系列动作，将他忠愤填膺的神情和英勇义烈的气概描绘得栩栩如生。普通人物在韩愈的笔下也都富有传奇色彩。例如《试大理评事王君墓志铭》，记述王适一生因门第低微、为人耿直而始终不能显达的遭遇，前半篇只写他三次求仕失败的经历；后半篇横生一笔，追记王生向侯氏求婚的趣事。侯翁自视颇高，但一生不得志，所以发誓要将女儿嫁给做官的人。王适在媒婆帮助下拿了一卷冒充的进士文书前往，侯翁见有文书在袖便深信不疑，竟不再查看，把女儿嫁给了王生。一件令人解颐的生活趣事，生动地刻画出翁婿二人敦厚至诚的性格特征，以及胸怀奇气而又落拓不遇的相同命运。

韩愈对散文的另一个重要贡献是：创造了富有创作个性而又丰富多变的艺术风格和表现形式。韩愈之前，散文主要用于政论和文论，结构一般是平铺直叙、条分缕析，变化既少，又看不出作家的风格特点。韩愈的散文以雄健浑厚、气势充沛、规模阔大为基本特色，正如前人所形容的那样："如长江大河，浑浩流转"[①]，"冲飚激浪，瀚流不滞"[②]。同时又能根据不同内容变出多种风格。有的含蓄醇厚，如《送董邵南序》；有的警快奇突，如《送温处士赴河阳军序》；有的滔滔雄辩，词锋锐利，如《讳辩》；有的嬉笑怒骂，笔调冷隽，如《送李愿归盘谷序》。议论文中既有像《师说》《原毁》这样逻辑清晰、富有卓见的专论，又有像《杂说》《获麟解》那样生动形象、全篇比喻的杂感。韩愈还经常将议论、叙事、抒情糅为一体，使各种艺术形式交互为用。如《柳子厚墓志铭》是纪传文，但传中有论，史评结合，议论又成为塑造人物形象的手段。文章在叙述柳宗元愿意代替刘禹锡到边远荒僻的播州去当刺史的事迹时，发了一大段议论，以柳宗元在待罪时仍为朋友着想的高尚行为，与世俗中人以利害相交的酒食朋友相比

① 苏洵《上欧阳内翰第一书》。

② 皇甫湜《谕业》。

较，对世态炎凉痛加抨击，同时指出柳宗元在政治上的不幸正促成了文学的业绩。这段议论蕴含着深沉的感慨和无限痛惜之情，对描写柳宗元的形象具有画龙点睛的作用。韩愈不但创造出“解”“杂说”等杂文的新体裁，而且改造了记、序、论、碑志、祭文、书信等传统的应用文体，使它们变出各种崭新的形式。例如“厅壁记”本来是专门叙述官员设置和历任职官变动经过的一种文体，李华和元结所作的厅壁记都很干巴教条。而韩愈的《蓝田县丞厅壁记》就写成了一篇幽默含蓄的小品文。祭文原是用来告祀神灵或祭悼亲友的一种文体，因祭祀礼仪和行文格式所限，六朝以来的祭文多用骈文，很少见到感人的佳作。而韩愈的《祭十二郎文》则字字血泪，纯是一片挚情流成文章。文中回顾自己与十二郎从小相依为命的身世，抒写由侄子早夭所引起的人生无常之悲，以及痛定思痛、疑信掺半的心理，哀号悲吟，千回百转，可以称得上是“祭文中千年绝调”。

韩愈继承了先秦两汉散文语言平易的优良传统，同时又吸取辞赋骈文的表现艺术，根据当代口语的发展，对散文的语言进行了彻底的改造。他一面努力揣摩前人的辞句，主张文从字顺；一面力求务去陈言，词必己出，从日常生活口语中提炼和创造出大量贴切新颖的比喻和言简意赅的语汇。如《送石处士序》一文中连用三个比喻："若河决下流而东注；若驷马驾轻车就熟路，而王良造父为之先后也；若烛照数计而龟卜也。"王良、造父都是古代善于驾驭马车的人。古人认为用龟壳占卜可预知吉凶。这三个比喻称赞石处士论事论人滔滔雄辩、驾轻就熟，而且有洞见之明，既生动形象，又一气贯注。《蓝田县丞厅壁记》中说崔斯立"尽桷去牙角，一蹑故迹，破崖岸而为之"，巧妙地联系他修屋砍去木材枝丫，引水灌溉庭园的动作，暗喻他在县丞职位上不得已磨去棱角，走前任县丞的老路，破除了自己原来的生活准则。连类引喻，语带双关。韩愈散文中的许多比喻和辞汇，因生命力很强，已经成为今天广泛使用的成语。如"俯首帖耳""摇尾乞怜""熟视无睹""蝇营狗苟""垂头丧气""贪多务得、细大不捐""同工异曲""佶屈聱牙""动辄得咎""深居简出""俱收并蓄""落井下石""杂乱无章"等等。他还将骈四俪六的偶对改为单字奇句的排比对仗，字法句法灵活多变。如《原道》中"人其人，火其书，庐其居"三句，说要使佛教徒还俗变成人民，烧毁宗教的书籍，把寺观庙宇改为民用的房屋。字法学习先秦古文，把名词当动词用，简洁而有感情色彩。《送孟东野序》中句法多达二十九种。《送李愿归盘谷序》中每段排比都不重复。对于骈文的句法，他也能适当地吸取，与散句错杂使用，更增加了文章流畅奔放的气势。由于创造性地运用多种表达方法，使他的散文语言形成了简练、鲜明、生动、准确的特点。除此以外，韩愈还改变了初盛唐散文冗长散漫的结构，压缩为短小精悍的体制，每篇只说一事一意，大量运用对比以增强说服力，避免平板枯燥的铺叙罗列，而章法大开大合，波澜层叠，能在文笔的曲折变化中见出结构的缜密严谨。不过，韩愈有时为了炫耀自己的才华和博学，文章中也杂有生涩难读的字句，这是他力求新奇所难免产生的毛病，对晚唐的古文产生过一些不好的影响。

韩愈文集的重要版本有《朱文公校昌黎先生文集》四十卷，外集十卷，遗文一卷，《四部丛刊》影印元刊本，即宋末王伯大的重编本。《昌黎先生集》四十卷，外集十卷，附遗文及《韩集点勘》四卷，明代徐时泰东雅堂复刻本，是旧时最通行的注本。另有马其昶的《韩昌黎文集校注》，古典文学出版社1957年版。

柳宗元生于公元773年，字子厚，祖籍河东（今山西永济市）。二十一岁中进士，二十六岁中博学宏词科，先后任集贤殿正字、监察御史里行等职。德宗贞元十九年（803），他与诗人刘禹锡等一起参加主张政治革新的王伾、王叔文集团。后升礼部员外郎。王叔文在唐顺宗永贞年（805）间执政不到七个月，实行了一系列改革，如罢黜贪官污吏，免除苛捐杂税，取缔宦官强取百姓财物的宫市，将藩镇控制的盐铁转运大权收归中央等等，但这些措施不久便遭到宦官和朝廷保守势力的反对。王叔文被赐死，王伾病死在贬所，柳宗元、刘禹锡等八人被贬到边远州郡当司马。这就是历史上有名的“二王八司马事件”。柳宗元在永州司马任上十年，一腔积郁只能寄托在山水和文章之间，写作了几十篇模仿离骚的诗文。元和十年（815），他被召回京师，又转为柳州刺史。他在柳州时，设法帮助本地人民赎出被抵押为奴婢的子女。悉心指点了湘南许多前来求教的士人。四年后病逝，终年四十七岁。柳州人民非常怀念他，在罗池为他建庙。韩愈还撰写了《罗池庙碑》，以纪念他在柳州的德政。

柳宗元年轻时才华横溢，抱负远大，向往着做一番救世济民的大事业。政治上失意以后，便把精力用于著书立说，现在留传下来的四百多篇古文，大多是在贬官以后写的。其中一部分政治哲学论文从典章制度、时令刑政、天人关系等方面，系统地阐述了他对“圣人之道”的理解，辨析先秦以来的各家政治学说，总结了国家兴亡理乱的教训。其中较著名的有《封建论》《六逆论》《断刑论》《时令论》《天对》《天说》《贞符》《非国语》等等。《封建论》分析了周、秦、汉这几个统一王朝失败的原因，把郡县制和分封制加以比较，指出分封制由父子世袭王位，这种性质决定了它在用人方面不能保证“使贤者居上，不肖者居下”，所以不可取。文章还借历史经验说明藩镇拥兵自重的危害，主张把藩镇的兵权和郡县官吏的任免权集中到中央。《天对》《天说》等文章认为天和自然界的一切东西都由“元气”构成，根本不存在什么能够赏功罚祸的天意。皇帝也不是受命于天，而是受命于人。国家气运不取决于祥瑞，而是取决于仁政。这些进步思想奠定了他在中国哲学思想史上的重要地位。

柳宗元的论说文逻辑严密，文笔犀利，往往直接从要害处立论，从正反两面提出质疑，结论也就水到渠成。例如史书记载说，周成王和小弟弟叔虞一起游戏时，把一片桐叶削成玉珪状，给叔虞说：“把这个封你。”周公听见后马上来道贺，指出“天子不可戏”，促使成王兑现戏言，把小弟封在唐地。这事历来传为美谈。柳宗元的《桐叶封弟辨》就从小弟应当不应当封这个要害入手，指出如果当封，周公应该不等成王戏言就促成此事，如果不当封，就不应该入贺促成此事。由此对“天子无戏言”这一说法大胆提出否定，认为天子之言并非出口就是不可更改的法律，如果说得不对，就是改变十次也应该。短短一篇文章，连设几层翻驳，连下几层论断，不费口舌就驳倒了一个传统观念。文势如奇峰异嶂，层见叠出。前人说“韩文如海，柳文如山”，正是指柳宗元的文章能以思路的峭拔引人入胜这一特色。

柳宗元还写下了许多文学性散文，有的寄托政治失意的苦闷，有的讽刺丑恶的人情世态，有的反映劳动人民的疾苦，有的歌颂敢于伸张正义、为民除害的英雄人物，表现形式丰富多样。如《愚溪对》《对贺者》《起废答》等文章模仿先秦诸子散文的对话体，感叹自己被贬以后再不能起用的命运，呜咽悲怆，不胜酸楚。《骂尸虫文》《憎王孙文》《宥蝮蛇文》学习楚辞用恶禽臭物喻谗邪小人的比兴手法，对上层社会的邪恶做了穷形尽相的描绘，痛快淋漓地发泄了作者对它们的无比憎恨。除了借鉴前人的文体形式以外，柳宗元还在寓言、传记和山水游记这几类散文中充分发挥了他的艺术独创性。

先秦诸子喜欢在论辩中使用寓言作为论据，一般是一个故事说明一个道理，一篇中可以连用几个寓言。柳宗元的寓言则是独立成篇的小品文，每个故事中都包含着他对各种社会现象的敏锐观察，类比贴切，寓意深刻。如《蝜蝂传》写蝜蝂这种小虫能背重东西，又喜好爬高，即使力不能任也不肯放弃。并用它为世上贪取财物禄位的人们勾出了一幅漫画肖像。《三戒》中“临江之麋”写麋麑仗着主人保护与群犬狎戏成习，最终为犬所食的故事，讽刺小人依靠势力干求不属自己同类的人物，同时也说明：与天敌暂时的友好相处不能改变敌人的本性，一旦失去警惕，必将遭丧身之祸。《黔之驴》除了讽刺那些不自量力、激怒强者的人以外，又为外强中干、虚有其表的人物做了生动的写照。《永某氏之鼠》写永州某人因生肖属鼠而爱鼠成患，用老鼠比喻乘时而肆行暴虐的人一旦失去时运，就会被歼灭，顺便也挖苦了因迷信而纵容恶行的人。这些寓言都是柳宗元从政治斗争的经验中总结出来的，能够揭示出生活中属于本质的或带有永恒意义的东西，像格言一样警策。

柳宗元的纪传体散文也很有特色。其中一部分看起来像是人物传记，其实并不着意写人，而是为了从中引申出某种道理，或是因有所寄托而作。如《种树郭橐驼传》为一个富有种树经验的园丁郭橐驼立传，通过他所说的两种养树方法的对比，说明养物必须顺其天性的道理，并与官府治人的方法加以类比，批评了不断烦扰百姓的俗吏。《梓人传》写一个工匠头擅长根据栋宇结构度量木材的本领，借此指出宰相理政应当善于抓住纲纪而不是忙于琐事。这类散文的重点虽不在人物形象的塑造，但仍注意心理的描写和情节的点染，文笔生动而有趣味。如《捕蛇者说》通过捕蛇人蒋氏的诉说，揭示出苛重的赋税对百姓的危害更胜过蛇毒。文中描写捕蛇人在门外差吏催交赋税的追呼声中，“恂恂而起”“视蛇仍在”“弛然而卧”的一串动作，细致地刻画出捕蛇人这时将免交赋税的安慰全都寄托在蛇身上的心理状态，文字虽少却描摹入神。

除了以上这类寓理寄慨的传记体散文外，柳宗元也有一些着重塑造性格的人物传。如《童区寄传》记述儿童区寄杀死两名抢劫人口的“豪贼”的奇事，采用志怪小说的笔法，塑造了一个机智勇敢的少年英雄的形象。故事虽富于传奇色彩，但因以越地落后野蛮的民俗和汉官纵容人口贩卖的罪恶为背景，所以具有深刻的社会内容，人物也真实可信。《段太尉逸事状》是柳宗元最著名的一篇记传文。文章描述了中唐前期的一位正直官吏段秀实生平所做的三件事。第一件是镇服连节度使都不敢干涉的郭晞及其部下的乱兵；第二件是卖掉自己的坐骑为农民代偿租债；第三件是将藩镇朱泚强行赠送的三百匹绫罗封在治事堂上。三件事写出了段秀实刚直强项、坚持正义、敢于抗暴、关怀人民、清正廉洁的可贵品质。最后对他谦和柔弱的外貌补上一笔，便使人物形神兼备，跃然纸上。

柳宗元的山水游记主要写于被贬永州的时期，艺术成就极高。他在山水中流连徘徊，探幽寻胜，主要是为了排遣心中的抑郁。所以这些游记不但观察深细，描绘精确，而且寄托着遭贬被弃的悲愤。每篇的构思布局也随内容而异，变化百出。如《永州崔中丞万石亭记》运用明喻、暗喻和错觉综合描写怪石的千姿百态，活灵活现，读之似乎置身于一群正在互相搏斗噬咬的飞禽走兽之中。《游黄溪记》的结构像是用线穿珠。溪上黄神祠、初潭、第二潭犹如三颗大珠，三处景物之间的距离犹如系珠的线。文章逐段记步记里，写法与黄溪在山中时流时积的水程正相应。黄神祠的绚丽壮观，初潭的深幽宁静，第二潭的阴森怪异，也都写得各异其趣。《愚溪诗序》是借愚溪的名称倾吐作者自己胸中的愤郁。作者一边给溪上丘、泉、沟、池、堂、溪、亭、岛八处景色都用“愚”字起名，一边又为这些佳胜都受自己连累而鸣不平。文章讥嘲愚溪不能灌溉、不能行舟、不能兴风雨，句句是影射自己困在幽壤浅水、无所作为、不能济世的命运。而在议论之中，愚溪水急石多、幽邃浅狭的风景也宛然可见。

《永州八记》是柳宗元山水游记的代表作。八篇小记脉络相通，按西南走向顺序描写西山及其附近的八处胜景，表现了永州山水苍劲秀削的风貌。章法随景而异，寄托深微旷远。如《始得西山宴游记》写登临山顶后仰见天穹的高远寥廓，俯视群山的低矮渺小，通过夸张对比，以烘托西山雄奇挺拔的气势，抒写作者傲然独立、不与流俗为伍的精神。《钴鉧潭西小丘记》由小丘被弃在边荒的遭遇兴起慨叹，暗寓作者怀才不遇、沦落天涯的伤感。由于把小丘当作有生命有人情的对象来写，人与景的相互沟通和理解也表现得新颖别致、颇有情趣。《钴鉧潭记》写冉溪从南奔注，触山石而曲折东流，冲荡涯岸，流沫泛成水轮，然后徐徐流去，只用六十多字便准确地写出了潭水形成的过程和水速流势的变化。简洁精练，字字刻削，而又气势冲腾、跌宕有致。《小石潭记》写潭水的空明清澈，准确地捕捉住潭鱼静止的瞬间以及游动时飘忽迅疾的动作，写出了只有在日光照到潭底时才能见到的景象。《袁家渴记》写一路所见到的重洲小溪，澄潭浅渚、佳木异卉、美石岩洞，令人目不暇接，似乎漫无中心，最后却拈出一个“风”字，用华美铺陈的辞藻，将水声、花气、树响一总收束到山间水上冲荡回旋的大风中，染出奇光异彩，使缤纷繁杂的画面归结于“幽丽奇处”的主要特征。这组游记每篇只写一丘一山或一涧一潭，但艺术表现各具特色，既有精妙传神的景物描写，又蕴含着人与自然共鸣的意趣，词采清丽，情韵深长，达到了诗一般的境界。

柳宗元散文的基本特色是风格峻洁谨严、立意新奇深刻、文字精致简练。思维的精密和论锋的锐利超过韩愈，只是不如韩愈从容浑厚、规模阔大。他也有好用古字生词的毛病，有些文章比韩愈的文章更难读，但这一缺陷与他的成就相比，毕竟是次要的。明代文人茅坤说：“韩文如大将指挥，堂堂正正，而分合变化不可端倪。柳则偏裨锐师，骁勇突击，囊沙背水，出奇制胜，而刁斗仍自森严。”比喻韩文像大将坐镇指挥，气度从容，雄浑博大，开合变化使人无从推测；柳文如劲旅勇将突击，既能出奇制胜，又自有森严的法度。可说是形象地道出了二人的异曲同工之妙。总的说来，韩柳虽因人生道路和创作个性不同，形成了他们不同的艺术风格，但他们都以富有开创性的精神革新了传统的散文，为唐代散文的振兴做出了不可磨灭的贡献。

柳宗元文集的重要版本有《增广注释音辨唐柳先生文集》四十三卷，别集二卷，外集二卷，附录一卷，宋人童宗说注释，张敦颐音辨，潘纬音义，《四部丛刊》影印元刊本。《柳河东全集》四十五卷，外集五卷，附遗文及附录，明人蒋之翘辑注，《四部备要》据蒋氏三径藏书本校印。新中国成立后有《柳河东集》，中华书局上海编辑所1958年排印本。吴文治等校点的《柳宗元集》，中华书局1979年版。

宋启文运　功归欧阳

韩愈、柳宗元所倡导的古文运动，促使中唐以后散文的作者和数量大大增多。但韩门弟子的成就却远不及韩柳。他们片面发展了韩柳散文中用奇词难字的倾向，使古文逐渐衰落。这时骈文又兴盛起来。晚唐出现了李商隐、温庭筠等骈文大作家，文风由盛唐以来的宏博典雅转为华丽浓艳。这种风气到五代和宋初仍然流行文坛。宋初一度出现过复古的思潮，柳开、王禹偁等曾大力倡导古文。但他们死后，文坛宗主杨亿、刘筠便抛弃古文，改写时文。所谓“时文”，是指杨、刘用词采华丽、堆砌典故、讲究声律对偶的晚唐体所写的骈文。杨亿、刘筠都是宋真宗的御用文人，他们在奉诏编写《册府元龟》的闲暇，互相唱和，写了一些点缀升平的诗歌。这些诗主要是模仿李商隐，从前人著作中摘取一些现成的句子和典故，重新组织而成。杨亿把以他为首的十八个文人所唱和的诗编成集子，题名为《西崑酬唱集》。所以他们用这种方法写作的诗和骈文都被笼统地称为“西崑体”。由于杨、刘二人文学修养很高，又担任草书皇帝诏令的职务，刘筠又几次主持科举考试，所以科场上的文章也以时文为主。这种文风在社会上大约流行了四十年之久。

宋仁宗时，范仲淹领导的政治改革得到不少文人的支持，革新派把文风的变革看作政治改革的重要组成部分。当时起来反对杨刘时文的主要有两大文人群体。以石介、孙复为代表的一群文人主要活动在山东泰山，他们主张全面复古，学习韩愈。石介最为激烈，是攻击“西昆体”的急先锋。另一群文人以苏舜钦、尹洙、欧阳修等为代表，主要活动在河南洛阳。穆修最早将家里的唐本韩柳集镂版印刷几百部，带到京城大相国寺出售，并与苏舜钦兄弟一起写作古歌诗杂文。后来尹洙兄弟又向他学习古文。欧阳修早年就对韩愈文章十分仰慕，在洛阳做官时结识尹洙，便一起写作古文。范仲淹在仁宗庆历四年（1044）施行新政，设立太学，学生必须精通经术。石介、孙复都到太学里去当学官。所以古文便逐渐取代了杨刘时文。但这时太学里又出现了一种“险怪僻涩”的古文，称为“太学体”。这种文章内容大多是称颂唐尧虞舜之道的高谈阔论，文字奇僻生涩。因不少太学生凭这种文章在科举考试时博取了高等，所以流行了十三四年之久。到嘉祐二年（1057），欧阳修担任贡举的主考官，凡是文章怪僻的考生一律不予录取，“太学体”才遭到有力的打击。欧阳修还在这次考试中把苏轼的古文拔到第二名。苏辙和曾巩一起被录取为进士。在反对迂阔险怪的文风的同时，欧阳修大力推荐王安石、曾巩、三苏那些博古通今的“有用之言”，要求学者研究古道必须适用于当前时务。他自己的创作也以平易简洁的文风为一代文人做出了表率。经过欧阳修的不懈努力，北宋古文终于扭转了脱离社会现实的不良倾向，确立了平淡典要的文风，避免了重蹈中晚唐古文自行衰落的覆辙。前人把欧阳修称为宋代的韩愈，正是因为他振起一代文运的功劳，不在韩愈之下。

欧阳修生于公元1007年，字永叔，庐陵（江西吉安）人。四岁丧父，家境贫穷。由母亲教养成人。二十四岁以第一名中进士，在西京（洛阳）留守钱惟演幕府中任推官。他在政治上坚决支持范仲淹的改革，为人正直，有度量，而且见义勇为。范仲淹被贬时，谏官高若讷不说话。欧阳修便写了一封信谴责他，这就是著名的《与高司谏书》，为此得罪被贬为夷陵令。庆历年间，他与范仲淹、富弼、韩琦等同时被起用，任谏官。当时反对范仲淹的人诬蔑他们这几个人结成朋党，欧阳修又著《朋党论》献给皇帝。庆历新政失败后，范仲淹被罢相。欧阳修被降职，后贬滁州，自号“醉翁”。由于他在政治上和文学上都有很高的才能，往往贬官后复又起用，曾担任过朝廷和地方上的许多官职。嘉祐六年（1061），升为礼部侍郎参知政事。神宗即位后，起用王安石变法，他趋向保守，告老退居颍州。公元1072年去世，终年六十六岁，谥“文忠”。

欧阳修是北宋文坛的巨匠，一生著作极其丰富，曾主修《新唐书》《五代史》等史书。还著有《易童子问》《诗本义》《居士集》等文集。他的散文数量很多，大致可分为两类。一类是政论、史论和文论；一类是写景、抒情、记人的散文。他的政论对北宋政治中的重大弊病如土地兼并、官吏冗滥、上层社会奢侈、徭役赋税繁重等，都做过具体的分析，并对财务、边防、任贤等一系列问题提出了切实的建议。他的文论大多发表在与友人和士子的通信中。与韩愈一样，他强调“道”对“文”的决定作用。他把“道”比作金玉，“文”比作金玉的光辉，认为只要作家修养深厚、文章内容充实，文章就自然有光彩。同时他又认为道德修养好的人，不一定是文章家，所以还要重视文章的表现形式和艺术技巧。他自己的文章因为内容切实，论事必究根本，所以见解往往高人一头。就以《朋党论》这一名篇来说，一般人论朋党，总是说君子无党，因为皇帝最忌讳朋党。欧阳修却说君子有朋、小人无朋。只从“朋”的真伪上立论，阐明治乱兴亡的关键不在有无朋党，而在于能否用君子的真朋，退小人的伪朋，这就点透了问题的实质。不过，这类文章意思虽然透辟，却写得从容舒缓，不动声色。即使是骂人最凶的《与高司谏书》，也是款款道来。先说自己从听到高司谏的名字以来，十三四年间，曾三次怀疑对方是否君子，最终还是得出了高司谏不是君子的结论。然后又说明得出这一结论的理由，举出高司谏随众人排诋范仲淹的事实。再退一步说明无论范仲淹是不是贤人，高若讷作为谏官，都不应当等他失败才随后非议。把道理从正反两面说透以后，又用尹洙等人挺身而出要求与范仲淹同贬的精神作为反衬，最后才毫不留情地指责高司谏“不知人间有羞耻事”。词锋虽然犀利，但论证委婉曲折，滴水不漏。又如他的另一名篇《五代史伶官传序》评论后唐王朝兴衰的原因，先以庄宗当初得天下时的神气与后来困于伶人的狼狈情景做对照，在叙事中做一层扬抑，又用议论再做一层扬抑，总结出“忧劳可以兴国，逸豫可以亡身”的道理，低昂顿挫，在短章中见大开大合之势，笔调却从容不迫，因而被后人誉为“五代史中第一篇文字”。

欧阳修的记叙文大多委婉流畅，摇曳多姿，能以情动人。《泷冈阡表》是他所作墓表中的名篇。文中回忆父母在世时对自己的期待，所记的只是平常生活中的浅语，却能令人从人物的人品气质想见其音容笑貌。欧阳修的母亲了解儿子刚正不苟的性情，始终节俭度日，有应付患难的思想准备。在欧阳修被贬夷陵时仍能谈笑自如，安之若素。这种对穷达贵贱毫不介意的高尚品格，全在平淡的叙述中见出，但亲切朴实，相当动人。他还有不少为纪念友人所写的诗文集序和祭文，多采用夹叙夹议的方式。既有对友人一生文行的精彩评论，又有感人至深的追挽哀思。如《梅圣俞诗集序》对梅尧臣一生不得志的遭遇深表同情，同时给予其诗歌创作以极高的评价。并由此推断出一个著名的道理：凡是传世的佳作，往往出于穷困失意者之手。因为这些人不能施展自己的抱负，便将内心的积郁寄托于风云山水，草木虫鸟。他们的忧思感愤变成怨刺之言，往往能反映百姓的愁苦。所以人愈穷，诗就愈好。这段富有独创见解的评论，不仅适用于梅尧臣，也对作家生活与创作之间的关系做了规律性的总结，所以被前人称为“千古不易之论”。文章最后惋惜梅尧臣不能进用于朝廷，喟叹之中透出无限感慨。《苏氏文集序》则一面痛悼苏舜钦遭仇人排挤抑郁而死的结局，一面极力推崇他创作古歌诗杂文以力矫浮华文风的功绩。既精确地概括了苏舜钦一生的命运及其在文学史上的地位，又赞美了他不肯随俗俯仰的品格。文章还由文风的难变谈到人才的难得，为苏舜钦的不幸再三叹息。文章似叙事，似议论，又似抒情，而在悲凉的追忆中，苏舜钦文章人品的光华也得到了充分的显露。

欧阳修为人心胸开阔，游记也自有一种开朗高远的境界。《醉翁亭记》把作者因新政失败而郁结在心里的苦闷，消化在与民同乐的场面中，所以写得十分快活热闹，毫无柳宗元那种幽冷孤清的情调。章法也很有特色：像打围一样，从滁州四面环山的全景落笔，然后逐渐将视野一圈圈缩小，将人从群山带到琅琊山，再从琅琊山带到酿泉，最后在觥筹交错的宴会上，把焦点凝聚在太守身上，突出了一个不拘形迹的可爱的醉翁形象。全文连用二十一个“也”字，又以两段对称的排句，概括四时朝暮景色的变化以及游人前呼后应往来不绝的景象，则是对古文虚字及骈文句法的活用。此外，《丰乐亭记》将丰乐亭一带在五代时战乱的历史与眼前滁人安定的景象加以对比，能摆脱个人的浮沉之感，站在历史发展的高度，道出“幸生无事之时”的时代感受。《有美堂记》描绘钱塘繁华壮观的景象：“邑屋华丽，盖十万馀家，环以湖山，左右映带，而闽商海贾，风帆浪舶，出入于江涛，浩渺烟云，杳蔼之间，可谓盛矣。”这种气象又非雕刻精工的山水小品可比。

散文赋的产生虽始于晚唐，但它的成熟则要归功于欧阳修。他的《秋声赋》以壮阔的气势描写秋天的肃穆、凛冽，由此引出对于自然和人生变化规律的思考。开头连用三个比喻，将月夜树叶在秋风中哗哗作响的声息比作夜惊的波涛、突如其来的风雨，和衔枚疾走的行军队伍，写出了秋声自远而近的紧促之感和暗藏的凌厉气势。接着又分别描绘秋色、秋容、秋气、秋意的情状，并与刑、兵、礼、乐相联系，说明秋往往用来象征衰败，表现哀伤，代表天地间的义气和人间的杀气，最后联想到人生的秋天。深沉的感叹中寄寓着作者在政治上的忧劳和牢骚，又表现了力图看透盛衰规律的达观态度。全篇既保持了辞赋全面铺陈的外形，又赋予它诗体散文的灵魂。散文赋的体制到这时才臻于完美。

欧阳修擅长各种文体，艺术表现富于变化和新创，而他的基本风格则是平易简洁、委婉流畅。尽管意思迂回百折，笔势大起大落，文气也从不间断。即使是峻急激切的言论，仍然说得从容平和，看不出一点费力的神态。宋代散文平易畅达的共同风貌，主要是在欧阳修的直接影响下形成的。

欧阳修散文的重要版本有《欧阳文忠公文集》一百五十三卷、附录五卷，《四部丛刊》影印元刊本。《欧阳文忠全集》，《四部备要》据乾隆丙寅祠堂本排印。

曾王健笔　各尽其妙

曾巩生于公元1019年，字子固，建昌南丰（今江西省南丰县）人。年轻时追随欧阳修，学习古文。嘉祐二年（1057），欧阳修任主考官时，他与苏轼兄弟同时考中进士。担任过集贤校理、越州通判，以及齐、襄、洪三州知州，政绩卓异。后来任福州知州，因这里没有分配给官府的职田，历任州府每年出售蔬菜以增加收入。曾巩到任后，认为太守不应当与百姓争利，废去这宗经营，后来的太守也就不再从中取利。曾巩长久在外任，不得升迁，许多后辈都超过了他，他也并不在意。后来被神宗召见，曾上疏论理财之道，建议节约费用，得到皇帝嘉许。以后又担任过史馆修撰、中书舍人等职务。公元1083年去世，终年六十五岁。

曾巩年轻时和王安石友善。王安石还未出名时，曾巩曾将他引见给欧阳修。后来王安石得志，二人便疏远了。神宗又听信别人对曾巩的评价，认为他的政治才能不如文章，所以曾巩一直没有得到重用。事实上，曾巩长期在地方官任上，救济饥民，平定盗寇、抑制豪强、减轻赋役、平复冤狱、考察水利，为人民做了不少好事。虽然没有对国家兴利除弊的方针大计提出过多少较有远见的建议，但关于吏治仍有不少可贵的见解。他在《叙盗》篇中指出人民被饥饿所迫，不能安居乐业，自然就沦为盗贼，责任应由州县官吏来负。《送李材叔知柳州序》一文勉励朋友到边远地区去做官，不要嫌官小地僻，应当安心留在那里，改变当地的落后风俗，关心人民的疾苦。这些思想都体现了欧阳修所倡导的利民务实的精神。

曾巩的文章偏重于阐述儒家经典。他在校勘古籍时写了不少古书目录的序文。此外还有一些专论，内容侧重在研究三代礼乐制度。但他并不主张一一模仿古代的制度，而是从性理上去体会先王制礼作乐的方法，古为今用。所以后代的道学家对他很推崇，把他称为醇而又醇的儒学宗匠。

曾巩的散文以平稳雅洁为主要特色。但他少壮时的文风并非如此。他在中进士以前给欧阳修及其他朝廷大臣的上书大多写得雄放瑰伟、很有气势，表现出锐于进取的精神。宋人王震形容他的笔力“若三军之朝气，猛兽之抉怒，江湖之波涛，烟云之姿状”[①]，令人惊心动魄，主要指他早年的风格。曾巩后来长期滞留外任，锐气渐退，心情趋于淡泊，风格也转向平实稳健，逐渐形成自己的一家之文。他论事说理从容委婉，接近欧阳修。但温厚平实，不追求构思的新巧和章法的变化。每篇文章确定主要意思后，便稳稳当当地逐层发挥，直到讲得十分完备透彻为止，周密详尽而又干净利落。例如《寄欧阳舍人书》是一封感谢欧阳修为曾巩祖父撰写碑铭的书信，但没有一句空泛的谢辞。只是先对碑铭这种文体的作用和意义加以分析，认为这种文章专门记载人的功德、才能、志向和善行，应当实事求是。但后世的铭文只凭人情，不看事实，所以托人作铭，如果找不到修养道德既高、又会写文章的人，就不能对死者做出公正的评判，文章也不能传世。然后再进一步指出：有

① 王震《元丰类稿序》。

道德而能文章的人很难得，有时几十年甚至一二百年才遇见一个。最后烘托出对欧阳修的由衷赞美："若先生之道德文章，固所谓数百年而有者也。"文章稳步深入，从正反两面充分说透欧阳修铭文难得的道理，也就充分表达了自己的谢意。曾巩的散文一般文势较平，间有小曲折，没有大波澜。但他善于利用这种特点写出自己的风格。如《越州赵公救灾记》叙述赵抃任越州知州时救灾的事迹，开门见山，先列出赵公在旱灾发生之后，百姓尚未大饥之前，经过调查准备救灾的七笔账；然后再写他救灾时发放粮米的办法和井井有条的秩序；再写次年大疫，赵公处理病人埋葬死者的做法。三层内容，都用一笔一笔记流水账的方式来写，连钱、粮、人工的数字都交代得清清楚楚，通篇平铺直叙，却正可见出赵抃办事干练、头脑清晰、有条不紊、巨细不遗的作风和个性。

曾巩文章的稳健，还表现为语调平缓，藏锋不露，即使是驳斥或诘难，也同样心平气和。如《赠黎安二生序》勉励两位蜀中士人黎生和安生历行古道，首先称赞二生文章才力放纵，然后就二生在乡里被人笑为迂阔这一点发挥议论，却不对二生是否迂阔这一问题做正面解答，只说自己有志古道而不合世俗，才是世上最迂阔的人，现在二生只是文不近俗，只能算小迂罢了。最后要求二生不要急于为乡人所理解，而要看自己的行为是否合乎古道。如果只求合于世俗，那就反而背离了古道。这样就借“迂阔”二字，在从容谈笑之中将二生从追求文词引导到学古行道的方向上来。

《墨池记》是曾巩的一篇名作。根据前人记载，池水是因王羲之在这儿学习书法洗笔而弄黑的。文章只是根据这一说法想象王羲之当初在山水之间徜徉的情景，再联系他晚年书法才精的事实，用墨池证明他的成功是因为苦练而不是出于天才。墨池所在地恰好在一座州学的学舍，文章又是应州学教授的请求而写的，所以顺便把学书法的道理与道德修养和钻研学问相类比，勉励学者专心致志，努力上进。文章切景切题，亲切现成，转折承接，层层递进，却还不足三百字，最能见出他文字雅洁的特点。

清人特别推重曾巩，一方面是因为他在八大家中，论学论道的文章气味最接近醇儒，另一方面是因为他的风格平稳雅洁，有法则可循。其实曾巩的文章并不全是四平八稳的。除了少壮时豪气横溢的宏文以外，他还有一些文章批评僧人和道教徒奢侈贪吝，白让百姓养活，耗尽国家钱财，写得十分尖刻。如《兜率院记》《仙都观三门记》《分宁县云峰院记》等等，都是借这些寺庙道观请他作记的机会，毫不客气地讽刺挖苦，一点不留情面。从中可见出曾巩还另有一种锋芒锐利的性格。

曾巩文集的重要版本有《南丰先生元丰类稿》五十卷，附录一卷，四部丛刊影印元刊本。《元丰类稿》五十卷附行状墓志，四部备要据明成化六年刊本排印。

王安石是北宋著名的政治家。生于公元1021年，字介甫，晚年号“半山”。抚州临川（今江西省临川县）人，少年时博览群书，文思敏捷。曾巩曾把他的文章推荐给欧阳修，得到欧阳修的赞赏。二十二岁中进士后，任淮南判官、鄞县知县等地方官时，就显示出不平凡的才干。后又任常州知州、提点江东刑狱、朝廷度支判官等职，对地方吏治、国家财政的弊病了解愈益深入，迫切希望做一番改变现状的大事业。仁宗嘉祐年间，他向皇帝上万言书，主张对政治有所变革。这篇万言书成为他后来实施变法的纲领。神宗时，被起用任参知政事，设立制置三司条例司。与吕惠卿等推行农田水利、青苗、均输、免役、市易等十条新法，促进了农业生产的发展，但也遭到司马光等许多人的反对。不久罢相任江宁知府。后再度入相，已没有当初的锐气，屡次托病请求辞任。最后退休江宁，封舒国公。元丰三年（1080）改封荆国公，所以又被称为王荆公。哲宗即位，皇太后听政，司马光掌权，废除新法。王安石忧愤成疾，1086年病故。终年六十六岁。

王安石不但在政治上敢于革新，而且在思想上敢于冲破传统观念。他和儿子、门生一起对古代圣贤的经书重新注释疏解、辨别正误，建立了一套自己的思想体系，为变法确立理论根据，被称为“新学”。在文学上，他积极支持欧阳修，主张文章以适用为根本，反对雕章绘句、只求文辞精工的倾向。他在执政时还改变了科举的办法，排斥诗赋骈文一类讲究声律对偶的文章，让举人专门从事经义。虽然这种做法过于偏激，却也可以见出他坚决反对浮华文风的态度。

王安石为人傲岸倔强，刚毅果断。文章也像他的人一样，立意新警，文笔拗峭，锋芒犀利，言简意赅，具有很强的逻辑性和说服力。他的散文绝大多数是议论文，包括政论、史论和学术专著。文章处处从大道理出发，义正辞严，骨子里透出一股傲气，但又从来不说空话，总能从现实中总结出某些带有普遍性的问题。比如《再上龚舍人书》认为北宋王朝从庆历年到嘉祐年以来，南北饥荒不断、朝廷忙于救灾，只图一时之利，不知建长久之策。并一针见血地指出：“百姓所以养国家也，未闻以国家养百姓者也。”《答段缝书》驳斥段缝对曾巩的诋毁，分析贤人经常遭到毁谤，而且谤言容易流传的原因，是因为愚人本来就忌妒贤人，贤人又不屑与他们合流，愚人更加忌怨，所以无处不生毁谤，加上一班爱听传闻的君子再传而广之，谤言之多就可想而知了。这段议论也是切中世俗常态的。由于王安石对封建政治中的一些根本性弊端和人情世故看得很透，所以在改革中毫不顾忌他人的非议，我行我素。《答司马谏议书》就突出地反映了他这种性格。熙宁三年（1070）二月，司马光写了一篇长达三千字的《与王介甫书》，指责王安石变法是侵官、生事、争利、拒谏，以致上下莫不怨叹。王安石的回信却简短扼要，他没有纠缠在具体的申辩中，而是站在更高的立足点上，指出两人对侵官、生事、争利、拒谏的看法完全不同。司马光认为这是罪状，自己却认为是功绩，这种分歧不可能用辩论解决。所以每条只用两句批驳，斩钉截铁，而又理足气盛。

王安石的文章特别简练紧凑，一则是因为他多用短句短篇，文字省净；二则是因为逻辑的衔接十分紧密，从一个论点转到下一个论点，很少发挥。这就使文章比较拗折，读来很费思索。但他的长处也在这里。他往往能用一两句话扫过别人几大段文章，简捷无比。《读孟尝君传》是他最著名的一篇短文。齐国孟尝君被秦王囚禁，派人向秦王的宠姬求援，宠姬索取一件狐白裘作为报酬，孟尝君手下的一个门客便装狗潜入秦宫，将孟尝君已献给秦王的狐白裘偷出来献给宠姬，孟尝君才被释放。为了尽快逃离秦国，他半夜里跑到函谷关，关门须鸡叫时才能打开放人，另一个门客便学鸡叫，引得周围的鸡都叫起来，守关的人把门打开，孟尝君赶快出关，才没有被追上。这故事历来都被引为孟尝君善于养士的例证。王安石却抓住这一例证作翻案文章，反过来把它变成驳论的有力证据，指出孟尝君所养的士不过是鸡鸣狗盗之徒，如果真能养士，凭着强大的齐国政权，得一个真正的士就可以制服秦国，又何至于依赖鸡鸣狗盗的力量逃出秦国？全文只有四句话，第一句揭出所要反驳的论点，接着三句话三层转折，痛快透辟地驳倒了一个传统的说法。

王安石擅长议论，即使是游记、杂文和抒情短文也都偏重于议论。如《游褒禅山记》写他游览褒禅山所得到的启示，上半篇写由近到远，由前洞到后洞的游览过程，以及走得越深、越是艰难，而见到的景象也越奇异的感受；下半篇从游览过程中抽绎出更高一层的道理，与上半篇对应，议论由浅入深，层层推进，分析达到险远之地所应具备的四个要素。最后指出尽管各人条件不同，不一定都能达到最高境界，但只有尽了最大努力，才不至于被人讥笑，自己也不会后悔。记游和议论相互生发，分外警策，对于勤奋和懒惰的人们都有广泛的启发。尤其在研究学问、开创事业方面，给人的教益更为深刻。

王安石的文章虽有偏深偏难的缺陷，但他的简捷紧健，与曾巩的平稳雅洁各异其趣，也各尽其妙，因而能以富有远见卓识、个性极其鲜明的议论文在八大家中独树一帜。

王安石文集的重要版本有《临川先生文集》附临川集补遗，中华书局1959年版，用明嘉靖三十九年抚州刊本为底本。《王文公文集》，中华书局上海编辑所1962年影印，用南宋龙舒本。1974年上海人民出版社有校点本出版。

三苏才气　天下称雄

“三苏”并提，大约从宋代就已开始。宋人王辟之说：“苏氏文章擅天下，目其文曰‘三苏’。盖洵为老苏，轼为大苏，辙为小苏也。”[①]三苏文章，不但倾动一时，而且直到明清时仍然家习户诵。其中苏轼的成就最高，被前人誉为“浑涵光芒，雄视百代”。

苏洵是苏轼和苏辙的父亲。生于1009年，眉州眉山（今四川眉山）人。据说他早年不读书，二十五岁才发愤学习。考过进士和制举，都未录取。回家后把平时所作的文章全部烧掉，闭门精读六经和百家著作，七八年后便能够顷刻之间下笔千

① 王辟之《渑水燕谈录》卷四“才识”条。

言。嘉祐初，与苏轼苏辙到京师。欧阳修向皇帝推荐苏洵所作的《几策》《权书》《衡论》等文章，又将苏轼、苏辙取为进士。父子三人文章盛传一时，学者争相模仿。宰相韩琦荐举苏洵召试舍人院，他辞病不去。后来用为秘书省校书郎，霸州文安县主簿。参加编纂礼书，成《太常因革礼》一百卷，书成后即病死，终年五十八岁。

苏洵为人聪明，辩智过人，爱好策谋。他的政论大多通过对历史事例的分析，说明自己对当今形势的看法。又善用古今比较，分析事物的正反变化。例如《几策》中“审势”篇认为治天下必须懂得权变。并以东周、秦代为例说明国势强者应以仁惠相辅，国势弱者应加强威权，然后用这一道理来分析北宋政治过于软弱的形势，指出当今之急在用威，使政治复强。他不但能指出时势症结所在，而且能提出切实的解决办法，尤其喜欢论兵。《权书》中有好几篇谈用兵战术的文章，既有辩证的观念，又注意用实践来检验古代兵法的正确性和可行性。《孙武》篇指出《孙子兵法》虽然说得出神入化，可孙武自己却在吴国的两次大战中都未能用他的兵法取胜，足见兵家不可死守兵书。《心术》篇论述用兵必先治心的七个问题，有的类似格言，如开头二句：“泰山崩于前而色不变，麋鹿兴于左而目不瞬，然后可以制利害，可以待敌。”点出主将治心的首要条件是具有沉静、镇定、专注、勇敢的素质，十分精警。在当时高谈空论流行的文坛上，这些文章确以善识权变、切合世务的特点令人耳目一新。

苏洵文风纵肆铺张，不以严谨简洁取胜。明显受到《战国策》的影响。《六国论》是他的代表作。三苏都有《六国论》，苏洵这篇最能见出战国纵横家的特色。文章认为六国破灭的根本原因是割地贿赂秦国。但事实上六国中有三国并非因赂秦而亡，要使论点成立，首先必须堵住这个漏洞。作者就把基本论点建立在这个漏洞上，提出不赂秦的三国也因三国赂秦而失去了强有力的支援，才导致灭亡。所以文章根据这一基本论点分成两大层次，先说透赂秦的害处，再分析没有赂秦的齐、燕、赵三国，强调它们失去援助后势孤力危的共同性，并以赵国五战于秦、三胜二负的例子反过来说明不赂而战未必败亡，倒把不利于自己的论据变成了有力的论证。文章巧妙地利用逻辑关系进行论辩，可说是掌握了战国策士的窍门。但老辣犀利，痛切明快，又是老苏自己的特色。

苏洵的书信、杂说、记序也有不少佳作。他特别善于表达某些只可意会，难以言传的体会。如《张益州画像记》写张方平到四川安抚百姓的功绩。当时蜀中并没有大乱，只是传闻有贼寇来犯，人心惊惶。张方平到任后也没有采取什么防贼的措施，只是起了一点稳定人心的作用，所以很难确切地表述他的功绩。文章把当时将乱未乱的形势比喻为已经倾斜但未坠落的器皿，说张方平只是“安坐于其旁，颜色不变，徐起而正之。既正，油然而退，无矜容”。这就清楚地道出了张方平安定局势的做法和用心，使无形的功绩变为有形。甚至连他从容镇定、功成不骄的气度都一并写出来了。《送石昌言使北引》是一篇送石昌言出使契丹的序文。当时契丹军事力量强大，使某些宋朝使者十分畏惧。作者希望石昌言不辱使命，但又不便正面告诫。便引用往年契丹骑兵夜里耀武扬威震吓宋朝使者的例子，提醒石昌言保持中朝使者的威严；接着又引证西汉奉春君出使，被匈奴伪装软弱的假象所欺骗的故事，提醒石昌言防止敌人的诡计，不可轻敌。从而含蓄深沉地暗示了身为大使应当不卑不亢、大胆谨慎的意思。《木假山记》也是他的一篇奇文。文章先用大段篇幅说明一株树木变成假山的科学道理，以及木假山在形成之前所经过的种种灾患。最后形容自己家里的三座假山的形状：“中峰魁岸踞肆，意气端重，若有以服其旁之二峰；二峰者，庄栗刻峭，凛乎不可犯，虽其势服于中峰，而岌然决无阿附意。”三峰端庄的神情和凛然的意气，与上文所说木山形成的过程相呼应，使人想到正因它历尽风险磨难而不破折不腐烂，才会具有这种傲然不屈的风骨。并自然而然地将它与人才的遭际命运联系起来，引起更深的思索。

苏洵以纵放豪健的文风自成一家。他在《仲兄字文甫说》这篇文章中用风和水的关系做比喻，提出了他关于作文的理想，应当是不见刻意追求的痕迹，如“风行水上”，自然成文。这对苏轼的文风显然具有直接的影响。

苏洵文集的重要版本有《嘉祐集》十五卷，《四部丛刊》影印无锡孙氏小绿天藏影宋钞本，另有《四部备要》据明刻本排印。罗振常辑《经进三苏文集事略》中有《老泉先生文集》十二卷、《经进嘉祐文集事略》一卷，有宋人郎晔注，以及罗振常所撰《考异》及所辑《老泉先生文集补遗》二卷。

苏轼生于1037年，字子瞻。他少年时就具备广博的历史文化知识和多方面的艺术才能。嘉祐二年以第二名中进士第。二十四岁授大理评事签书凤翔府判官。后又召试，在史馆供职。在这期间，他针对北宋王朝财乏、兵弱、官冗等政治弊端，写了大量策论。王安石变法时，苏轼上书提出不同意见，不被采纳，自请到外地任职。先后担任过杭州通判，密、徐、湖等州知州。在徐州时，洪水泛滥，他亲自督促士卒筑堤抗洪。在湖州时，新党中有人摘出他的托讽诗，罗织讪谤新法的罪名，将他逮捕入狱。出狱后贬为黄州团练副使。苏轼在黄州东坡建屋，自号“东坡居士”。哲宗时调回朝中，任中书舍人、翰林学士等职。司马光废新法，苏轼认为新法中免役法可行，又遭到保守派疑忌，再求外任。拜龙图阁学士，任杭州知州。到任后疏浚二河六井，在西湖中筑三十里长堤。为人民做了许多好事，深受百姓爱戴。后又历任颍、扬、定等州的知州，在地方上减赋赈灾，整顿军纪，政绩卓著。后新党重新得势，他被一贬再贬，从英州、惠州一直流放到儋州（今海南儋州市），直到徽宗即位，他才遇赦北归，第二年就死在常州。卒年是公元1101年，六十六岁。

苏轼具有经邦治国、改革现实的远大抱负，反对因循守旧，但又不赞成新法。加上他性格耿直，看重操守，不肯随俗俯仰，因此在新旧两党斗争的夹缝中，遭受了许多政治磨难。但他能用老庄哲学和佛教禅学自我排解，心胸开阔，气量恢宏，在逆境中始终保持爽朗的性格和达观的人生态度。和欧阳修一样，他也主张文章应当对现实有用，同时又很重视文章自身的艺术价值。认为作文除了个人的道德修养以外，还要有丰富的生活阅历，才能使内容充实、勃发，自然流为文章。他推崇自然奔放的风格，要求写作时不但做到心里对所写的事物清楚明了，而且能与口和手相应，意到笔随，“辞达”而已。他的文章正如自己所说，如“万斛泉源，不择地而出，在平地滔滔汩汩，虽一日千里无难”[1]。

苏轼的散文大致可分三类。一类是奏议、进策、史论和制科文字。苏氏父子都喜欢研究历代的治乱成败得失，以作为现实政治的借鉴。苏轼在这类文章中写得最好的是历史人物论。《贾谊论》《晁错论》《留侯论》《平王论》《范增论》都是他的名篇。这些文章博采史事，借古论今，滔滔雄辩，笔势纵横，而且善于从旧史料中翻出新见解。《贾谊论》一反人们同情贾谊怀才不遇的传统看法，认为贾谊要是连汉文帝这样的明君都不能相合，那么天下就没有尧舜可以辅佐了。又惋惜贾谊一时被贬，便伤心而死，可见他的不幸还是因为“志大而量小，才有馀而识不足”。这一见解包含了苏轼自己在政治斗争中的体会和善处逆境的人生态度，同时也蕴含着自古以来明君难逢的深沉感慨。《留侯论》最能见出苏轼立论善于翻空出奇的特点。传说秦末张良为桥上老人拾鞋，得到老人以书相授，终于成为帝王之师。这一说法本来并不可靠，但文章却联系张良一生事迹，旁征博引历史上其他人能够忍一时之耻的事例，推测老人的用心是培养张良临辱不惊不怒的气度，而这正是他能辅佐刘邦成大事的主要原因。居然将空中楼阁变成了凿

① 苏轼《文说》。

凿有据的事实。

第二类是记、传、碑、赋等写景抒情、论人记事的散文。这类文章的风格大抵随内容而异。如《潮州韩文公庙碑》是历来评论韩愈的文章中最精彩的名篇，碑文气势雄浑，与韩愈风格近似，与内容相得益彰。开头两句“匹夫而为百世师，一言而为天下法”，严正有力，概括了自古以来所有在理论上对人类思想和社会发展具有深远影响的先师先圣的共同特点，同时肯定了韩愈在儒学道统中的地位。“文起八代之衰，而道济天下之溺，忠犯人主之怒，而勇夺三军之帅”，总结韩愈一生的品行业绩，具有高度的准确性和概括力，所以代代为人称引。全篇充溢着一股磅礴澎湃的浩气，仅从语调上就能感受到韩愈那种刚直正大的气概。

苏轼为亭台楼阁所作的题记最多，一般都是从它们题名的原因上做文章，叙述、描绘、议论错杂并用，构思布局变化无穷。如《喜雨亭记》将“喜雨亭”三字拆开，分写合写，顺写倒写，先说明志喜古来就有传统，再写得雨后的欢喜，又通过主客问答，重申下雨的重要意义和为亭命名的原因，表现了关心耕稼和与民同乐的思想感情。全文有正叙，有对话，有歌咏，句式如逐层排浪，叠出交错，曲尽起伏顿挫之妙。《凌虚台记》写凌虚台筑成之后，人在台上看到原来只露出树梢的小山头忽然变高，就像从树林间“踊跃奋迅而出”。新奇有趣地表现了人因所在地势不同而造成视觉印象改变的心理感觉，并烘托出这座台凌空而起的气势。接着写自己登台远眺秦汉隋唐宫殿废墟所引起的感慨，进一步联想到这座台将来也必然归于虚空的道理，又从万物兴废成毁的变化这一面着想，点透台名“凌虚”二字的含蕴，见识旷达，立意高远。

苏轼这类散文中最脍炙人口的是那些写景造境意趣高逸的游记和散文诗。如《放鹤亭记》描绘放鹤亭所处的独特地势：“彭城之山，冈岭四合，隐然如大环，独缺其西一面。而山人之亭，适当其缺。春夏之交，草木际天。秋冬雪月，千里一色。风雨晦明之间，俯仰百变。山人有二鹤，甚驯而善飞。旦则望西山之缺而放焉。纵其所如，或立于陂田，或翔于云表，暮则傃东山而归。”这段文字以四季阴晴景色的变化作为背景，衬出放鹤亭正当四山环合之缺口的地势，以及二鹤在云山之间飞翔的情趣。动静相映，俨然一幅天然的西山放鹤图。《石钟山记》写绝壁大石在夜幕中阴森奇崛的剪影，山上栖鹘磔磔的怪声，空谷中传来如老人边咳边笑的回音，境界神秘可怖，却又有一种空远寂静的诗意美。《承天寺夜游》记他在黄州与友人夜半步月的情景，将月光照耀下的庭院看作一池清水，而竹柏纵横交错的投影则恍如水上漂浮的藻荇，似比喻，似错觉，真切地描绘了月色的空明澄澈。最后感叹：“何夜无月，何处无竹柏，但少闲人如吾两人耳。”又深含着无限寂寞和感慨。全文只有八十一个字，笔致简洁平淡，意境优美空静。与其说它是散文，还不如说是一首诗。

前后《赤壁赋》是苏轼最享盛名的两篇散文赋。文中虽然仍使用了不少辞赋句法，但突破了赋体全面铺陈的格局，比欧阳修的《秋声赋》更自由舒展。《赤壁赋》写苏轼与客人在清风明月、山光水色中，乘着一叶小舟，泛游于万顷碧波之上，在飘飘欲仙的快意中，又生出人在宇宙之间的渺小之感。于是客人以呜咽的箫声来泣诉人生短促的悲哀，以及对长江无穷的羡慕。而苏轼则以眼前的水月为喻，说出正确看待大自然变与不变的一番大道理。旷达的情怀，明彻的哲理，融和在山水与箫声之中，交织成一个诗意盎然、韵味深远的优美境界。《后赤壁赋》写冬夜游于赤壁之下，山高月小，断岸千尺、江流有声、孤鹤夜渡的景色，字字如画。境界的萧条森爽，又与《赤壁赋》的清旷邈远迥异其趣。

苏轼专门记人的散文不多，但很注重表现人的品格气质。如《方山子传》写他早年认识一个避世的侠士，因头上戴着又高又方的帽子，类似古代乐师所用的方山冠，得号“方山子”。从这人不合流俗的装束，以及见人时“俯而不答，仰而笑”的神情，已可见出一种奇古的气质；而他早年嗜酒好剑、挥金如土的豪侠气概，与老来四壁萧条，全家自得其乐的景象，又形成令人大惑不解的对照。作者没有对方山子抛弃勋阀家产隐居山中的原因做出解释，只是通过此人前后判若两人的变化，传神地表现出一个追慕古道、与时不合的真豪侠和真隐士的形象。苏轼为自己的好友文与可所写的一些文章，如《文与可画筼筜谷偃竹记》《墨君堂记》等，有的记述两人的友谊，有的称赞文与可画竹的技巧，常透过他所画竹子的精神去表现文与可的画品和人品，使竹子劲挺疏简的姿态，成为文与可端静修洁的性情气质的生动写照。

苏轼的第三类散文是书简、杂著和序跋等。这类杂文数量很多，或叙友情，或写襟怀，或谈文艺，或论学术，文笔轻松，成为散文中最自由活泼的体裁。如《日喻》先从反面举例，以盲人识日的故事为喻，指出无论别人怎样形容比方，盲人总不能认识太阳的全貌。又从正面打比方，说南方人会水是因天天与水相处，渐渐由会游到会潜。北方人不会游泳，只听南方人介绍了潜水的方法，便到河里去潜水，没有不淹死的。这就从两面揭示出学习中的一个深刻道理：事物的许多奥妙难以言喻。探索真理，必须亲自实践，并沉潜其中，才能心领神会。苏轼的很多杂文都是这样东拉西扯，左右逢源，但处处都给人启发。三言两语，就能说出一些常人所见不到的道理。如《传神记》从别人为自己灯下取影的趣事谈到相面先生给人看相的方法，又举出当时人画像传神的例子，把晋代画家顾恺之所说的“传神写照，正在阿堵（眼睛）中”这句名言加以发挥，指出人的神气各有所在，画家应通过暗中观察，抓住人物在平时自然状态中的动作和神情特征，才能做到形神兼备。比顾恺之说得更全面透彻，对画家有更为实际的指导意义。他的题跋中也常有一些发人深思或令人会心的警语，如《书渊明乞食诗后》说：“饥寒常在身前，声名常在身后，二者不相待，此士之所以穷也。”指出固守节操的士人往往在生前受穷，而名声常在死后才能传世，道出了封建社会中的一个普遍规律，感慨很深。苏轼天性风趣，学识广博，生活阅历丰富，杂文也有一种天生的幽默感。有些严肃的内容到他笔下就变成了揶揄和笑谑。如《尧桀之民》说：“尧之民，比屋可封；桀之民，比屋可诛。若信此说，则尧时诸侯满天下，桀时大辟遍四海也。”古书上说唐尧之时，人多贤明，家家都有可受封爵的德行；夏桀之时，人多作恶，家家都有可以杀头的罪行。苏轼说，如果相信这话，那么尧时就该遍地都是诸侯，桀时就该到处都是受极刑的人了。一句玩笑，把古书上歌颂尧舜、咒骂桀纣往往好走极端的毛病都批出来了。《书拉杂变》讽刺当时文人模仿司马相如，爱写冗长拉杂的文章，说司马相如作《大人赋》，汉武帝看了，飘飘然有凌云之感。现时学者写这种拉杂文章，便自称司马相如，司马相如虽不怪罪，但恐怕看文章的人“渴睡落床难以凌云耳”。挖苦得令人捧腹。

书信在东坡文集中占了很大比重。苏轼用它们叙述日常起居，谈论诗画、书法、医药、时事及养生之道，推荐新人，问讯朋友，称道子女，生活情趣极浓。文笔亲切恳挚，又多用口语，朗朗笑声，感叹欷歔，溢出于字里行间。《答秦太虚书》写他被贬到黄州后的生活和心情，所记的都是家常琐事。比如每月把生活费分成三十份，挂在屋梁上，每天早上用画叉挑取一份，把用剩的钱贮藏在竹筒里待客。与当地秀才王生一起杀鸡炊黍，乘小船到潘生酒店里饮酒。此外，当地柑橘柿子之多，芋头之大，猪牛獐鹿鱼蟹的便宜，还有“载书万卷随行，喜借人看”的朋友胡定之所给他带来的乐趣，都写得津津有味。《与参寥子书》写黄州寓所的环境：“此间但有荒山大江，修竹古木，每饮村酒，醉后曳杖放脚，不知远近，亦旷然天真。”活画出自己潇洒爽朗的风神。这些信简清新自然、隽永风趣，深受人们喜爱，被后世奉为尺牍的典范之作。

苏轼在《答谢民师书》中说，文章“大略如行云流水，初无定质，但常行于所当行，常止于不可不止，文理自然，姿态横生”。又在《书吴道子画后》中论绘画应“出新意于法度之中，寄妙理于豪放之外”。这两段话可用来形容他自己文章的特色。他以扎实的功力和奔放的才情发展了欧阳修平易晓畅的文风，提高了散文的文学价值，将北宋散文推向了巅峰。

苏轼文集的重要版本有《东坡全集》一百十卷附校记，《四部备要》据清缪荃孙校本排印。另有《苏东坡集》，《万有文库》本，1930年排印，商务印书馆1958年重印。《经进东坡文集事略》六十卷，宋郎晔注，《四部丛刊》影印宋刊本，1957年文学古籍刊行社校勘断句排印。

苏辙是苏轼的弟弟，生于1039年，字子由，十九岁与苏轼同时中进士。二十三岁应制举，因直言朝政得失，被宰相取在下等。任商州军事推官。神宗时，在王安石设立的制置三司条例司当属官，与王安石意见不合，请求外任。苏轼因诗被下狱，他也受牵连，被贬出朝廷。元祐年间召回京师，任右司谏、尚书右丞、门下侍郎等职。哲宗时复用新党，他连遭贬谪，在筠、雷、循等州共住了七年。后回到北方住在颍川，闭门著书，号“颍滨遗老”，直到1112年去世，终年七十四岁。后追谥“文定”。

苏辙的政论和史论继承了苏洵注意天下大势的长处，但较少纵横家的习气。他不肯重复儒家关于政治和社会理想方面的老生常谈，而是根据人之常情和实施的可能性去考察前贤理论的真伪得失，因而立论以详实切当取胜。他创造了一组系列性历史人物专论，总名为《历代论》，共四十五篇。每篇只论一二人或一二事，短小精悍，说理集中。例如《周公》篇，根据镐京到洛阳一带的实际地形，指出《周礼》规定把土地分成距离相等的方块，实际上是做不到的，所以井田制也只能是空话。《汉武帝》篇认为皇帝住在深宫中，很少了解天下的事情。即使知道，也只见好处，不见弊病，一班好名贪利的大臣又专门迎合君主的意思，天下怎么能不乱呢？这些议论都能一针见血，深中要害。

苏辙的议论文详明工稳，不像他父兄那样豪纵奔放。例如同是《六国论》，他只是从地理形势着眼，指出韩、魏二国处在扼住秦国咽喉的有利地势，其他四国只要能辅佐韩、魏，就可以抗拒秦国。与苏洵的《六国论》相比，就显得老实稳当。但苏辙的记叙文和书信中不乏壮浪奔逸的雄文，显示了三苏父子才气横溢的共同特点。《上枢密韩太尉书》是他年轻时写得最神气的一篇名作。文章首先提出作文必须善于培养自己的浩然之气，只有加强自己的内在修养，开拓视野，增加生活阅历，才能使文章宽厚宏博。然后以一段气势壮阔的排比句铺写自己出川后所见到的高山大河、宫室人物等奇闻壮观，最后表达了未见贤人、尚未尽天下大观的遗憾心情，道出拜谒韩琦的愿望。虽是一封求见执政的书信，却充分显示出少年作者登高望远的开阔胸襟，以及谦逊而又不凡的气度。

小苏的才气虽近似父兄，但他性情沉静，较有内秀，所以又形成自己汪洋淡泊、一波三折的独特风格。如《黄州快哉亭记》一开头就以浩瀚的气势烘托出黄州处于江流南北会合之处的特殊地势，然后写快哉亭上每天所见远近早晚的景色变化，说出此亭之所以命名为“快哉”的原因。再倒过来插叙“快哉”二字出于宋玉《风赋》的典故，指出景色究竟使人感到快意还是悲伤，还在于观景的人自己的心情。此文本意是赞美建造此亭的张梦得能够不把贬谪放在心上，面对山水，无所不快。却从“快哉”二字上翻出几层意思。所以笔力胸襟与苏轼相仿佛，而在势如长风般的文气中有这么多回旋转折，又是苏辙自己的特色。他的另一名篇《武昌九曲亭记》用平稳的章法记述苏轼在武昌山上借自然之力造亭的经过，既写出了此亭得来全凭天工巧成的乐趣，又传神地刻画出苏轼徜徉于山水之间的形象：“每风止日出，江水伏息。子瞻杖策载酒，乘渔舟乱流。而南山中有二三子好客而喜游，闻子瞻至，幅巾迎笑，相携徜徉而上，穷山之深，力极而息。扫叶席草，酌酒相劳，意适忘反。”从小苏眼里见出大苏在贬谪生涯中逍遥自在、潇洒风雅的神采，倍觉亲切。这类游记虽然也都像苏轼的散文一样，常以任情适意的乐趣自慰，但神情没有苏轼爽朗，似乎隐含着一种淡淡的然而是潜伏在心底深处的忧郁，所以也更深沉含蓄。

苏轼称苏辙“文如其为人，故汪洋淡泊，有一唱三叹之声。而其秀杰之气，终不可没”。[①]指出小苏的文章像他的为人一样，表现为胸襟宽广、性情淡泊，有一种往复咏叹的韵调。而内在的奇杰之气，又始终不能淹没。这正是小苏与其父兄的主要区别。

苏辙文集的重要版本有《栾城集》五十卷，《后集》二十四卷，《三集》十卷，《四部丛刊》影印明活字本，《四部备要》据明刻本排印，《万有文库》第二集排印本。《栾城应诏集》十二卷，《四部丛刊》影印影宋钞本。

八家文钞 始正名号

唐宋八大家的称号是从明代才开始出现的。明初朱右最早

---

① 苏轼《答张文潜书》。

将这八个作家的散文编选成《八先生文集》刊行。但这本书没有传世，无从知道他把这八人编在一起的用心。后来明中叶古文家唐顺之选录韩、柳、欧、王、三苏、曾八人的文章，合为《文编》一书。另一个古文家茅坤又在《文编》基础上编选了《唐宋八大家文钞》。选入韩愈文十六卷，柳宗元文十二卷，欧阳修文三十二卷（文后又附《庐陵史钞》二十卷），曾巩文十卷，王安石文十六卷，苏洵文十卷，苏轼文二十八卷，苏辙文二十卷。共一百六十四卷。唐宋八大家的名号，才由此正式确立。

唐顺之、茅坤等人提出唐宋八大家的称号，并为他们编选文集，目的是为了给学古文的人提供一种范式。唐顺之在《文编序》中称他所编的这本文集是“文之工匠，而法之至也”，把它看成作文的最高法则。茅坤也把八大家文看成古文的“正统”。这在当时主要是针对明前期李梦阳等人提倡“文必秦汉，诗必盛唐”的主张而发的。明代初年，文坛上流行着一种内容空虚、雍容典雅的台阁体。嘉靖、隆庆年间，以李梦阳、何景明为代表的一些文人起来反对这种文体，提出诗应学习盛唐，作文要效法先秦两汉。并认为秦汉以后的古文已没有法则可循。但他们学习秦汉，仅仅是模拟《左传》《国语》《史记》《汉书》的字句，并未学到秦汉文的精髓。于是唐顺之、王慎中、茅坤等人对这种拟古的风气提出了批评。他们认为文章应当从自己胸中流出，善于把他人字句变成自己的字句。唐宋文才是真正善学秦汉的榜样。八大家文虽然各不相同，但都能各自探得事物的情理，并通过自己的思想表现出来，不是那些专门用力于“区区句字”的人可比。为了驳倒李梦阳、何景明等人所谓“古文之法亡于韩”的说法，他们着重强调唐宋文能“毫厘不失乎法”，似乎把唐宋文说成了丝毫不敢离开古文法度规矩一步的样板，未免又失之偏颇。但他们的基本主张，还是“文之必有法出乎自然而不可易者”①，也就是说，法必须出于自然，向自然学习，而不是模仿前人的文章，这是一条不可改变的原则。这说明他们还是看到唐宋人之所以成为继承秦汉古文的典范，就因为他们学到了最主要的一条法：把自然作为最高的法则。

不过，唐顺之、王慎中、茅坤等“唐宋派”古文家虽然推崇八大家文，但对八家文的评价并不完全正确。由于他们选文首先从文章是否合于儒家正道的标准出发，据此评判作家的思想是否“醇正”，所以三苏的文章因受《战国策》影响较大，就被他们视为“巧辩之词”，不合“正大之旨”。

① 唐顺之《董中峰侍郎文集序》。

王安石则更是被斥为“以学术坏天下”，而后又因“用之而祸天下”。茅坤本来不喜欢曾巩的文章，认为“木讷蹇涩”，不够生动流畅。只是因为他写的一些书序和记筠州、宜黄等学校的文章受到朱熹的称赏，又善于阐发六经精义，所以将他与其他七大家并列。而王慎中、唐顺之则因为朱熹文章受曾巩影响较大，都极力推崇曾巩。根据这样的选录标准，《八大家文钞》所收入的自然大多是不违背儒家教义的文章，不可能全面反映八大家的成就。唐宋派选编八大家文钞，对每篇文章详加圈点品评，比较着眼于起承转接，开合起伏等作文的章法，对清代散文最大的一个流派——桐城派的影响很大。这个流派的三个主要代表人物方苞、刘大櫆、姚鼐都是安徽桐城人。他们把“义法”作为文章的纲领。“义”是指文章的思想内容，“法”是指文章剪裁精当、章法严谨和文字雅洁。于是八大家中的欧曾，便因他们义理精微、严谨雅洁、平易委婉的文风受到桐城派的特别推重，曾巩更是被奉为古文义法的典范。

尽管明清文人推出唐宋八大家作为古代散文的典范，各有自己的目的，取舍爱好也并不一致。但总的看来，八大家文确实可以代表唐宋散文的主要成就。所以这一名称能够为后人普遍接受。

要在浩博的八大家文集中选出几篇文章来反映他们的全部成就，几乎是不可能的。这册选本只是在参考各家选本的基础上，精选了若干最脍炙人口的名篇以飨读者。如果读者通过欣赏这些最精彩的篇章，能够窥知八大家不同的风采，理解古代优秀散文对今天的借鉴意义，这本最简要的八家文选本便达到了目的。

韩　愈

原　毁

题　解

这篇文章针对中唐士大夫互相攻击、道德不修的状况，以“古之君子”和“今之君子”在责己和待人这两方面的不同态度作为对比，[illegible]出一般人好说别人坏话的原因，主要是由于对人的忌妒和[illegible]的怠惰。一旦毁谤形成风气，人们就很难有所作为。原，[illegible]究本原。这是一篇议论文。全文采用重叠章法，层层排比，[illegible]滔不已，而又开合自如。描绘世俗人情，词采如画。

古之君子[illegible]其责己也重以周，其待人也轻以约[2]。重以周，故不怠；[illegible]以约，故人乐为善。闻古之人有舜者[3]，其为人也，仁义人也；求其所以为舜者，责于己曰：“彼，人也；予，人也；彼能是，而我乃不能是！”早夜以思，去其不如舜者，就其如舜者。闻古之人有周公者[④]，其为人也，多才与艺人也；求其所以为周公者，责于己曰：“彼，人也；予，人也；彼能是，而我乃不能是！”早夜以思，去其不如周公者，就其如周公者。舜，大圣人也，后世无及焉；周公，大圣人也，后世无及焉；是人也[⑤]，乃曰：“不如舜，不如周公，吾之病也。”是不亦责于身者重以周乎！其于人也，曰：“彼人也，能有是，是足为良人矣；能善是，是足为艺人矣。”取其一，不责其二；即其新，不究其旧；恐恐然惟惧其人之不得为善之利。一善易修也，一艺易能也。其于人也，乃曰：“能有是，是亦足矣。”曰：“能善是，是亦足矣。”是不亦待于人者轻以约乎！

今之君子则不然，其责人也详，其待己也廉[⑥]。详，故人难于为善；廉，故自取也少。己未有善，曰：“我善是，是亦足矣。”己未有能，曰：“我能是，是亦足矣。”外以欺于人，内以欺于心，未少有得而止矣，是不亦待其身者已廉乎[⑦]！其于人也，曰：“彼虽能是，其人不足称也；彼虽善是，其用不足称也[⑧]。”举其一，不计其十；究其旧，不图其新；恐恐然惟惧其人之有闻也。是不亦责于人者已详乎！

夫是之谓不以众人待其身[9]，而以圣人望于人[10]，吾未见其尊己也！

虽然，为是者有本有原，怠与忌之谓也。怠者不能修，而忌者畏人修。吾常试之矣。尝试语于众曰[11]："某良士，某良士。"其应者，必其人之与也[12]；不然，则其所疏远不与同其利者也[13]；不然，则其畏也。不若是，强者必怒于言，懦者必怒于色矣。又尝语于众曰："某非良士，某非良士。"其不应者，必其人之与也；不然，则其所疏远不与同其利者也；不然，则其畏也。不若是，强者必说于言[14]，懦者必说于色矣。是故事修而谤兴[15]，德高而毁来。呜呼！士之处此世，而望名誉之光[16]，道德之行，难已！

将有作于上者，得吾说而存之，其国家可几而理欤[17]！

① 君子：指人格道德高尚的人。

② "其责己"二句：责，责备，要求。也：语助词，表示停顿。重：严格。周：周到，全面。轻：宽容。约：少，简。以：而。

③ 舜：虞舜，传说中的远古时代的贤明君主。

④ 周公：周文王的儿子，周武王的弟弟。武王死后，辅助武王的儿子成王，有贤名。

⑤ 是人也：这人。是：指示代词。人：指古之君子。也，语助词。

⑥ 廉：少。

⑦ 已廉：太少。已：过于，甚。

⑧ 用：作用，指本领，才能。

⑨ “夫是之谓”句：夫：发语词。是之谓：这就叫作。不以众人：不按一般人的标准。待其身：对待自己。即对自己的要求比一般人的标准还低。

⑩ 以圣人望于人：按圣人的标准去要求别人。

⑪ 尝：曾经。

⑫ 与：相与的人，朋友。

⑬ 同其利者：有共同利害关系的人。

⑭ 说：同“悦”，高兴。

⑮ 事修：事情办得好。

⑯ 光：光大，昭著。

⑰ 几而理：几：庶几，差不多。理：治理好，指天下安定。

译 文

古时的君子，责备自己严格而又全面，要求别人则宽容而又简单。责己严而全，所以自己从不懈怠；待人宽而简，所以别人乐于行善。听说古时候有个人叫作舜，他的为人，可说是仁义人了。古之君子便寻求其所以能成为舜的道理，责备自己说："他是人，我也是人。他能这样，而我却不能这样！"于是朝思夜想，去掉自己不如舜的地方，追求与舜相合的地方。又听说古时候有个人叫作周公，他的为人，可称得上是多才多艺之人了。古之君子便寻求其所以能成为周公的道理，责备自己说："他是人，我也是人。他能这样，而我却不能这样！"于是朝思夜想，去掉自己不如周公的地方，追求与周公相合的地方。舜，是大圣人，后世没有及得上他的；周公，是大圣人，后世没有及得上他的。古之君子却说："不如舜，不如周公，是我的毛病。"这不就是责备自己严格而又全面吗？而他对于别人，则说："那人能有这些好处，也就够得上称为一个良善的人了。能够擅长做这些事，也就够得上称为一个有才有艺的人了。"取其一点长处，不再要求第二点。只就他现在的表现去看他，而不追究他的过去。诚惶诚恐地只担心那人得不到行善的好处。一种优点是容易养成的，一种技艺也是容易学会的。而古之君子对待别人却只是说："能有这样的长处，这也就够了。"说："能擅长于这件事，这也就够了。"这不就是要求别人宽容而又简单吗？

现在的君子就不是这样。他们责备别人详尽周全，对待自己则要求很少。对人求全责备，则别人就难于行善。对自己要求很少，则自己也就很少进取。自己没有什么长处，便说：“我长于这个，这也就够了。”自己没有什么本领，便说：“我能干这个，这也就够了。”对外是欺骗他人，对内是心中自欺。还没得到一点收获，便止步不前了。这不就是对待自己要求太少吗？而他对待别人，却说：“他虽然能干这个，他的为人是没什么可称赞的；他虽然有这样的长处，他的本领是没什么可称赞的。”举出别人的一点缺陷，不考虑其余的十点好处。只追究别人的从前，不考虑现在的表现。提心吊胆地唯恐别人有声望名誉。这不就是责备他人太周全吗？这就叫作自己连一般人的样子都做不到，反倒要求别人当圣人。要说他这是尊重自己，我可看不出来。

虽然如此，今之君子这样做，是有根源的。那就是懒惰和忌妒。懒惰的人不能修身立德，而忌妒的人害怕别人修身立德。我常试验这类的事情：有时试探着对众人说：“某人是好人，某人是好人。”附和的人一定是某人的朋友。如不是他的朋友，就是和他疏远、没有利害关系的人。如不是与他没有利害关系的人，就是怕他的人。如果不是以上所说的这些关系，那么强硬的人一定会怒气见于言辞，懦弱的人也一定会怒气形于脸色的。我又曾对众人说：“某人不是好人，某人不是好人。”那些不附和的人，一定是某人的朋友。不是他的朋友，就是与他疏远、没有利害关系的人；不是与他没有利害关系的人，就是怕他的人。要不是以上所说的这些关系，那么强硬的人一定会喜悦见于言辞，懦弱的人一定会喜悦形于脸色了。所以事情做得好，诽谤就随之兴起；道德高尚，诋毁也伴随而来。唉！人处在这样的世道，而希望名誉昭彰，道德施行，也就难了！

将在朝廷上有所作为的人，如果得到我所说的这些道理，并存在心里，那么国家差不多就可以治理好了。

师 说

题 解

韩愈提倡继承三代孔孟的道统，认为学习古道就要有传道的老师。而当时师道也像古道一样久已失传。所以他奋而不顾流俗，招收学生，自为人师，并写了这篇《师说》。文章论述学习必须有师的道理，提出不论地位贵贱、年辈长少，谁掌握知识和真理，谁就可以当老师。并引古之圣人与巫医乐师百工都不耻从师的例子为证，批判了当时士大夫中耻于相师的不良风气。文章采用首尾正面立论，中间驳论的方式，分析透辟，辞情恳切。其中“弟子不必不如师，师不必贤于弟子。闻道有先后，术业有专攻”等论点，尤为警策。

古之学者必有师[1]。师者，所以传道受业解惑也[2]。人非生而知之者[3]，孰能无惑？惑而不从师，其为惑也，终不解矣。生乎吾前，其闻道也固先乎吾，吾从而师之；生乎吾后，其闻道也亦先乎吾，吾从而师之。吾师道也[4]，夫庸知其年之先后生于吾乎[5]？是故无贵无贱，无长无少，道之所存，师之所存也。

嗟乎！师道之不传也久矣[6]！欲人之无惑也难矣！古之圣人，其出人也远矣，犹且从师而问焉；今之众人，其下圣人也亦远矣，而耻学于师。是故圣益圣，愚益愚。圣人之所以为圣，愚人之所以为愚，其皆出于此乎？爱其子，择师而教之；于其身也[7]，则耻师焉，惑矣。彼童子之师，授之书而习其句读者也[8]，非吾所谓传其道解其惑者也。句读之不知，惑之不解，或师焉，或不焉，小学而大遗[9]，吾未见其明也。巫医乐师百工之人[10]，不耻相师。士大夫之族[11]，曰师曰弟子云者[12]，则群聚而笑之。问之，则曰："彼与彼年相若也，道相似也，位卑则足羞，官盛则近谀。"呜呼！师道之不复，可知矣。巫医乐师百工之人，君子不齿[13]，今其智乃反不能及，其可怪也欤！

圣人无常师。孔子师郯子、苌弘、师襄、老聃[14]。郯子之徒[15]，其贤不及孔子。孔子曰："三人行，则必有我师[16]。"是故弟子不必不如师，师不必贤于弟子，闻道有先后，术业有专攻[17]，如是而已。

李氏子蟠，年十七，好古文，六艺经传皆通习之[18]，不拘于时[19]，学于余。余嘉其能行古道，作《师说》以贻之[20]。

① 学者：求学的人，不是指学有专长的人。

② 道：指儒家的道。受：同“授”。业：指儒家经典。

③ 生而知之者：见于《论语·季氏》篇：“生而知之者，上也。”

④ 师道：学习道理。师：学，动词。

⑤ 庸知：岂知，哪管。

⑥ 师道：这里指从师的风尚和传统。

⑦ 于其身：对于他自己。身：自身。

⑧ 句读（dòu）：古代诵读文章，分句和读。稍长的停顿叫句，极短的停顿叫读。句读连称时，句是语意完整的一小段，读是句中语意未完、语气可停顿的更小的段落。

⑨ 小学而大遗：小问题倒要学习，大问题反而放弃。小，指不知句读。大：指不能解除思想上的疑惑。

⑩ 巫：古代从事降神招鬼等迷信职业的人。乐师：以歌唱、奏乐为职业的人。百工：各种手工业者。

⑪ 之族：那类。

⑫ 云者：说起……等等。

⑬ 不齿：不屑提起。

⑭ 郯（tán）子：春秋时郯国（今山东郯城县一带）的国君，封子爵。到鲁国去时，曾谈起古帝少昊氏用鸟名作官名的事，孔子向他学习过。事见《左传·昭公十七年》。苌（cháng）弘：周敬王时大夫。孔子向他请教过音乐方面的问题。事见《史记·乐书》篇。师襄：春秋时鲁国的太师，即乐官，名襄。孔子曾向他学琴。事见《史记·孔子世家》。老聃（dān）：即老子李耳。聃是他的谥号。孔子曾向他问礼。事见《史记·孔子世家》篇。

⑮ 之徒：这些人，包括郯子、苌弘、师襄、老聃等人。

⑯ “三人行”句：见《论语·述而》篇：“三人行，必有我师焉。择其善者而从之，其不善者而改之。”

⑰ 专攻：专门研究。

⑱ 六艺经传：六经的经文和传文。六艺，即六经，指《诗》《书》《礼》《乐》《易》《春秋》这六部儒家经典。传：解释经的著作。通习：通晓研习。

⑲ 时：指当时耻于从师的时俗。

⑳ 贻（yí）：赠。

译文

古时求学的人必定有老师。老师，是借以传授道理、教给学业、解除疑惑的人。人不是生下来就懂道理有知识的，谁能没有疑难问题呢？有疑问而不向老师学，那么他的疑惑永远也不会解除。出生比我早的人，他懂得道理本来在我之前，我就向他学习。出生比我晚的人，他懂得道理要是比我早，我也要向他学习。我学的是道理，又哪管他出生在我之前还是后呢？所以无论地位是贵是贱，无论年辈是长是少，道理在谁那里，谁就可以为师。

唉！从师的风尚已经很久不传了！想要人们没有疑惑也就难了！古时的圣人，远远超出于常人，尚且从师请教。现在的众人，比圣人差得远了，却耻于从师学习。所以圣明的人愈加圣明，愚蠢的人越发愚蠢。圣人之所以圣明，愚蠢的人之所以愚蠢，不都由于这个道理吗？人们爱自己的儿子，选择老师来教他。对于自己，却耻于求师。这就让人不明白了。那童子的老师，是教他书本知识、学习文句的，不是我所说的传授古道、解除疑惑的老师。有文句不懂，要从师，有疑难不解，却不从师，学了小的丢了大的，我看不出他有什么明白的道理。那些降神的巫师、治病的医生、奏曲的乐师以及各种手艺人，都不以互相学习为耻。而士大夫之类，有说起“老师”“弟子”等称呼的，就会被众人围聚讥笑。问他缘故，便说：“他与他年纪差不多，所学的道理也相似。如果以地位低的人为师，则感到羞耻，如果以官职高的人为师，又近于阿谀。”唉！师道之不能恢复，也就可想而知了。巫医、乐师、百工这类人，被士大夫所看不起，可现在士大夫的智慧反而还不及他们，这不太奇怪了吗?

圣人没有固定的老师。孔子向郯子、苌弘、师襄、老聃学习。郯子这些人，论贤明不及孔子。孔子说：“三人同行，其中一定有可以做我老师的人。”所以弟子不一定不如老师，老师也不一定比弟子贤明。学到道理有先有后，技能行业也各有所专。如此而已。

李氏之子名蟠，今年十七岁，爱好古文。六经的经文和传文全都学过。他不受时俗的拘束，向我学道。我嘉许他能走古人从师的正道，所以作《师说》送给他。

进学解

题解

这篇文章写于元和八年（813），韩愈任国子博士时。在此之前，他曾屡次被贬黜，所以在文中以国子先生自喻，通过和太学生的对话，以抒发自己不受重用的牢骚。据《旧唐书·韩愈传》载，执政者看了这篇文章后，认为他很有才，将他提升为比部郎中，史馆修撰。“进学解”，即对增进学问、培养道德的解析。作者认为“学”包括学业和德行两方面，“进学”就是要使学问精进，德行完美。而要达到“业精”“行成”的目标，就必须勤勉多思。全文借用汉代辞赋主客问答的形式，运用大量排偶，多处用韵，音调和谐，在韵文中贯串着散文的流畅气势。语言凝练、比喻生动，又富有幽默感，不少语汇被后人引为成语。

国子先生晨入太学①，招诸生立馆下，诲之曰：“业精于勤荒于嬉；行成于思毁于随。方今圣贤相逢②，治具毕张③。拔去凶邪，登崇畯良④。占小善者率以录，名一艺者无不庸⑤。爬罗剔抉⑥，刮垢磨光⑦。盖有幸而获选，孰云多而不扬？诸生业患不能精⑧，无患有司之不明⑨；行患不能成，无患有司之不公。”

言未既，有笑于列者曰：“先生欺余哉！弟子事先生，于兹有年矣。先生口不绝吟于六艺之文，手不停披于百家之编⑩；记事者必提其要，纂言者必钩其玄⑪；贪多务得，细大不捐；焚膏油以继晷⑫，恒兀兀以穷年⑬。先生之业，可谓勤矣。觝排异端[14]，攘斥佛老[15]，补苴罅漏[16]，张皇幽眇[17]；寻坠绪之茫茫[18]，独旁搜而远绍[19]；障百川而东之[20]；回狂澜于既倒。先生之于儒，可谓劳矣。沉浸醲郁[21]，含英咀华[22]。作为文章[23]，其书满家[24]。上规姚姒[25]，浑浑无涯，周诰殷盘[26]，佶屈聱牙，《春秋》谨严[27]，《左氏》浮夸[28]，《易》奇而法[29]，《诗》正而葩[30]，下逮《庄》《骚》[31]，太史所录[32]。子云相如[33]，同工异曲[34]。先生之于文，可谓闳其中而肆其外矣[35]。少始知学，勇于敢为；长通于方[36]，左右具宜。先生之于为人，可谓成矣[37]。然而公不见信于人，私不见助于友。跋前踬后[38]，动辄得咎[39]。暂为御史，遂窜南夷[40]。三年博士，冗不见治[41]。命与仇谋[42]，取败几时[43]。冬暖而儿号寒，年丰而妻啼饥。头童齿豁[44]，竟死何裨[45]？不知虑此，而反教人为[46]？”

① 国子先生：即国子博士，指韩愈。唐朝主管国家教育政令的官署叫作国子监，下设国子学、太学、四门学等七个学校。七学各置博士，国子博士即国子学的博士。这里说“晨入太学”，不是指当时七学中的太学，而是借古代设立在京城的最高学府“太学”的名称来代指国子监学舍。

② 圣贤相逢：指圣主贤臣相遇相合。圣主有贤臣辅佐，贤臣能为

圣主所用。

③ 治具：法令。《史记·酷吏列传》：“法令者，治之具。”毕：完全，尽。张：行得通。

④ 登崇：提拔。畯：通“俊”。畯良：才能出众、品行优良的人。

⑤ 名一艺：具有通一种经书的本事。名：有。艺：经。也可解为有一技之长。庸：用。

⑥ 爬：爬梳、整理。罗：搜罗。剔：挑选区分。抉：抉择。这句指选拔人才。

⑦ 刮垢：刮去污垢。磨光：磨去毛瑕，使之光洁。这句指磨砺造就人才。

⑧ 患：担心，怕。

⑨ 有司：古代官职各有专司，主管的官吏或官府便称为有司。这里指负责选拔人才的官吏。

⑩ 百家之编：指先秦时诸子的著作，如孟子、荀子等等。

⑪ 鉤：探索，同“钩”。玄：深奥的道理。

⑫ 焚膏油：点燃灯烛。膏，也是油。晷（guǐ）：日影。继晷：接上日光。

⑬ 恒：长久，经常。兀（wù）兀：劳苦的样子。穷年：终年，一年到头。

⑭ 觝（dǐ）排：抵制排斥。异端：与儒家不合的学说。

⑮ 攘斥：排斥、反对。佛老：佛教和老庄思想。老：老子，道家。

⑯ 补苴（jū）：填补。苴：本义为鞋里的“衬”，引申为填塞空虚的意思。罅（xià）漏：缺漏。

⑰ 张皇：张大，引申为阐发。幽眇：深奥隐微的地方。

⑱ 坠绪：失落的传统。指儒家所谓尧、舜、禹、汤、文王、武王、周公、孔、孟等古圣贤相传的道的系统。茫茫：形容道统的久远。

⑲ 绍：继承。

⑳ 障百川：堵住百川。东之：使百川向东。形容使百家学说归于儒家。

㉑ 醲：同“浓”。郁：香气盛。指经典的意味。

㉒ 英、华：都是花，指精华。咀：咀嚼。

㉓ 作为：作。

㉔ 其书：指所做的文章。满家：形容文章多。

㉕ 上规：向上取法。“规”字一直管到“诗正而葩”句。“姚姒”“周诰”“殷盘”“春秋”“左氏”“易”“诗”都是“规”的宾语。姚：虞舜的姓。姒：夏禹的姓。这里指《尚书》中的《虞书》和《夏书》。

㉖ 周诰：指《尚书》中的《周书》。《周书》中有《大诰》《康诰》等篇目。诰是一种文体。殷盘：指《尚书》中《商书》的《盘庚》篇。这些文章简古难读。所以下句说佶（jié）屈聱（áo）牙，形容其文字念起来曲屈不顺，十分涩口。

㉗ 《春秋》：是孔子根据鲁国史记作的史书，是我国最早的编年史，记事起于鲁隐公元年（前722），止于鲁哀公十四年（前481），共二百四十二年。文字简略，含有褒贬。

㉘ 《左氏》：即《春秋左氏传》，简称《左传》。相传是左丘明所作，记事较详。浮：发挥。夸：铺张。

㉙ 《易》：《易经》。内容是以卦的推算表示自然和人事的各种现象。奇：指卦的变化奇妙。法：指易经阐明的事理正常有规则。

㉚ 《诗》：《诗经》。是我国第一部诗歌总集。其中作品大致产生于西周初期到春秋中期。正：指思想内容纯正无邪。葩（pā）：花。指辞藻华美。

㉛ 下逮：向下直到。逮：及，到。“逮”字一直管到“同工异曲”句。“庄”“骚”“太史所录”“子云相如”都是“逮”的宾语。《庄》：《庄子》，是先秦思想家庄周的著作。《骚》：《离骚》，是战国时楚国大诗人屈原的一首抒情长诗。

㉜ 太史所录：指太史公司马迁所作的《史记》。

㉝ 子云：西汉末的扬雄，字子云。相如：汉武帝时的司马相如，字长卿。二人都以擅长大赋著称。

㉞ 同工异曲：乐工技巧相同，奏出的曲调各异。工：技能技巧。比喻以上著作各有特色。

㉟ 闳（hóng）其中：文章中的内容博大。闳：大。肆其外：指文章的形式放得开，不受拘束。肆：放。

㊱ 方：指做人的道理。

㊲ 成：完备。

㊳ 跋前踬后：进退两难。跋：踏。踬（zhì）：跌倒。《诗经·豳（bīn）风·狼跋》："狼跋其胡，载疐（zhì）其尾。""疐"同"踬"。说狼前进就踩着它颔下的悬肉，后退就倒在它的尾巴上。

㊴ 动辄得咎（jiù）：动不动就得罪。辄：每每如此。咎：过失。

㊵ 遂窜南夷：指韩愈贞元十九年（803）从监察御史被贬为阳山令。阳山在广东，地处南方边远地区，所以称南夷。窜：窜逐，贬谪。

㊶ 冗（rǒng）：职位闲散。治：功绩。

㊷ 命与仇谋：命运与仇敌相谋合。

㊸ 取败：招致失败。几时：不时。

㊹ 头童：头秃。《释名·释长幼》："山无草木者曰童。"秃发如山无草木。

㊺ 裨（bì）：补益。

㊻ 为：语助词，表示疑问。

先生曰："吁！子来前！夫大木为㝩[1]，细木为桷[2]，欂栌侏儒[3]，椳闑扂楔[4]，各得其宜，施以成室者，匠氏之工也。玉札丹砂[5]，赤箭青芝[6]，牛溲马勃[7]，败鼓之皮[8]，俱收并蓄，待用无遗者，医师之良也。登明选公[9]，杂进巧拙，纡馀为妍[10]，卓荦为杰[11]，校短量长，唯器是适者，宰相之方也[12]。昔日孟轲好辩[13]，孔道以明，辙环天下[14]，卒老于行；荀卿守正[15]，大论是弘，逃谗于楚，废死兰陵。是二儒者，吐辞为经，举足为法，绝类离伦[16]，优入圣域，其遇于世何如也？今先生学虽勤而不繇其统[17]，言虽多而不要其中，文虽奇而不济于用，行虽修而不显于众。犹且月费俸钱，岁縻廪粟[18]；子不知耕，妇不知织；乘马从徒，安坐而食；踵常途之役役，窥陈编以盗窃[19]。然而圣主不加诛，宰臣不见斥，兹非其幸欤？动而得谤，名亦随之，投闲置散，乃分之宜。若夫商财贿之有亡[20]，计班资之崇庳[21]，忘己量之所称，指前人之瑕疵，是所谓诘匠氏之不以杙为楹[22]，而訾医师以昌阳引年[23]，欲进其豨苓也[24]。"

① 宋（máng）：梁。

② 桷（jué）：椽。

③ 欂（bó）：壁柱。栌（lú）：柱上短木，斗拱。侏儒：梁上短木。

④ 椳（wéi）：门枢。闑（niè）：门之中央所竖的短木。扂（diàn）：门闩。楔（xiē）：门两旁长木。

⑤ 玉札：即地榆，药名，草本。丹砂：朱砂。

⑥ 赤箭：即天麻，药名，草本。青芝：药名。以上四种都是贵药。

⑦ 牛溲：牛尿。马勃：药名，主治诸疮。

⑧ 败鼓之皮：年久败坏的鼓皮，可入药。以上三种都是贱药。

⑨ 登明选公：提拔人才能够明察，选用人才态度公正。

⑩ 纡馀：委婉周备。妍：美。指人的性情。

⑪ 卓荦（luò）：超绝。杰：杰出，指品格。

⑫ 方：治理的方法策略。

⑬ “孟轲”二句：《孟子·滕文公下》：“孟子曰：‘予岂好辩哉！予不得已也。……杨墨之道不息，孔子之道不著，是邪说诬民，充塞仁义也。……吾为此惧，闲先圣之道，距杨、墨，放淫辞，邪说者不得作。’”意思是说，孟子为了排斥杨朱、墨翟（dí）的学说，使孔子之道得到彰明，不得已而“好辩”。

⑭ “辙环”二句：孟子车迹遍于天下，最后在周游途中衰老了。辙：车轮痕迹。环：周。卒：终于。行：道路。

⑮ “荀卿”四句：荀卿，赵国人。在齐国游学时，任祭酒，遭人毁谤，逃到楚国。楚国春申君用他为兰陵令。后来春申君死去，他被罢职不用，在家著书，死在兰陵。

⑯ 绝类离伦：绝、离都是超出的意思。类和伦意思相同，指所有同类的儒者。

⑰ 繇（yóu）：同“由”。其统：儒道的系统。

⑱ 岁：每年。縻：通“糜”，耗费。廪：仓。

⑲ 陈编：旧书。

⑳ 财贿：财货，禄利。亡：同“无”。

㉑ 班资：班列资格，官级品秩。庳：同“卑”。

㉒ 杙（yì）：小木桩。楹：柱。

㉓ 訾（zǐ）：非议，指摘。昌阳：即菖蒲。古人认为这是一种可以延年益寿的药。引年：延长寿命。

㉔ 进：进用。豨（xī）苓：即猪苓，又名猳猪屎，是利尿的药，属菌类。

译 文

国子先生早晨进了太学，把学生们召集起来站在学舍下面，教导他们说：“学业由勤勉而精进，因嬉游而荒废。德行由多思而完备，因随俗而毁败。当今圣君与贤臣相遇，国家法令都得以实施。除去凶恶奸邪，选拔俊才贤良。有一点长处的人都得到收录，能通一种经艺的人也无不任用。国家对人才爬梳搜罗、区别抉择，广为筛选，同时又刮去污垢，磨光毛瑕，精心造就。只有才德不够而侥幸获选的，谁说有学问广博而不被提拔的呢？你们只怕自己学业不能精，不用怕选人的上司不明察；只怕自己德行不完备，不要怕上司不公正。”

话还没说完，就有一个学生在队列中笑道：“先生是在骗我吧！弟子侍奉先生，到现在也有几个年头了。先生对于六经文章，嘴里没断过念诵，对于百家著作，手里没停过披览。对于记事的书，必定要得其要领，对于立论的书，必定要探其奥妙。贪图多学，务求得益。无论大小，都不放弃。点灯熬油，夜以继日，一年到头，辛辛苦苦。先生的学业，可说是够勤奋的了。您排抵异端学说，驳斥佛教道家。补充儒家的缺漏之处，阐明古道的深微含义。为寻求那久已失传的道统，您独自从旁搜求，远承前圣的事业。为使百家学说都归于儒，您力挽狂澜，堵住百川导流向东。先生对于儒家，可说是有功劳了。您沉浸在典籍浓厚馥郁的意味中，细细咀嚼玩味古文的精华。

所作的文章，多得堆满家中。向上取法于深远无穷的虞夏之书、简古难读的商周诰命、褒贬严谨的《春秋》、文辞铺张的《左传》、变化奇妙而有规则的《周易》，以及内容纯正而辞采华美的《诗经》；向下又顾及《庄子》《离骚》、太史公所录的《史记》、扬雄和司马相如的辞章。这些著作譬如乐工演奏技巧相同，而奏出的曲调各不相同。先生在作文方面，可说是内容宏博而文辞纵放了。您从少年时开始知道学习，就勇于作为，长大后精通做人之道，左右应付无不适宜。先生在为人方面，可说是成熟完备了。然而先生在公事上不能被人信用，在私交上无友人救助。往往进退两难，动不动就有罪过。刚当了御史不久，就被窜逐到南方边地。当了三年国子博士，又因职位闲散而显不出成绩。命运与仇敌相合，几次三番遭受挫败。遇到暖冬，儿子还冷得直叫，赶上丰年，妻子却饿得直哭。头秃齿缺，一直到死又有什么好处？您不知道想想这些，倒反而还来教人吗？”

先生说：“吁！你过来！那大木头作梁，小木头作椽。壁柱、斗拱、梁上短木、门枢、插关、门闩、门框，各得适宜的位置，用来盖成房子，这是木匠的本领。地榆、朱砂、天麻、青芝这些贵药，牛尿、马勃以及坏鼓皮这些贱药，都收藏起来，等用的时候就没有缺漏，这是医生的高明之处。明察而又公正地选拔人才，巧的笨的一齐进用。有人性情委婉周备，有人品格超卓杰出，校量长短，不论什么材器，都能得到合适的安排，这是宰相治理天下的策略。以前孟子爱好辩论，孔子之道才得以彰明。他的车迹绕遍天下，最后终老在游说途中。荀子遵循孔子正道，弘扬博大精深的理论，为逃避别人的谗言，来到楚国，最后被废为百姓，死在兰陵。这两位儒者，一开口就可成为经典，一举足就可成为法则，超越了所有同类的儒者，其德行的优秀已达到圣人的境界。他们在世上的遭遇又怎么样呢？现在我学习虽然勤奋，却不由儒家的正统；话说得虽多，却不能击中要害；文章虽然奇妙，却没有用处；行为虽然修洁，却不能为众人所共见。还在每月浪费薪俸，每年消耗禄米。儿子不知耕种，妻子不知织布；乘马有人随从，在家安坐吃饭。拘谨地循着寻常途径走路，在旧书中窃取陈言而毫无创新。然而圣君对我不加责罚，宰相对我不予斥逐。这还不够幸运的吗？一动就遭诽谤，名声也随之毁坏。投置在闲散的地方，乃是分所应当的。如果让我去计较禄利的有无，官秩的高低，忘了自己的分量与什么相称，反去指责显贵者的毛病，那就是所谓责问工匠不用小木桩作柱子，讥笑医生用菖蒲延年益寿，而要代之以进用猪苓了。”

张中丞传后叙

题 解

这篇文章作于宪宗元和二年（807），是为李翰所写的《张巡传》所作的一篇补叙。张中丞即张巡（709—757），邓州南阳（今河南南阳市）人，开元末进士。在安禄山之乱中，起兵抗击叛军，转战在雍丘、宁陵一带。后来和许远同守睢阳（今河南商丘市），诏拜御史中丞。睢阳被安禄山军围困，他坚守不降。最后粮尽援绝，城陷被俘，与部将三十六人不屈而死。李翰曾在睢阳做客，亲眼见到当时守城的情景。张巡死后，被人诬为投降叛军。李翰便写了《张巡传》献给唐肃宗。韩愈写这篇文章时，社会上正流传着一股谣言，对张巡加以中伤，又诬蔑许远怕死求降。所以文中着重辩明许远英勇不屈的事迹，并论述睢阳战役对扭转当时局势的重要意义，愤怒指斥了那些不顾国家危难、拥兵割据、坐观成败的军阀。同时补叙了有关张巡的一些逸事及其部将南霁云的事迹。

“叙”这种文体分为议论、叙事两类。本文将二者相结合，议论愤慨激切，叙事富有生气。补叙虽然全凭传闻，但善于在滔滔雄辩中辅以典型细节的描绘，因而能传神地刻画出主要英雄人物的形象。

元和二年四月十三日夜[1]，愈与吴郡张籍阅家中旧书[2]，得李翰所为《张巡传》。翰以文章自名[3]，为此传颇详密。然尚恨有阙者：不为许远立传[4]，又不载雷万春事首尾[5]。

远虽材若不及巡者，开门纳巡[6]，位本在巡上，授之柄而处其下，无所疑忌，竟与巡俱守死，成功名。城陷而虏[7]，与巡死先后异耳。两家子弟材智下[8]，不能通知二父志，以为巡死而远就虏，疑畏死而辞服于贼。远诚畏死，何苦守尺寸之地，食其所爱之肉[9]，以与贼抗而不降乎？当其围守时，外无蚍蜉蚁子之援[10]，所欲忠者，国与主耳，而贼语以国亡主灭[11]。远见救援不至，而贼来益众，必以其言为信，外无待而犹死守[12]，人相食且尽，虽愚人亦能数日而知死处矣。远之不畏死亦明矣！乌有城坏其徒俱死，独蒙愧耻求活？虽至愚者不忍为。呜呼！而谓远之贤而为之邪！

① 元和：唐宪宗李纯的年号。公元806年至820年。

② 张籍：字文昌，原籍吴郡（今江苏苏州）。元和初任太常寺太祝。以乐府诗著称。

③ "翰以文章"二句：《旧唐书·文苑传》说李翰"为文精密，

用思苦涩”。自名：自诩。

④ 许远：杭州盐官（今浙江海宁市）人。安史之乱时，任睢阳太守。

⑤ 雷万春：张巡的偏将，与南霁云一起受到张巡的重用。本文后面叙述南霁云的逸事，没有提到雷万春，可能关于他的事迹已无从考证，所以遗憾李翰没有详细记载他的始末。

⑥ “开门纳巡”二句：唐肃宗至德二载（757）正月，安庆绪的部将尹子奇带兵十三万赴睢阳。睢阳太守许远向张巡告急，张巡从宁陵带兵入睢阳。许远不习军事，自请为张巡调运军粮、修理武器等，作战筹划的大权都交给张巡。柄：权柄。

⑦ “城陷而虏”二句：至德二载十月，睢阳城沦陷。张巡、许远被叛军俘虏。尹子奇斩张巡、雷万春、南霁云等三十六人，将许远解送洛阳请功。安庆绪败时，许远在偃师被害。

⑧ “两家子弟”二句：唐代宗大历年间，张巡的儿子张去疾曾上书说张巡等三十多人死得极惨，只有许远活着。张巡临死时恨许远心不可测，误国家事。要求追夺许远的官爵。皇帝便下诏，令张去疾与许远的儿子许岘与百官追议此事。其实张巡死时，去疾还小，他所说的都只是根据传闻。所以这里说张、许两家子弟不能了解二父的志向。通知：通晓。

⑨ “食其”句：睢阳被围日久，城中粮食断绝。张巡将爱妾杀

掉，给士兵们充饥。许远也杀了他的奴仆。然后搜罗城里的妇女老弱来吃。人人知道要死，没有背叛的。

⑩ 蚍（pí）蜉（fú）：黑色大蚁。

⑪ “贼语”句：安禄山叛乱，唐玄宗逃往蜀中，长安、洛阳沦陷。当时叛军可能对张巡、许远说过“国亡主灭”这样的话。

⑫ 外无待：睢阳被围，当时外面还有河南节度使贺兰进明屯兵在临淮，许叔冀、尚衡驻守在彭城，都观望不救。

说者又谓远与巡分城而守[①]，城之陷，自远所分始。以此诟远，此又与儿童之见无异。人之将死，其藏腑必有先受其病者；引绳而绝之，其绝必有处。观者见其然，从而尤之[②]，其亦不达于理矣！小人之好议论，不乐成人之美，如是哉！如巡、远之所成就，如此卓卓，犹不得免，其他则又何说！

当二公之初守也，宁能知人之卒不救，弃城而逆遁[③]？苟此不能守，虽避之他处何益？及其无救而且穷也，将其创残饿羸之馀[④]，虽欲去，必不达。二公之贤，其讲之精矣[⑤]！守一城[⑥]，捍天下，以千百就尽之卒，战百万日滋之师，蔽遮江淮，沮遏其势，天下之不亡，其谁之功也！当是时，弃城而图存者[⑦]，不可一二数；擅强兵坐而观者，相环也。不追议此，而责二公以死守，亦见其自比于逆乱[⑧]，设淫辞而助之攻也[⑨]。愈尝从事于汴徐二府[10]，屡道于两府间，亲祭于其所谓双庙者[11]。其老人往往说巡、远时事云。

南霁云之乞救于贺兰也[12]，贺兰嫉巡、远之声威功绩出己上，不肯出师救；爱霁云之勇且壮，不听其语，强留之，具食与乐，延霁云坐。霁云慷慨语曰："云来时，睢阳之人，不食月馀日矣！云虽欲独食，义不忍；虽食，且不下咽！"因拔所佩刀，断一指，血淋漓，以示贺兰。一座大惊，皆感激为云泣下。云知贺兰终无为云出师意，即驰去；将出城，抽矢射佛寺浮图[13]，矢著其上砖半箭[14]，曰："吾归破贼，必灭贺兰，此矢所以志也[15]。"愈贞元中过泗州[16]，船上人犹指以相语。城陷，贼以刃胁降巡，巡不屈，即牵去，将斩之；又降霁云，云未应。巡呼云曰："南八[17]，男儿死耳，不可为不义屈！"云笑曰："欲将以有为也；公有言，云敢不死[18]！"即不屈。

① "说者"三句：张巡和许远各守睢阳城的一方，张守东北，许守西南。城被攻破，是先从许远所守的地方打开缺口的。

② 尤之：责怪先受病的脏腑和绳断的地方。比喻城上先被攻陷的部分。

③ 弃城而逆遁：叛军攻睢阳时，众人曾商议朝东转移。张巡、许远认为睢阳是江淮的屏障，如果弃城而去，叛贼趁势南下，

江淮必亡，而且带领饥饿的众人出走，肯定达不到目的地。逆遁：事先转移。

④ 创残饿羸之馀：受伤残废、饥饿瘦弱的剩余士兵。

⑤ 讲之精：考虑得很精密。

⑥ “守一城”八句：李翰在《进张中丞传表》中说：张巡退守睢阳，扼住咽喉。自春至冬，大战几十次，小战几百次，以少击多，以弱胜强，杀贼九十余万，江淮得以保全，是张巡的功劳。

⑦ “弃城”四句：安禄山乱起，投降贼军的有谯郡太守杨万石，雍丘县令令狐潮等人。弃城逃跑的有山南东道节度使鲁炅，灵昌太守许叔冀等人。

⑧ 自比于：自己依附。

⑨ 淫辞：淫滥的邪说。助之攻：帮助逆乱之党攻击忠良。

⑩ “愈尝”句：董晋镇汴州，张建封镇徐州时，韩愈曾先后在他们幕下任推官。汴州在今河南省开封市，徐州在今江苏徐州市。从事。唐代对幕僚的称呼，这里作动词用。

⑪ 双庙：唐肃宗在睢阳为张巡、许远立庙，称为双庙。

⑫ 南霁云：魏州顿丘（今河南清丰县西南）人。原来是钜野尉张沼的部将。后来到睢阳，因感激张巡厚恩，成为张巡的部将。贺兰：即贺兰进明，当时屯驻在临淮。

⑬ 矢：箭。浮图：佛塔。

⑭ 矢著其上砖：箭射到塔上的砖里。半箭：有半箭之深。

⑮ 志：通“誌”，做标记。

⑯ 贞元：唐德宗李适年号，公元785年至805年。泗州：州府在临淮，即今江苏省泗洪县东南。是贺兰进明驻守的地方。

⑰ 南八：即南霁云。八是他在弟兄中的排行。

⑱ 敢不死：岂敢不死。

张籍曰：“有于嵩者，少依于巡；及巡起事[1]，嵩常在围中。籍大历中于和州乌江县见嵩[2]，嵩时年六十馀矣。以巡初尝得临涣尉[3]，好学无所不读。籍时尚小，粗问巡、远事，不能细也。云巡长七尺馀，须髯若神[4]。尝见嵩读《汉书》，谓嵩曰：‘何为久读此？’嵩曰：‘未熟也。’巡曰：‘吾于书读不过三遍，终身不忘也。’因诵嵩所读书，尽卷不错一字。嵩惊，以为巡偶熟此卷，因乱抽他帙以试[5]，无不尽然。嵩又取架上诸书试以问巡，巡应口诵无疑。嵩从巡久，亦不见巡常读书也。为文章，操纸笔立书，未尝起草。初守睢阳时，士卒仅万人[6]，城中居人户，亦且数万，巡因一见问姓名，其后无不识者。巡怒，须髯辄张。及城陷，贼缚巡等数十人坐，且将戮。巡起旋[7]，其众见巡起，或起或泣。巡曰：‘汝勿怖！死，命也。’众泣不能仰视。巡就戮时，颜色不乱，阳阳如平常[⑧]。远宽厚长者，貌如其心；与巡同年生，月日后于巡，呼巡为兄，死时年四十九。嵩贞元初死于亳、宋间[⑨]。或传嵩有田在亳、宋间，武人夺而有之，嵩将诣州讼理[⑩]，为所杀。嵩无子。”张籍云。

① “及巡”二句：起事，指起兵讨伐安禄山。围中，围城中。

② 大历：唐代宗李豫的年号，公元766年至779年。和州乌江县：今安徽和县乌江镇。

③ “以巡”句：因为张巡的缘故，起初曾得过临涣县尉的官职。这里是指于嵩随张巡参加睢阳城守卫战，张巡死难后，因功得官。临涣县故城在今安徽省宿州市西南的临涣集。

④ 须髯（rán）：胡须的总称。长在下巴上的称须，长在两腮的称髯。

⑤ 帙（zhì）：书套。这里指书。

⑥ 仅万人：近万人。

⑦ 旋：小便。

⑧ 阳阳：安详而无所用心的样子。

⑨ 亳（bó）宋间：亳州和宋州之间。亳州州府在今安徽省亳州市，宋州即睢阳。

⑩ 讼理：诉讼。

译 文

元和二年四月十三日夜，我与吴郡张籍翻阅家中旧书，得到李翰所作的一篇《张巡传》。李翰以文章自诩，这篇传记写得颇为详细精密，但还是遗憾有所缺漏：没有为许远立传，又不记载雷万春事迹的始末。

许远的才能似乎不如张巡。他打开城门接纳张巡，官位本来在张巡之上，但他把权柄授予张巡，自己反处于下位，对张巡并不猜疑忌妒，一直与张巡一起坚守待死，成就功名。城陷被俘，与张巡只是在死的先后这一点上不同罢了。张、许两家子弟才智低下，不能理解两位父亲的志向，以为张巡死而许远被俘，便怀疑他怕死而向叛贼求降。许远如果确实怕死，又何苦守着这块尺寸大小的地方，以自己所爱之人的肉为食粮，来与叛贼对抗而不降呢？当他们坚守围城的时候，外面连蚍蜉蚁子这样微小的援助都没有。他们所要效忠的，只是国家和君主罢了。而叛贼又对他们说国家已亡，君主已死，许远见援军不到，而贼兵越来越多，必定以为叛贼之言属实。外援已绝而仍然死守，人都将互相吃尽了，虽是愚人也能数着日子知道自己的死所，许远的不怕死也就很清楚了。哪有城陷以后同伴都死，而独自蒙耻求活的道理？即使是最笨的人也不忍做这种事。呜呼！难道像许远那样的贤人倒会做这等事吗？

有人又说许远与张巡分城而守，城池的陷落，是从许远所守的部分开始的，以此来诽谤许远。这又与儿童之见没什么两样。人将要死了，他的脏腑一定有先得病的部位。将一根绳子拉断，总有断的地方。旁观的人只看见这种现象，便来责怪先坏的部分，这就太不达事理了！小人之喜欢议论，不乐于成人之美，就是这样呵！像张巡、许远的成就如此特出，尚且不能避免小人的诽谤，其他的事情还有什么可说的呢？

当张、许二公开始守城的时候，怎么能知道别人最终不来救援，抛弃城池事先转移？如果这里不能守，即使躲到别处又有什么用处？等他们得不到救援而处于困境时，带着那些受伤残废、饥饿疲弱的士兵，就是想离开，也不可能了。二公如此贤明，他们的考虑是够周到的。守住一座睢阳城，就是捍卫了天下。以千百个越战越少的士卒，去与上百万愈来愈多的军队作战，遮蔽江淮，阻挡住敌人南下的势头，国家最终不亡，那是谁的功劳？那时候，抛弃城池而保全自己的，不是一个两个。拥有强兵而坐观成败的，相连成环。不去追究议论他们这种人，反而责备张巡、许远二人死守。由此也可以见出这些小人是自附于逆党，故意造出淫滥的邪说来帮助叛逆攻击忠良。我曾经在汴州、徐州二府任职，屡次在二府之间的道路上走过。亲自祭祀了张巡、许远的双庙。那里的老人常常谈起巡、远时的事情。

南霁云去贺兰进明处求救兵的时候，贺兰忌妒张巡、许远的声威功绩高出于自己之上，不肯出师救援，又爱南霁云的勇武强壮，不听他说，强迫他留下来。设宴奏乐，请霁云坐。霁云愤激地说道：“我来的时候，睢阳的人已经有一个多月没吃饭了！我虽然想独自进食，但于道义上不忍。即使吃，也咽不下去！”于是拔出佩刀，斩断一指，鲜血淋漓，向贺兰出示。满座大惊，都深受感动，为之落泪。南霁云知道贺兰最终没有为自己出兵的意思，立即驰马而去。将出城的时候，抽箭射向佛寺的宝塔，箭射入砖里有半支之深。说：“我回去破贼，一定要消灭贺兰，这箭就是标志！”我贞元中经过泗州时，船上的人还指着那处遗迹相互评说。睢阳城陷时，叛贼用刀威胁张巡投降。张巡不屈，便牵走，准备斩他。又招降霁云，霁云没有做出反应。张巡便叫道：“南八，男子汉要死就死，不可为不义所屈服！”霁云笑道：“我是想等待时机有番作为，您既是这样说，我岂敢不死！”于是不屈而死。

张籍说：“有一个叫作于嵩的人，少年时跟着张巡。到张巡起兵讨贼的时候，他常在围城中。我大历中在和州乌江县见到他，他那时已六十多岁了。因为跟张巡有功的缘故，最初得过临涣县尉的官职。这人很好学，无所不读。我当时还小，曾粗略地问过一些关于张巡、许远的事，不能详细了解。他说张巡高七尺多，胡须像神仙一样。曾见于嵩念《汉书》，便问道：‘为什么老读这本书？’于嵩说：‘因为还不熟。’张巡说：‘我念书不过三遍，就可以终身不忘。’于是背诵于嵩所读之书，一卷背完，没有错一个字。于嵩很吃惊，以为张巡恰巧对这卷书熟悉，便乱抽别的书籍来试他，都是一样。于嵩又把架上的各种书取下来试着问张巡，张巡都能应声而诵，毫无疑难。于嵩跟从张巡很久，也不见他经常念书。张巡做文章总是拿起纸笔就写，从不起草。初守睢阳时，士卒近万人，城里住户也差不多有几万。张巡见一次问过姓名，以后就没有不认识的。张巡一发怒，胡须就张开来。城陷的时候，叛贼将张巡等几十人捆绑起来，让他们坐着，将要全部杀掉。张巡起来解手。部众见他起来，有的站起，有的哭泣。张巡说：‘你们别怕！死是命当如此。’众人哭得抬不起头来。张巡就义时，脸色不变，像平时一样安详。许远是一位宽厚的长者，外貌与他的性格一样实诚。与张巡同年生，月日比张巡晚，称张巡为‘兄’，死时四十九岁。于嵩贞元初死在亳州和宋州之间的一处地方。有人传说于嵩在这一带有田，被武将夺去霸占了。他要去州府告状，被人杀害。于嵩没有儿子。”这是张籍所说。

杂说 其四

题 解

韩愈的《杂说》共四篇，都是托物寓意的议论体杂文。这是第四篇，借伯乐识千里马的故事加以发挥，以千里马在养马人手里得不到善待的遭遇，比喻奇才异能之士沉沦下层的处境，感叹封建统治者不能识别和任用人才。文章短小精悍，笔力矫健，只就比喻本身展开论证，并不点明寓意，便以透辟的说理概括了人才往往因不遇识者而被埋没的普遍现象。

世有伯乐[①]，然后有千里马。千里马常有，而伯乐不常有。故虽有名马，只辱于奴隶人之手[②]，骈死于槽枥之间[③]，不以千里称也。

马之千里者，一食或尽粟一石；食马者不知其能千里而食也[④]。是马也，虽有千里之能，食不饱，力不足，才美不外见；且欲与常马等不可得，安求其能千里也？

策之不以其道[⑤]，食之不能尽其材[⑥]，鸣之而不能通其意[⑦]，执策而临之，曰："天下无马。"呜呼！其真无马邪？其真不知马也！

① 伯乐：姓孙名阳，秦穆公时人，以善相马著称。

② 只：只是。奴隶人：指养马的奴仆。

③ 骈：併，并。槽：盛饲料的器具。枥：马槽。

④ 食（sì）马者：喂马的人。不知其能千里而食也：这里的“食”也作喂养解，同“饲”。

⑤ 策：马鞭。不以其道：不根据千里马的特性。

⑥ 材：指千里马能吃才能行千里的才能。

⑦ 通其意：通晓马鸣的意思。

译 文

世上有伯乐，才能发现千里马。千里马常有，而伯乐不常有。所以虽然有名马，也只是在养马的奴隶手中受辱，与凡马一起老死在普通的马槽上，不会以千里马著称。

马中能跑千里的，一顿饭有时要吃一石粟。喂马的人不知道当千里马去喂养它。这样的马，虽有能行千里的本领，吃不饱，力不足，它的才能也无法表现出来。何况想与普通马平等都不可能，哪里还能要求它驰骋千里呢？

不能按千里马的特性来鞭策它，又不能按它的才器来喂养它，马鸣时又不能通识它的意思，却拿着马鞭在它旁边说：“天下无马。”呜呼！是真的没有马吗？其实是真不识马呵！

送李愿归盘谷序

题 解

这是韩愈为送李愿回盘谷隐居所写的一篇序文，大约作于贞元十七年（801）。李愿是韩愈的友人，生平事迹不详。盘谷在孟州济源县（今河南济源市）。这时韩愈刚离开汴州、徐州，来到洛阳，想在京师求官，很不得志。所以借此文抒发了内心的积郁。文中着重描绘了骄奢荒淫、作威作福的达官贵人，洁身自爱、安于贫贱的山林隐士；以及趋走权门、钻营功名的势利小人。并以这三类人相互对照，赞美了李愿不与世俗同流合污的精神。全文采用辞赋铺陈排比的句法，淋漓尽致地刻画出形形色色的世态人情。冷嘲热讽，褒贬自见。

太行之阳有盘谷[①]。盘谷之间，泉甘而土肥，草木丛茂，居民鲜少[②]。或曰："谓其环两山之间[③]，故曰盘。"或曰："是谷也，宅幽而势阻[④]，隐者之所盘旋。"友人李愿居之。

愿之言曰："人之称大丈夫者，我知之矣！利泽施于人，名声昭于时，坐于庙朝[5]，进退百官而佐天子出令[6]；其在外，则树旗旄[7]，罗弓矢，武夫前呵[8]，从者塞途，供给之人，各执其物，夹道而疾驰。喜有赏，怒有刑；才畯满前[9]，道古今而誉盛德，入耳而不烦。曲眉丰颊[10]，清声而便体[11]，秀外而惠中[12]，飘轻裾[13]，翳长袖[14]，粉白黛绿者[15]，列屋而闲居[16]，妒宠而负恃[17]，争妍而取怜[18]。大丈夫之遇知于天子，用力于当世者之所为也，吾非恶此而逃之，是有命焉，不可幸而致也。穷居而野处，升高而望远，坐茂树以终日，濯清泉以自洁；采于山，美可茹[19]，钓于水，鲜可食；起居无时，唯适之安[20]。与其有誉于前，孰若无毁于其后，与其有乐于身，孰若无忧于其心；车服不维[21]，刀锯不加，理乱不知，黜陟不闻[22]。大丈夫不遇于时者之所为也，我则行之。伺候于公卿之门，奔走于形势之途[23]，足将进而趑趄[24]，口将言而嗫嚅[25]，处污秽而不羞，触刑辟而诛戮[26]，侥倖于万一，老死而后止者，其于为人，贤不肖何如也？”

昌黎韩愈闻其言而壮之，与之酒而为之歌曰：“盘之中，维子之宫[27]；盘之土，可以稼；盘之泉，可濯可沿[28]；盘之阻，谁争子所！窈而深[29]，廓其有容[30]；缭而曲，如往而复。嗟盘之乐兮，乐且无央；虎豹远迹兮，蛟龙遁藏；鬼神守护兮，呵禁不祥；饮且食兮寿而康；无不足兮奚所望！膏吾车兮秣吾马[31]，从子于盘兮，终吾生以徜徉[32]！”

① 太行（háng）：山名，在山西高原与河南河北平原之间。山中有许多横谷。阳：山的南面。

② 鲜：少。

③ “谓其”二句：指这条山谷屈曲环绕在两山之间，所以起名盘谷。

④ 宅幽：坐落的位置幽深。势阻：地势阻塞。

⑤ 庙朝：国家宗庙和朝廷。

⑥ 进退百官：任免、升降官员的职务。

⑦ 旄（máo）：装饰在旗杆上的旄牛尾。树旗旄：唐代的外官中，节度使权位很高。出外时要树双旗，持双节。

⑧ 呵：喝道。

⑨ 才畯：俊才。畯，是“俊”的借字。这里指才士幕客。

⑩ 丰颊：丰满的脸颊。

⑪ 便体：体态轻盈。

⑫ 秀外：外貌秀丽。惠中：内心聪慧。

⑬ 裾（jū）：衣襟。

⑭ 翳（yì）：遮掩。

⑮ 粉白黛绿：指女子脸上的化妆。黛：画眉的黑色。

⑯ 列屋：众屋罗列、毗连。

⑰ 妒宠：忌妒受宠的女子。负恃：依恃美貌而自负。

⑱ 取怜：求取爱怜。

⑲ 茹：食。

⑳ 唯适之安：只求舒适安逸。

㉑ “车服”二句：车服是天子赏赐，表彰功劳的。维：系。刀锯，即刑具。

㉒ 黜（chù）：贬官。陟（zhì）：升官。

㉓ 形势：权势。

㉔ 趑（zī）趄（jū）：想前进又不敢的样子。

㉕ 嗫（niè）嚅（rú）：欲言又止的样子。

㉖ 刑辟：刑法。

㉗ 维：语气助词。宫：住宅。

㉘ 沿：沿泉流而游赏。

㉙ 窈（yǎo）：幽深。

㉚ 廓：广阔。有容：指其空间的容量很大。

㉛ 膏车：用油脂涂车轴，使它润滑。秣（mò）马：用饲料把马喂饱。

㉜ 徜（cháng）徉（yáng）：自在地游荡。

译　文

太行山南有盘谷，盘谷之间，泉水甘美，土地肥沃。草木茂密，居民稀少。有人说："因它环绕于两山之间，所以名盘谷。"有人说："这座山谷，位置深幽，地势阻塞，是隐者往来盘旋的地方。"友人李愿就在那里居住。

李愿说："人们称道的大丈夫，我已知道了。将利益、恩惠布施给别人，名誉声望昭彰于当时。坐在朝廷，则任免百官，辅佐天子，发号施令。出任外官，便树起旌节，罗列弓箭，武夫在前面吆喝开道，从人在后面塞满大路。负责供应的人，各自端着用品，夹道飞驰。高兴就有赏，发怒便加刑，座前挤满才俊，说古道今，歌功颂德，充耳不烦。弯眉圆脸、声音清扬、体态轻盈的美人们，个个外貌秀美、资质聪慧，轻裾飘扬、长袖掩映，粉面黛眉，闲居在各房各屋之中，自恃貌美而忌妒得宠的姬妾，争相斗艳而求取贵人的爱怜。大丈夫中那些受到天子赏识，致力于当世时务的人就是这样作为。我并不是因为厌恶这些而逃世，而是因为人各有命，不能有幸得到这样的地位。住在穷乡僻野，可以登高望远。坐在茂树之下消磨终日，浸在清泉之中洁身自爱。到山上采摘，有可餐的美味，去水中垂钓，有可食的鱼鲜。作息不用定时，唯求舒适安逸。与其眼前有荣耀，何如日后无毁谤；与其身上图快活，何如心中无忧愁。车马官服不系于身，刀锯刑具不加于颈，不知国家治乱，不闻官职升降。大丈夫中的不得志者是这样作为，我要走的就是这条路。在公卿的门边侍候，在权势的途中奔走，想迈腿则畏缩不前，想开口又吞吞吐吐。处在污秽之中而不觉得羞耻，触犯刑法就难免遭到杀戮。即使万一侥幸，一直活到老死，这样的为人，与前一种人比，是贤明还是不肖，相差是何等远呢？”

昌黎韩愈听了李愿的话而为之气壮。给他酒并为他作歌说：“盘谷之中，是你的栖隐之宫；盘谷之土，是你的耕稼之处。盘谷有泉，可以洗濯尘垢、沿洄流连。盘谷险阻，又有谁来与你争夺住所！幽深宽阔，无所不容，缭绕曲折，往复无穷。盘谷之乐呵，乐将无穷；虎豹远离呵，蛟龙逃遁；鬼神守护呵，禁除不祥；可饮可食呵，长寿安康，既无不足呵，何所想望！擦好车呵喂好马，随你来到盘谷呵，我将终生在此游荡！”

蓝田县丞厅壁记

题 解

厅壁记是一种专记官职创置和升迁始末的文体。唐代朝廷各部门的厅上都有壁记，后来流传到郡县一级的官衙中。这种文体的本意是记述前任官员的履历，贵在详明切实。韩愈却利用这种体裁，写成了一篇政治讽刺小品文。文中揭示出当时县丞有职无权、形同虚设的状况，并对崔斯立被贬为蓝田县丞后磨尽锐气、无所事事的处境深表同情和遗憾。笔触犀利生动，含蓄幽默，有如漫画。

丞之职所以贰令[①]，于一邑无所不当问。其下主簿、尉，主簿、尉乃有分职[②]。丞位高而偪[③]，例以嫌不可否事[④]。文书行，吏抱成案诣丞[⑤]。卷其前，钳以左手[⑥]，右手摘纸尾[⑦]，雁鹜行以进[⑧]，平立，睨丞曰[⑨]："当署[⑩]。"丞涉笔占位置[⑪]，惟谨。目吏，问："可不可？"吏曰："得。"则退。不敢略省[⑫]，漫不知何事。官虽尊，力势反出主簿、尉下。谚数慢[⑬]，必曰："丞。"至以相訾謷[⑭]。丞之设，岂端使然哉[⑮]！

博陵崔斯立[⑯]，种学绩文[⑰]，以蓄其有，泓涵演迤[⑱]，日大以肆[⑲]。贞元初，挟其能，战艺于京师[⑳]，再进再屈千人。元和初，以前大理评事言得失黜官[㉑]，再转而为丞兹邑。始至，喟然曰[㉒]："官无卑[㉓]，顾材不足塞职。"既噤不得施用[㉔]，又喟然曰："丞哉！丞哉！余不负丞，而丞负余。"则尽枿去牙角[㉕]，一蹑故迹，破崖岸而为之。

丞厅故有记，坏陋污不可读。斯立易桷与瓦[26]，墁治壁[27]，悉书前任人名氏。庭有老槐四行，南墙钜竹千挺[28]，俨立若相持，水㶁㶁循除鸣[29]。斯立痛扫溉[30]，对树二松，日吟哦其间。有问者，辄对曰："余方有公事，子姑去。"考功郎中、知制诰韩愈记。

① 以贰令：县令的副职。唐制，京都周围的各县称为畿县，蓝田即畿县。设县令一人，县丞一人。令是一县的行政长官，丞是副职。

② "主簿"句：唐制，畿县在县令和县丞下设主簿一人，尉二人。县署内设录事、司功、司仓、司户、司兵、司法、司士七司。主簿管录事司，同时是各司的总负责。尉分别管理各司。分职：各有专职。

③ 丞位高而偪（bī）：丞的地位比主簿和尉高，逼近县令。偪：同"逼"。

④ "例以"句：按照惯例，丞都因为避免嫌疑，对公事不置可否。嫌：指与县令争权的嫌疑。"不"是"可否事"的否定词。

⑤ 成案：已成的案卷，即文书。公文由主管各司拟稿，经县令最

后判定，已成定案。诣（yì）：到……去。

⑥ 钳：夹。形容吏把文书夹得紧紧的，不让县丞看卷起的部分。

⑦ 摘纸尾：公文内容写在前面，纸尾是署名的地方，所以摘出来。

⑧ 雁鹜（wù）行：像大雁和野鸭那样斜行。

⑨ 睨：斜视。是一种轻蔑的表情。

⑩ 当署：古代公文发行，除了主管长官署名外，副职也要署名。这是写丞对一县之事都应过问，但又没有一事让他过问，只能在定案上签名。

⑪ 涉笔：拿笔。占位：看好署名的位置。

⑫ 略省：略为了解一下公文的内容。

⑬ 谚数慢：民间俗语计数闲散官。慢：散慢官，即冗散官。

⑭ 訾（zǐ）謷（áo）：诋毁，说坏话。

⑮ 端：本来。使然：使它这样。

⑯ 博陵崔斯立：崔斯立名立之，博陵人，一说清河（今河北清河县）人。博陵在今河北省蠡县南。

⑰ 种学绩文：用耕种和纺织来比喻崔斯立勤于学习，能写文章。绩：把麻纤维披开接起来搓成线。

⑱ 泓涵演迤（yí）：指崔斯立学问修养深厚广博。泓涵：包孕宏深。演迤：范围宽广。

⑲ 日大以肆：一天天扩大，而且纵横自如。指崔斯立知识的积累和运用。

⑳ “战艺”二句：士人应试，以文学经艺与别的应试者相较量，所以说“战艺”。崔斯立于贞元四年（788）登进士第，六年（790）中博学宏词科，两次得中，所以说两次得进，两次击败其他千名应试者。屈：使人屈服。

㉑ “以前”二句：前大理评事：崔斯立原来的官职。言得失黜官：因论朝政得失被贬官。再转：经过再次贬谪。为丞兹邑：来到这个县当丞。

㉒ 喟（kuì）然：叹气的样子。

㉓ “官无卑”二句：官职不论卑低，只是自己的才力不足以称职。

㉔ 噤：被迫闭口不言。不得施用：不能发挥作用。

㉕ “则尽”三句：枿（niè）去牙角：砍伐木头上的枝丫。比喻磨去言行的棱角。一蹑故迹：完全照着过去县丞的旧例去做。破崖岸而为之：水有崖岸，一旦破除，就不按原来的方向流了。比喻破除原先的做人准则。从上文可以看出，崔斯立本来并不计较自己的贬官，决心无论在什么职位上都好好做一番事业。现在既然无法施展，只能走前任县丞的老路，便改变了自己的生活方向。这两个比喻都是从下文修屋、引水的动作中

取来的，语带双关。

㉖ 易：换去。桷（jué）：屋椽的一种，方形的称桷，圆形的称椽。

㉗ 墁（màn）：涂墙壁的工具，这里作动词。

㉘ 钜竹：巨竹。钜：大。

㉙ 漷（guō）漷：水声。循：沿着。除：庭阶。

㉚ 痡：彻底。扫溉：洒扫灌溉。

译 文

县丞是县令的副职，对于一县之事没有不应当过问的。其下设主簿、尉，主簿、尉各有分理的专职。丞的官位高于主簿、尉而逼近县令，按惯例为避免与县令争权的嫌疑，一向对公事不置可否。公文发布之前，县吏抱着已定的案卷来见丞，卷起文书的前部，左手像钳子般紧紧夹着，右手摘出需要县丞署名的纸尾，一溜歪斜地过来递上案卷，直着腰，斜眼看着县丞说："该在这儿签名。"县丞谨慎地掂起笔来在适当的位置签好名，望着吏问："可不可？"吏说："得了。"便抱着文书退出。县丞也不敢略为了解一下公文的内容，全不知上面说的是什么事。官位虽然较高，势力反而在主簿、尉以下。民间谚语数落闲散官，必定要举出县丞为例。甚至把县丞当作骂人的话。县丞的设置，难道本意就是使它如此吗？

博陵人崔斯立，在文章学问的领域中辛勤耕织，以积蓄他的知识修养，逐渐达到宏深广阔的境界，学识日益扩大而且运用自如。贞元初，凭着他的才能，来京师应试，两次得中，战败了上千名应举的士人。元和初，因在当大理评事时论朝政得失被贬官，又再遭贬谪而来到此县为丞。刚来时，还感叹说："官职无所谓卑下，只是怕自己的才力不足以称职。"后被迫噤口不谈公事，无法施展抱负，又叹息说："丞呵、丞呵，我对得起丞的职位，而丞却对不起我！"于是砍去言行中的槎枒棱角，走前任县丞的老路，像铲破崖岸一样，破除了自己原来的生活准则。

县丞厅上原有记，毁坏污陋已不可读。崔斯立给厅堂换了椽子和屋瓦，粉刷了墙壁。把前任的姓名都写在上面。庭中有四行老槐树，南墙有千株大竹，俨然挺立对峙。渠水沿着庭阶虢虢地流过。斯立彻底扫除浇灌了庭院，对面种下两棵松树，每天在那里吟哦。有人问，便回答说："我正有公事，你姑且走开。"考功郎中、知制诰韩愈记。

祭十二郎文

题解

祭文是古代用于告飨神祇或祭奠亲友的一种文体。祭奠亲友的文辞以抒发哀悼之情为主，汉魏以来大多用整齐的四言韵语或骈体文。韩愈这篇祭文则变骈为散，突破传统格式，创出新体。题又作《祭兄子十二郎老成文》。十二郎名韩老成，是韩愈二兄韩介的次子，过继给长兄韩会为子。韩愈从小由韩会夫妇抚养长大，与十二郎的关系尤其亲密。文中回顾叔侄二人相依为命的孤苦身世，为自己在外求官不能与亲人常聚而深感痛悔，并抒写了因十二郎的早夭而引起的人生无常之悲。呜咽号泣，千回百转，血泪交迸，自然流成文章。

年、月、日[①]，季父愈闻汝丧之七日[②]，乃能衔哀致诚[③]，使建中远具时羞之奠[④]，告汝十二郎之灵[⑤]：

呜呼！吾少孤，及长，不省所怙[⑥]，惟兄嫂是依。中年兄殁南方[⑦]，吾与汝俱幼，从嫂归葬河阳，既又与汝就食江南[⑧]；零丁孤苦，未尝一日相离也。吾上有三兄[⑨]，皆不幸早世。承先人后者[⑩]，在孙惟汝[⑪]，在子惟吾，两世一身[⑫]，形单影只[13]，嫂尝抚汝指吾而言曰："韩氏两世[14]，惟此而已！"汝时尤小，当不复记忆；吾时虽能记忆，亦未知其言之悲也。

吾年十九[15]，始来京城。其后四年，而归视汝。又四年，吾往河阳省坟墓[16]，遇汝从嫂丧来葬[17]。又二年，吾佐董丞相于汴州[18]，汝来省吾；止一岁，请归取其孥[19]。明年丞相薨，吾去汴州[20]，汝不果来。是年，吾又佐戎徐州[21]，使取汝者始行，吾又罢去[22]，汝又不果来。吾念汝从于东[23]，东亦客也，不可以久；图久远者，莫如西归，将成家而致汝[24]。呜呼！孰谓汝遽去吾而殁乎[25]！吾与汝俱少年，以为虽暂相别，终当久与相处，故舍汝而旅食京师[26]，以求斗斛之禄；诚知其如此，虽万乘之公相[27]，吾不以一日辍汝而就也[28]！

① 年、月、日：祭文开头应写明作文的时间。这里省略了具体的日子。从下句看，本文应作于贞元十九年（803），得到老成死讯的第七天。

② 季父：叔父。

③ 衔哀：含着悲哀。致诚：向死者表达诚意。

④ 建中：人名，可能是韩愈家的仆人。时羞：时鲜食品。奠：用酒食祭死者。

⑤ 郎：唐时口语称年轻男子为郎子。灵：神。

⑥ 不省（xǐng）所怙（hù）：不知自己的父亲。省：知道。怙：依靠《诗经·小雅·蓼莪》："无父何怙？"所怙，指父亲。韩愈的父亲名韩云卿，死时韩愈才三岁。

⑦ "中年"三句：大历十二年（777）五月，韩愈长兄韩会被贬为韶州刺史，死在贬所，时年四十二岁，所以说"中年"。韶州的州府在今广东省韶关市曲江区。河阳是韩愈家祖坟所在地。即今河南修武县的南阳，当地人称此地为韩庄，或韩村。

⑧ 就食江南：韩家有别业在宣州（今安徽省宣城市）。建中二年（781），因中原兵乱不息，韩愈随嫂移家宣州。

⑨ 吾上有三兄：指韩愈的两个哥哥韩会、韩介，以及老成的哥哥韩百川（韩介的长子），三人都不幸早年去世。这里的"吾"是指自己和老成。另一种说法，认为韩愈还有第三个哥哥，死的时候太小，还未起名。

⑩ 先人：指韩愈之父。

⑪ 在孙惟汝：在孙辈中只有你。

⑫ 两世一身：两代各剩一个男丁。

⑬ 只：单独。

⑭ 两世：这里指自己和十二郎这两辈。

⑮ "吾年十九"四句：韩愈十九岁时，由宣州游长安，去考进

士，直到二十五岁才考中，中间回过一次宣州。

⑯ 省：探视。

⑰ “遇汝”句：在十二郎奉其母亲郑氏（韩愈长嫂）的灵柩来河阳安葬时，二人相遇。

⑱ “吾佐”句：贞元十二年（796）七月，董晋以检校尚书左仆射、同中书门下平章事（相当于宰相）的官衔出任宣武军节度使、汴、宋、亳、颍等州观察使，韩愈在他幕下任节度推官。

⑲ 归取其孥（nú）：回宣州接妻儿来住。孥：妻与子的总称。

⑳ 去汴州：离开汴州。贞元十五年（799）二月，董晋死在汴州，韩愈随丧西去。

㉑ 佐戎徐州：贞元十五年秋天，宁武军节度使张建封征召韩愈任节度推官。节度使府在徐州。

㉒ 吾又罢去：贞元十六年（800）五月，张建封去世，韩愈赴洛阳。

㉓ 汝从于东：你跟我到东边去。东：指汴州和徐州，都在故乡修武东面。

㉔ 将成家：打算在故乡把家安好。致汝：接你来。

㉕ 遽去吾：突然离开我。

㉖ 旅食：客居。

㉗ 万乘之公相：高官厚禄。战国时，能出兵车万乘的大国，地方

千里，称为万乘之国。这里借来形容封邑之大。公：三公。相：宰相。都是辅助国君掌握军政大权的最高官员。

㉘ 辍：停止。用在这里是抛舍的意思。

去年孟东野往[1]，吾书与汝曰："吾年未四十[2]，而视茫茫[3]，而发苍苍，而齿牙动摇。念诸父与诸兄[4]，皆康彊而早世[5]，如吾之衰者，其能久存乎？吾不可去，汝不肯来；恐旦暮死，而汝抱无涯之戚也。"孰谓少者殁而长者存，彊者夭而病者全乎？呜呼！其信然邪[6]？其梦耶？其传之者非其真耶？信也，吾兄之盛德，而夭其嗣乎？汝之纯明，而不克蒙其泽乎[7]？少者彊者而夭殁，长者衰者而存全乎？未可以为信也。梦也，传之非其真也？东野之书，耿兰之报[8]，何为而在吾侧也？呜呼！其信然矣！吾兄之盛德，而夭其嗣矣！汝之纯明宜业其家者[9]，不克蒙其泽矣！所谓天者诚难测，而神者诚难明矣！所谓理者不可推，而寿者不可知矣！虽然，吾自今年来，苍苍者或化而为白矣，动摇者或脱而落矣。毛血日益衰，志气日益微，几何不从汝而死也！死而有知，其几何离[10]？其无知，悲不几时，而不悲者无穷期矣。汝之子始一岁[11]，吾之子始五岁，少而彊者不可保，如此孩提者又可冀其成立耶？呜呼哀哉！呜呼哀哉！

① 去年：指贞元十八年（802）。孟东野：即中唐著名诗人孟郊，字东野，韩愈的好友。当时孟郊出任溧阳（今江苏溧阳市）尉。溧阳离宣州不远，所以韩愈托他带信给十二郎。

② 年未四十：贞元十八年，韩愈三十五岁。

③ 视茫茫：视力模糊。

④ 诸父：伯叔辈。

⑤ 彊：同“强”，健壮。

⑥ 信然：真的是这样。

⑦ 克：能。蒙泽：受惠。

⑧ 耿兰：可能是韩愈的仆人。报：报丧信。

⑨ 宜业其家：宜于继承家业。

⑩ 其几何离：离别又有多久？意谓如果死而有知，不久就可相会了。

⑪ “汝之子”二句：汝之子：指十二郎次子韩滂，父死时才一岁。吾之子：指韩愈长子韩昶，这年五岁。

汝去年书云：“比得软脚病[1]，往往而剧。”吾曰：“是疾也，江南之人，常常有之。”未始以为忧也。呜呼！其竟以此而殒其生乎？抑别有疾而至斯极乎？汝之书，六月十七日也。东野云：汝殁以六月二日。耿兰之报无月日[2]。盖东野之使者不知问家人以月日；如耿兰之报，不知当言月日。东野与吾书，乃问使者，使者妄称以应之耳[3]。其然乎？其不然乎？

今吾使建中祭汝、吊汝之孤与汝之乳母。彼有食可守以待终丧[4]，则待终丧而取以来；如不能守以终丧，则遂取以来。其馀奴婢，并令守汝丧。吾力能改葬，终葬汝于先人之兆[5]，然后惟其所愿。

呜呼！汝病吾不知时，汝殁吾不知日；生不能相养以共居，殁不能抚汝以尽哀，敛不凭其棺，窆不临其穴[6]。吾行负神明，而使汝夭，不孝不慈，而不得与汝相养以生，相守以死；一在天之涯，一在地之角，生而影不与吾形相依，死而魂不与吾梦相接，吾实为之，其又何尤[7]！彼苍者天[8]，曷其有极！自今已往，吾其无意于人世矣！当求数顷之田于伊、颍之上[9]，以待馀年，教吾子与汝子，幸其成；长吾女与汝女[10]，待其嫁，如此而已！呜呼！言有穷而情不可终，汝其知也耶？其不知也耶？呜呼哀哉！尚飨[11]。

① 比：近来。

② “耿兰”句：耿兰报丧没有说十二郎死的月日。

③ “使者”句：指孟郊派去宣州的使者胡说了一个日子来应付孟东野的追问。

④ “彼有”句：指十二郎的遗孤和乳母如果还有食物可以支持到守丧期满。终丧：按古代礼制，人死三年，守丧者脱去丧服，称为终丧。

⑤ 先人之兆：指韩氏祖先的墓地。

⑥ 窆（biǎn）：葬时下棺入穴。

⑦ 尤：责怪。

⑧ “彼苍者天”二句：彼苍者：那青苍的天空。曷：同“何”。极：尽头。《诗经·唐风·鸨羽》：“悠悠苍天，曷其有极！”

⑨ 伊、颍：两条河的名字，在今河南省境内。

⑩ 长：哺育成长。

⑪ 尚飨：祭文结束时的套语，表示希望死者接受享祭的意思。

译　文

年、月、日，叔父韩愈在得知你死讯的第七天，才能怀悲含哀致以诚心，派建中远去备下祭奠的时鲜酒食，祝告你十二郎的神灵：

呜呼！我从小成为孤儿，长大不知父亲，唯有依靠兄嫂。长兄中年死在南方，我和你都还年幼，随大嫂将骨殖归葬河阳后，又与你移家江南糊口；孤苦零丁，不曾有一日分离。我上有三个哥哥，都不幸早逝。继承先人的，在孙辈中只有你，在子辈中只有我。两代各剩一个男丁，形影孤单。大嫂曾抚摩着你，指着我说道："韩氏两世，唯此而已！"你那时太小，不会再记得，我当时虽能记忆，也不懂得她话里包含的悲哀呵！

我十九岁那年，才来到京城。四年以后，回去探视过你。又过了四年，我到河阳去省视祖墓，正遇到你奉大嫂的灵柩来此安葬。又过两年，我在汴州辅佐董丞相，你来看望我。住了一年，请求回去接妻儿来同住。第二年丞相死，我离开汴州，致使你不能再来。这一年，我又在徐州当节度推官，派去接你的人刚走，我又罢职离开徐州，你又未能前来。我常想，你如果跟我到东边去，在东边也是客居，不能久住。要做长远计，不如西归，打算在故乡把家安好，再接你来住。呜呼！谁知你这么快就离开我而去了呢？我和你都还在少年，以为虽然暂时离别，最终定会长久相处，所以抛下你去客游京师，谋求微薄的俸禄。早知有今日，即使是万乘公相的高位，我也不会去取，哪怕是只把你扔下一天呢？

去年孟东野往宣州，我托他带信给你说："我年纪还不到四十，已经视力模糊，头发花白，牙齿动摇。想到伯叔辈和兄长们，都在健康强壮之年早逝，像我这样衰弱，还能活得长久吗？我走不开，你又不肯来，不定哪个早晚死去，你会抱恨无穷的。"谁能料到年少者先死而年长者尚在，强壮者早夭而衰病者倒能保全呢？呜呼！你的死确实吗？是不是做梦呢？传来的噩耗可能不是真的吧？如果是真的，我的长兄有这样的美德，难道就该失去后嗣吗？以你的纯正明达，而竟不能蒙受他的德泽吗？年少者强壮者夭殁，年长者衰病者反倒保全吗？这不可能是真的。要说是梦，传来的音讯不是真的呢？东野的书信，耿兰的报告，又为什么在我身边呢？呜呼！这是真的啊！我哥哥如此有德，竟然失去他的后嗣了！以你的纯明本来宜于继承家业，如今却不能蒙受他的遗泽了！所谓天意实在难测，而神意实在难明呵！所谓天理，实在无法推断，而寿数实在无法预知呵！虽是如此，我从今年以来，苍苍的头发有的已经变白了，动摇的牙齿有的已经脱落了。毛血日益虚弱，志气日益衰退，没有多久也会跟你去死。死后若有知觉，那么我们的离别又会有多久呢？若无知觉，也悲伤不了多久，而不悲将是无穷期的了。你的儿子才一岁，我的儿子才五岁。年少强壮者都不能保全，像这样的幼儿难道又能希望他们成立吗？唉，太悲哀了！太悲哀了呀！

你去年写信说："近来得软脚病，往往很严重。"我说："这病江南人常有。"并未为此忧虑。呜呼，难道竟因此而丧生了吗？还是有别的病才到这地步的呢？你的信，是六月十七日的。东野说，你死于六月二日，耿兰的报告没有月日。

大概东野的使者不知道向家人打听死的日子，而耿兰报丧又不知道应当告诉日子。东野给我信，追问使者，使者便胡乱回答来应付他。是这样吗？还是并非如此呢？

今天我派建中去祭你以慰问你的遗孤和你的乳母。如果他们有饭吃，还可以守到三年除服的日子，那就等守丧结束再把他们接来；如不能支持到守丧结束，就把他们接来。其余奴婢，令他们为你守丧。我如有能力改葬，最终要把你迁到祖先墓地，然后随他们的心愿给予安置。

呜呼！你病，我不知道时间，你死，我不知道日子；生前不能相互奉养共居一处，死后不能抚尸痛哭以尽哀思，收殓时不能亲自扶棺，下葬时不能亲临墓穴。我的行为有负神明，才使你遭此不幸。由于我的不孝不慈，才不能与你相养而生，相守而死。一个在天涯，一个在地角。活着，你的影子不能与我的形体相依，死后，你的魂魄不能与我的梦魂相接。这一切实在是由我造成，我又能再怨谁呢？苍天哪！哪里才有尽头啊？从今以后，我已经对人世没有留恋了！我要在伊水颍水之间买下数顷之田，度过余生，教养我和你的儿子，希望他们成人；抚育我和你的女儿，等待她们出嫁，也只能是如此而已！呜呼！言辞总有尽头，而悲哀永无终极。你是知道呢，还是不知道呢？呜呼哀哉，尚飨。

柳宗元

段太尉逸事状

题　解

“状”是一种详细记述死者世系、官爵、事迹、寿年的文体，又称“行状”。“逸事状”是行状中的一种变体，只需采集散佚的事迹，已经记载的不必详录。柳宗元写这篇文章，是送给当时任史官的韩愈看的，目的是供他为段太尉立传时采录。

段太尉名秀实，字成公。唐朝汧阳（今陕西千阳）人。唐代宗时因积累军功，任泾州刺史，兼泾原郑颍节度使。后入朝任司农卿。建中四年（783），藩镇朱泚反叛，占领长安，强迫段秀实出来做官。段秀实在议事时痛斥朱泚，并用笏击伤朱泚额部，因此被朱泚杀害。德宗兴元元年（784），追赠太尉。

这篇文章选取段秀实生平逸事三件，描写了一个关怀人民、不畏强暴、敢于任事、刚正廉洁的地方官形象，同时也反映了当时军人横行不法，人民惨遭残害的社会现实。三件事详略不同，剪裁妥帖，人物性格鲜明，形神兼备。叙述情节善设波澜，富有戏剧性。

太尉始为泾州刺史时①，汾阳王以副元帅居蒲②，王子晞为尚书③，领行营节度使④，寓军邠州⑤，纵士卒无赖。邠人偷嗜暴恶者，卒以货窜名军伍中⑥，则肆志⑦，吏不得问。日群行丐取于市，不嗛⑧，辄奋击折人手足，椎釜鬲瓮盎盈道上⑨，袒臂徐去；至撞杀孕妇人。邠宁节度使白孝德以王故⑩，戚不敢言。⑪

太尉自州以状白府⑫，愿计事。至则曰："天子以生人分公理⑬，公见人被暴害，因恬然，且大乱⑭，若何？"孝德曰："愿奉教。"太尉曰："某为泾州，甚适，少事。今不忍人无寇暴死⑮，以乱天子边事。公诚以都虞候命某者⑯，能为公已乱⑰，使公之人不得害。"孝德曰："幸甚！"如太尉请。

① 太尉：这是用段秀实死后追赠的官名称呼他。段秀实开始做泾州刺史是在唐代宗大历十二年（777）。泾州在今甘肃泾川县北。

② "汾阳王"句：郭子仪在肃宗乾元二年（759）被封为汾

阳郡王。他在安史之乱发生后，屡次建立大功。广德二年（764），任关内副元帅、河中节度使、朔方节度大使等职，镇守河中。今陕西北部、甘肃东部、宁夏以及新疆东北部和内蒙古小部分地区都在他管辖范围内。河中府的府治在蒲州（今山西省永济市）。

③ 王子晞：汾阳王的儿子郭晞。为尚书：郭晞是郭子仪的第三子，随父征伐有战功。广德二年，因吐蕃入侵，率朔方军支援邠州。当时官御史中丞。兵部尚书是他后来的赠官。

④ 领行营节度使：郭子仪从行营入朝，由郭晞兼任行营节度使。

⑤ 寓军：在辖区以外驻军。邠州在今陕西省邠县。

⑥ 偷：巧黠、狡猾。嗜：贪婪。暴：凶横。卒（cù）以货窜名军伍中：仓卒间通过贿赂在军队里挂上个名字。货：财帛。窜：藏匿。

⑦ 肆志：为所欲为。肆：放任。

⑧ 嗛（qiè）：通“慊”，满足。

⑨ 椎：砸碎。釜：锅。鬲（lì）：有三足的锅。盎（àng）：瓦盆。

⑩ 白孝德：广德二年任邠宁节度使。宁州在今甘肃宁县。以王故：因为汾阳王的缘故。因郭子仪地位高，白孝德归他节制，所以心有顾忌。

⑪ 戚：忧虑。

⑫ 自州：从泾州。以状白府：以官方文书禀告邠宁节度府。状：官方文书的一种。

⑬ 生人：生民百姓。分公理：分给你治理。

⑭ 且：将要。

⑮ 无寇暴死：在没有敌寇暴乱的情况下死亡。

⑯ 都虞候：唐中叶以后在各镇设立的一个官职，主管惩治不守法纪的军人。

⑰ 已乱：制止乱子。

既署一月[1]，晞军士十七人入市取酒，又以刃刺酒翁[2]，坏酿器，酒流沟中。太尉列卒取十七人[3]，皆断头注槊上[4]，植市门外。晞一营大噪，尽甲[5]。孝德震恐，召太尉曰："将奈何？"太尉曰："无伤也，请辞于军[6]。"孝德使数十人从太尉，太尉尽辞去，解佩刀，选老躄者一人持马[7]，至晞门下。甲者出，太尉笑且入，曰："杀一老卒，何甲也？吾戴吾头来矣。"甲者愕，因谕曰："尚书固负若属耶[8]？副元帅固负若属耶？奈何欲以乱败郭氏！为白尚书，出听我言。"晞出见太尉。太尉曰："副元帅勋塞天地，当务始终。今尚书恣卒为暴，暴且乱，乱天子边，欲谁归罪？罪且及副元帅。今邠人恶子弟以货窜名军籍中，杀害人，如是不止，几日不大乱？大乱由尚书出，人皆曰：尚书倚副元帅，不戢士[9]，然则郭氏功名其与存者几何[10]？”言未毕，晞再拜曰：“公幸教晞以道，恩甚大，愿奉军以从。”顾叱左右曰：“皆解甲，散还火伍中[11]。敢哗者死！”太尉曰：“吾未晡食[12]，请假设草具[13]。”既食，曰：“吾疾作，愿留宿门下。”命持马者去，旦日来[14]。还卧军中。晞不解衣，戒候卒击柝卫太尉[15]。旦俱至孝德所，谢不能，请改过。邠州由是无祸。

① 署：署理，暂时代理某一官职。

② 酒翁：酿酒的技工。

③ 列卒：布置士兵。

④ 注：附着、插。槊（shuò）：长矛。

⑤ 甲：披上铠甲。

⑥ 辞：说，讲话。

⑦ 躄（bì）：足有病。

⑧ 若属：你们。

⑨ 戢（jí）：约束。

⑩ 其与：虚词。“与”，没有实在意义。

⑪ 火伍：唐朝兵制，十人为火，五人为伍。

⑫ 晡（bū）食：吃晚饭。晡：申时，下午三时到五时。

⑬ 假：暂且。设：置，准备。草具：粗饭。

⑭ 旦日：明天。

⑮ 戒：告谕。候卒：警卫的士兵。击柝（tuò）：打更。柝：巡夜打更用的梆子。

先是太尉在泾州为营田官[①]，泾大将焦令谌取人田，自占数十顷，给予农，曰："且熟，归我半。"是岁大旱，野无草，农以告谌。谌曰："我知入数而已[②]，不知旱也。"督责益急。且饥死，无以偿，即告太尉。太尉判状，辞甚巽[③]，使人来谕谌。谌盛怒，召农者曰："我畏段某耶？何敢言我！"取判铺背上，以大杖击二十，垂死，舆来庭中。太尉大泣曰："乃我困汝[④]。"即自取水洗去血，裂裳衣疮[⑤]，手注善药[⑥]；旦夕自哺农者，然后食；取骑马卖，市谷代偿[⑦]，使勿知。

淮西寓军帅尹少荣[⑧]，刚直士也，入见谌，大骂曰："汝诚人耶！泾州野如赭[⑨]，人且饥死，而必得谷；又用大杖击无罪者。段公，仁信大人也，而汝不知敬；今段公唯一马，贱卖市谷入汝，汝又取不耻。凡为人傲天灾[⑩]，犯大人，击无罪者，又取仁者谷，使主人出无马，汝将何以视天地？尚不愧奴隶耶[⑪]？"谌虽暴抗[⑫]，然闻言则大愧，流汗不能食，曰："吾终不可以见段公。"一夕自恨死[⑬]。

① 营田官：唐朝兵制，诸军万人以上设营田副使一人。段秀实在任泾州刺史之前，曾被邠宁节度使白孝德署为营田副使。

② 入数：收入谷子的数目。

③ 辞：状子上的批语。巽（xùn）：谦逊。

④ 困：使受困。

⑤ 裂裳：把衣服撕开。衣：包扎。

⑥ 手：亲手。注：敷。

⑦ 市谷：买谷子。代偿：代农民偿还。

⑧ 淮西寓军帅：从淮西调驻泾州的军队的将领。淮西，即今河南许昌、信阳一带。

⑨ 赭（zhě）：赤土。

⑩ 傲天灾：不把天灾放在眼里。

⑪ 尚不愧奴隶耶：意为就是在奴隶面前都该感到有愧。封建文人认为奴隶人格不如一般人。

⑫ 暴抗：强横傲慢。

⑬ 一夕自恨死：一天晚上自己懊恨而死。这与事实不符。焦令谌大历八年（773）还担任泾原兵马使。

及太尉自泾州以司农征[①]，戒其族[②]："过岐，朱泚幸致货币[③]，慎勿纳。"及过，泚固致大绫三百疋[④]；太尉婿韦晤坚拒，不得命[5]。至都[6]，太尉怒曰："果不用吾言！"晤谢曰[7]："处贱，无以拒也。"太尉曰："然终不以在吾第[8]。"以如司农治事堂[9]，栖之梁木上。泚反，太尉终[10]，吏以告泚。泚取视，其故封识具存[11]。

太尉逸事如右[12]。

元和九年月日[13]，永州司马员外置同正员柳宗元谨上史馆[14]。

今之称太尉大节者，出入以为武人一时奋不虑死[15]，以取名天下。不知太尉之所立如是[16]。宗元尝出入岐、周、邠、斄间[17]，过真定[18]，北上马岭[19]，历亭鄣堡戍[20]，窃好问老校退卒[21]，能言其事[22]。太尉为人姁姁[23]，常低首拱手行步，言气卑弱，未尝以色待物[24]。人视之，儒者也。遇不可[25]，必达其志，决非偶然者。会州刺史崔公来[26]，言信行直[27]，备得太尉遗事，复校无疑[28]。或恐尚逸坠，未集太史氏[29]，敢以状私于执事[30]。谨状。

① 以司农征：被征召为司农卿。德宗建中元年（780），段秀实从泾原节度使被召入京。司农卿是主管储粮和供应国家用粮的官。

② 戒：告诫。其族：段秀实的家属。

③ 岐：岐州，州府在今陕西省凤翔县。朱泚：当时任凤翔尹。建中四年（783），泾原节度使姚令言率领部属反叛，占领长

安，拥立朱泚做皇帝，国号“大秦”，后改为“汉”。朱泚自称汉元天皇。唐德宗逃到奉天，第二年才平定叛乱，回到长安。幸：有幸。致：赠送。

④ 固致：坚持要送。大绫：一种丝织物。

⑤ 不得命：得不到允许。

⑥ 都：京城长安。

⑦ 谢：道歉。

⑧ 不以在吾第：不把（大绫）放在我家里。“以”后省略宾语。第：住宅。

⑨ 以如：把（大绫）送往。治事堂：办事大厅。

⑩ 终：死，指段秀实被朱泚杀害。

⑪ 封识（zhì）：包装的封记。具存：全都在。

⑫ 如右：以前文章直行书写，从右到左，先写出的部分在右边。

⑬ 元和九年：公元814年。

⑭ 永州：在今湖南省零陵区。司马：官名。员外置同正员：唐太宗时规定中央到地方官员共七百三十员。在定员以外设置的官员叫作“员外置”，这种员外设置的官如果地位待遇和正员一样，叫作“待置同正员”。史馆：国家编修历史的机构。

⑮ 出入：不外乎。

⑯ 所立：指太尉一贯的为人立身之道。

⑰ 岐：岐州。周：指周朝的“周原”，在岐山下，今陕西省眉县一带。斄（tái），本作“邰”，汉朝县名，今陕西省武功县境内。

⑱ 真定：不详所在。一说，可能是“真宁”，今甘肃正宁县。

⑲ 马岭：山名，在今甘肃庆阳市与环县接界处，山上有马岭阪。

⑳ 亭鄣（zhàng）：亭障，建筑在边塞供守卫士兵居住的小城。堡戍（shù）：驻守瞭望的碉堡或岗楼。

㉑ 窃：私下。老校：年老的校尉（中下级军官）。退卒：退休的士兵。

㉒ 言其事：说段太尉的事迹。

㉓ 姁（xǔ）姁：和好的样子。

㉔ 以色待物：以严厉的脸色待人。

㉕ “遇不可”三句：不可：认为不可以做的事。达其志：实现自己的主张。决非偶然者：指段太尉骂贼而死，绝不是由于偶然的奋不顾身。

㉖ 会：恰逢。州刺史崔公：永州刺史崔能，字子才，元和九年从御史中丞调来永州。

㉗ 言信：说话可信，有根据。行直：行为正直。

㉘ 复校：再次核对。

㉙ 尚逸坠：指恐怕上述段太尉的事还散失遗落在外。未集太史

氏：尚未收集到史官那里。

㉚ 敢：表示恭敬的词。执事：表示尊敬对方的说法，意为不敢直接送给对方，而通过对方的执事者（办事人员）转呈。

译 文

太尉开始做泾州刺史的时候，汾阳王郭子仪以副元帅的身份住在蒲州。汾阳王之子郭晞官尚书，兼任郭子仪行营节度使，把军队驻扎在邠州，纵容士兵横行不法。邠州人里边那些狡猾贪婪、凶暴邪恶的无赖大都通过贿赂在军队里挂上个名字，便肆意胡作非为，官吏不能过问。这些人每天成群结伙在街上强行索取财物，不满足就打断人的手脚，把锅碗盆罐砸碎扔满道上，袒露胳膊扬长而去；甚至撞死孕妇。邠宁节度使白孝德碍于汾阳王的缘故，心中忧虑却不敢说。

太尉从泾州以官方文书禀告邠宁节度使衙门，说要商量公事。到了以后便说："天子把人民分给您治理。您见百姓被残害，仍旧安然无事。一旦酿成大乱，怎么办？"孝德说："愿听您的指教。"太尉说："我治泾州，很闲适，事情不多。现在不忍眼看着百姓在没有暴乱的情况下死于非命，扰乱天子在边地的政事。您如果命我担任都虞候的职务，我能为您制止乱子，使您的百姓不再受害。"孝德说："十分荣幸！"便按照段秀实的请求行事。

段秀实署理都虞候一个月，郭晞军士十七人到市集上来取酒，又用刀刃刺酿酒的技工，打坏制酒的器皿，酒都流入沟里。太尉布置士卒把十七个人抓来，一律斩首。把人头插在长矛上，竖在市门之外。郭晞一营士兵大哗，全都披上了铠甲。白孝德很害怕，把太尉召来问："这可怎么办？"太尉说："不要紧，请让我到军中去讲话。"孝德派几十个人跟着太尉，太尉把他们都打发回去，解下自己的佩刀，选了一个又老又跛的人牵马，到了郭晞门前。披甲的武士出来，太尉一边笑一边往里走，说："杀一个老兵，又何必穿甲？我带着我的脑袋来了。"甲士大为惊讶。太尉便吩咐他们说："尚书难道对不起你们吗？副元帅难道对不起你们吗？为什么要闹乱子败坏郭家的功名！去替我告诉尚书，让他出来听我说话。"郭晞出来见太尉。太尉说："副元帅功勋塞满天地，应当力求有始有终。现在尚书您纵容士兵横行霸道。士兵凶横就将发生变乱，扰乱了天子的边境，罪过将归于谁？罪还将连累副元帅。现在邠州人中的恶子弟用贿赂在军籍中挂名，杀害人民，像这样不加制止，还能有几天不大乱？大乱出自您尚书部下，人们都会说尚书倚仗副元帅，不管束士兵。那么郭氏的功名还能保存多少呢？"话未说完，郭晞便再次拜谢说："多亏您用大道理教我。您对我有大恩，我愿率领全军听您的命令。”又回头叱责左右说：“全都解除兵甲，散开回到各自的队伍中去，敢喧哗者就处死！”太尉说：“我还没吃晚饭，请暂且给我准备一餐粗饭。”吃完饭，又说：“我的老毛病犯了，希望能在您家留宿。”命令给他牵马的人回去，明天再来。自己回到军中睡下。郭晞一夜没有脱衣，告诫警卫巡夜打更保卫太尉。第二天与太尉一起到白孝德的衙门，为自己不能治军而致歉，并请求改过。邠州从此再无祸害。

在这之前，太尉在泾州任营田副使。泾州大将焦令谌强夺民田，自己占了几十顷，交给农人说：“将来庄稼熟了，一半归我。”这年大旱，田野寸草不生。农人把这情况告诉焦令谌，焦令谌说：“我只知要我收入的数目，不知道什么干旱。”反而督催交粮更加急迫。农人自己都快饿死了，没有东西上交，便去太尉处告状。太尉在农民的状纸上写下批语，措辞很谦和，派人来告诉焦令谌。焦令谌大怒，将农人召来，说：“我怕段某人吗？你怎么敢告我！”把状子铺在农人背上，打了二十大板。垂死的农人被抬到营田官衙门里，太尉大哭说：“是我让你受害了。”立即亲自取水洗去血污，撕裂衣裳包扎伤口，亲手敷上好药。每天早晚自己先喂过农夫，然后再吃饭。又把自己骑的马卖了，买来谷子代农人偿还焦令谌，还不让农人知道。

从淮西调驻泾州的军队将领尹少荣，是一个刚直之人。他进去见到焦令谌，便大骂：“你还算是个人吗？泾州原野一片赤土，人都要饿死了，你还非要谷子不可，又用大棍子打无罪的人。段公，是一个仁厚而有信义的有德之人，你却不知敬重；现在段公只有一匹马，贱卖后买了谷子来给你，你竟又恬不知耻地收下了。大凡做人傲视天灾，冒犯有德之人，打伤无罪之人，又取仁者的谷子，使这方主人出去没有马骑，你还怎么面对天地，就是见了奴隶也该自觉有愧吧？”焦令谌虽然凶横强硬，但听了这话却大为惭愧，浑身流汗，吃不下饭。说：“我以后不能再见段公了。”一天晚上自己懊恨而死。

太尉自泾州被召入京，征为司农卿时，告诫他的家属：“过岐州时，如蒙朱泚赠送财物，千万不要收下。”等太尉家属过岐州时，朱泚果然硬要送上大绫三百匹。太尉的女婿韦晤坚决拒绝，还是推辞不掉。到了京都，太尉发怒说：“果然不听我的话！”晤道歉说：“我处在下位，实在无法拒绝。”太尉说：“但终究不能把这些东西放在我家里。”把大绫送往司农寺的办事大厅，安放在大梁上。朱泚造反，太尉被害，吏将此事告诉朱泚，朱泚取下来看，上面的封存标志还都在。

太尉的逸事如上所述。

元和九年　月　日，永州司马员外置同正员柳宗元谨将此文呈上史馆。

现在称道太尉大节的人，不外乎认为太尉之死不过是武人一时奋不顾身，以求天下扬名。不知太尉立身一向如此。宗元曾经出入岐、周、邠、斄之间，经过真定，北上马岭，走过边塞的守城、碉堡和岗楼，喜好私下访问那里年老的校尉和退休的士卒，他们都能说段太尉的事情。

太尉为人谦和，常低头拱手走路，说话语气低弱温顺，从来不用怒色待人接物。人们看他就像个儒者。但他遇到不可行的事，一定要实行自己的主张，所以他的死节绝非偶然。适逢崔公来本州任刺史，此公说话可信，行为正直，备有太尉遗事。我们再次经过核对，已无疑问，又恐怕这些事还散失在外，没有收集到史官那里，所以敢把行状私下送给您。

谨状。

捕蛇者说

题 解

这篇文章借捕蛇者蒋氏的诉说，以他三世死于捕蛇的不幸，反衬当地人民困于赋税的不幸，揭示出官府横征暴敛的惨毒，透彻地发挥了孔子所说“苛政猛于虎”的意思。全文起伏抑扬，基调凄婉，场面描绘生动，心理刻画逼真，富有感染力。

永州之野产异蛇，黑质而白章[①]。触草木，尽死；以啮人，无御之者。然得而腊之以为饵[②]，可以已大风、挛踠、瘘、疠[③]，去死肌[④]，杀三虫[⑤]。其始，太医以王命聚之[⑥]，岁赋其二[⑦]。募有能捕之者，当其租入[⑧]。永之人争奔走焉。

有蒋氏者，专其利三世矣[⑨]。问之，则曰："吾祖死于是[⑩]，吾父死于是，今吾嗣为之十二年[⑪]，几死者数矣[⑫]。"言之，貌若甚戚者。

余悲之，且曰："若毒之乎[⑬]？余将告于莅事者[⑭]，更若役[⑮]，复若赋，则何如？"

蒋氏大戚，汪然出涕，曰："君将哀而生之乎[⑯]？则吾斯役之不幸，未若复吾赋不幸之甚也。向吾不为斯役[⑰]，则久已病矣[⑱]。自吾氏三世居是乡，积于今六十岁矣，而乡邻之生日蹙[⑲]。殚其地之出[⑳]，竭其庐之入[㉑]，号呼而转徙，饥渴而顿踣[㉒]，触风雨，犯寒暑，呼嘘毒疠[㉓]，往往而死者相藉也[㉔]。曩与吾祖居者[㉕]，今其室十无一焉；与吾父居者，今其室十无二三焉；与吾居十二年者，今其室十无四五焉。非死则徙尔！而吾以捕蛇独存。悍吏之来吾乡，叫嚣乎东西，隳突乎南北[㉖]，哗然而骇者，虽鸡狗不得宁焉。吾恂恂而起[㉗]，视其缶[㉘]，而吾蛇尚存，则弛然而卧。谨食之[29]，时而献焉[30]。退而甘食其土之有[31]，以尽吾齿[32]。盖一岁之犯死者二焉，其馀则熙熙而乐[33]。岂若吾乡邻之旦旦有是哉！今虽死乎此，比吾乡邻之死则已后矣。又安敢毒耶？”

余闻而愈悲。孔子曰：“苛政猛于虎也。”吾尝疑乎是。今以蒋氏观之，犹信[34]。呜呼！孰知赋敛之毒，有甚是蛇者乎！故为之说，以俟夫观人风者得焉[35]。

① 黑质：本体是黑色的。白章：白色花纹。

② 腊（xī）：干肉。这里作动词用，杀死晾成干肉。饵：服食的东西，这里指药饵。

③ 已：治愈，止住。大风：麻风病。挛踠：手脚弯曲不能伸展的毛病。瘘（lòu）：颈部生疮出脓。疠：恶性疮疥。

④ 死肌：失去机能的肌肉。

⑤ 三虫：使人生病的虫，说法不同。一般指蛔虫、赤虫、蛲虫。

⑥ 太医：皇家的医师。以王命：奉皇命。聚：征集。

⑦ 岁赋其二：每年收取两次。赋：敛、取。

⑧ 当：抵。租入：应交的租税。

⑨ 专其利：专享捕蛇的好处。三世：三代。

⑩ 是：指捕蛇。

⑪ 嗣：继承。为之：干捕蛇这件事。

⑫ 几死：几乎死去。数（shuò）：多次。

⑬ 若：你。毒：怨恨。

⑭ 莅（lì）事者：管事的人。莅：临、视。

⑮ 更：改变，更换。役：给官府出劳力。

⑯ 哀：哀怜。生之：让我活下去。

⑰ 向：假使。斯役：这个差事。

⑱ 病：困苦不堪。

⑲ 生：生计，生活。日：一天天地。蹙（cù）：窘迫。

⑳ 殚（dàn）：尽。地：田地。出：出产。

㉑ 竭：耗尽。庐：全家。入：收入。

㉒ 顿：挫伤折坏。踣（pū）：同“仆”，跌倒仆地。

㉓ 疠：瘟疫的毒气。

㉔ 相藉（jiè）：互相枕藉，堆压。

㉕ 曩（nǎng）：从前。与吾祖居者：与我祖父同时的人。

㉖ 隳（huī）突：喧闹、冲撞。

㉗ 恂（xún）恂：小心谨慎地。

㉘ 缶（fǒu）：瓦罐。

㉙ 谨：小心地。食（sì）：喂养。

㉚ 时：到时候。指规定献蛇的日子。

㉛ 其土之有：自己土地上生产的东西。

㉜ 齿：年龄。

㉝ 熙熙：快乐的样子。

㉞ 犹：尚，还是。信：可信。

㉟ 俟（sì）：等待。观人风：观察民风。古代皇帝派使者到地方上观看民风民俗，采集人民对政治的反映，又称为观风。

译 文

永州的山野出产一种奇特的蛇，颜色是黑底子白花纹，草木触到它就会死尽；用它去咬人，没有办法能够抵挡。然而抓到它杀死晾干后做成药饵，可以治麻风、挛踠、颈肿、恶疮等病，消除坏死的肌肉，杀灭使人生病的三虫。最初太医奉皇帝的命令征集这种蛇，每年上交两次。并招募能够捕捉它的人，用蛇抵他应交的租税。永州的人便争着为此奔走。

有一个姓蒋的人，已经三世享有这种捕蛇抵税的好处。问他，则说："我祖父死在这差事上，我父亲也死在这差事上，现在我继承这差事已有十二年，好多次几乎死掉。"他说这话的时候，神情似乎很悲伤。

我为他感到悲哀，就说："你怨恨这差事吗？我去告诉管事的人，换掉你的差使，恢复你的赋税，怎么样？"

蒋氏非常悲戚，眼泪汪汪地说：“你是可怜我，想要我活下去吗？那我这差役的不幸，还远不如恢复赋税那么不幸啊！假如我不干这差事，早就困苦不堪了。自我家三代住在这个乡村，到现在已有六十年了。而乡邻的生计一天比一天窘迫。他们为纳税交尽地里的出产，用光家里的收入。号哭呼喊着流浪迁移到他乡，被饥渴煎熬着跌倒僵仆在道上，顶着风雨，冒着寒暑，呼吸着瘟疫的毒气，往往因为死人太多而尸体相互枕藉。以前与我祖父同时的住户，现在十家中剩不下一家了。与我父亲同时的住户，现在十家中剩不下二三家了。与我同时度过这十二年的住户，现在十家中也剩不下四五家了。不是死就是迁走了！而我因为捕蛇还独自活着。那些凶悍的差吏来到我乡里，从东到西，从南到北，喧嚣吵闹，横冲直撞。把人吓得乱嚷乱叫，就是连鸡狗也不得安宁。这时我小心翼翼地起来，去看看我那瓦罐，我的蛇还在，就放松精神再躺下睡觉。只要谨慎地喂养它，到时候献出去，回来以后便可以美美地吃着我田里生产的东西，打发我的岁月。这样一年之中冒死的危险只有两次而已，其余的日子则和和乐乐。哪里像我的乡邻天天都有死的威胁呢？今天就是死在这件事上，与我乡邻的死相比，也算是晚的了。又哪里敢怨恨这件差使啊！”

我听了这活更加悲伤。孔子说：“苛政猛于虎也。”我以前曾怀疑过这句话。现在从蒋氏的遭遇来看，还是可信的。呜呼！谁知横征暴敛的惨毒，比这种蛇更厉害呢？所以写下捕蛇人之说，等待那些观察民风的人来取这篇文章。

三 戒

题 解

这是由三则寓言组成的一篇文章。文中借麋、驴、鼠三种动物，讽刺那些忘其根本、不自量力、外强中干的人们，依仗时势任意妄为，最终难逃覆灭的下场。题目用孔子所说“君子有三戒”的意思，表明这三种情况都应引以为戒。三则寓言既包含着作者自己在政治斗争中的感触，又从本质上总结了社会生活中的某些现象，因此故事本身对人们的启发，实际上比作者原来的寓意更为广泛。

吾恒恶世之人不知推己之本[①]，而乘物以逞[②]，或依势以干非其类[③]，出技以怒强[④]，窃时以肆暴[⑤]，然卒迨于祸[⑥]。有客谈麋、驴、鼠三物[⑦]，似其事，作《三戒》。

① 恒：经常。恶：憎恶。推：推究。己之本：自己的根本、实际

情况。

② 乘物：靠外界条件。逞：任性，逞能。

③ 干：求。非其类：不是他的同类。

④ 怒强：激怒强者。

⑤ 窃时：利用时机。肆暴：任意作恶。

⑥ 卒：最终。迨（dài）：及、全。迨于祸：得祸。

⑦ 麋（mí）：鹿的一种。

临江之麋

临江之人畋得麋麑[①]，畜之[②]。入门，群犬垂涎，扬尾皆来。其人怒，怛之[③]。自是日抱就犬[④]，习示之[⑤]，使勿动，稍使与之戏[⑥]。积久，犬皆如人意。麑稍大，忘己之麋也，以为犬良我友[⑦]，抵触偃仆[⑧]，益狎[⑨]。犬畏主人，与之俯仰[⑩]，甚善，然时啖其舌[⑪]。

三年，麋出门外，见外犬在道甚众，走欲与为戏。外犬见而喜且怒，共杀食之，狼藉道上[⑫]。麋至死不悟。

① 临江：在今江西省清江县。畋（tián）：打猎。麋麑（ní）：小麋。麑：鹿之子。

② 畜：养。

③ 怛（dá）：恐吓。

④ 就犬：去接近狗。

⑤ 习：经常。示之：做给狗看。

⑥ 稍：渐渐。使与之戏：使麋麑与狗玩。

⑦ 良：确实，真的是。

⑧ 偃（yǎn）：仰面倒下。仆：向前跌倒。

⑨ 狎（xiá）：亲昵。

⑩ 与之俯仰：随小麋一起动作。

⑪ 啖（dàn）：嚼，这儿是咂舌的意思。

⑫ 狼藉：形容尸骨散乱的样子。

黔之驴

黔无驴[①]，有好事者船载以入[②]，至则无可用，放之山下。虎见之，尨然大物也[③]，以为神，蔽林间窥之，稍出近之，慭慭然莫相知[④]。

他日，驴一鸣，虎大骇，远遁，以为且噬己也[⑤]，甚恐。然往来视之，觉无异能者。益习其声，又近出前后，终不敢搏。稍近，益狎，荡倚冲冒[⑥]。驴不胜怒，蹄之。虎因喜，计之曰："技止此耳！"因跳踉大㘎[⑦]，断其喉，尽其肉，乃去。

噫！形之尨也类有德[⑧]，声之宏也类有能。向不出其技，虎虽猛，疑畏卒不敢取。今若是焉，悲夫！

① 黔：唐代的黔中道，相当于现在湖北西南、四川东南、贵州北部、湖南西部这一带。后来称贵州省为黔。

② 好事者：爱多事的人。船载以入：用船载进来一头驴。

③ 龙（páng）然：很大的样子。龙，也写作“庞”。

④ 慭（yìn）慭然：小心谨慎的样子。

⑤ 且：将要。噬（shì）：咬。

⑥ 荡倚：碰碰靠靠。冲冒：冲撞冒犯。

⑦ 跳踉（liáng）：跳跃。㘎（hǎn）：虎吼声。

⑧ 类：像是，类似。

永某氏之鼠

永有某氏者[①]，畏日[②]，拘忌异甚。以为己生岁直子[③]，鼠，子神也，因爱鼠，不畜猫犬，禁僮勿击鼠。仓廪庖厨悉以恣鼠[④]，不问。由是鼠相告，皆来某氏，饱食而无祸。某氏室无完器，椸无完衣[⑤]，饮食大率鼠之馀也。昼累累与人兼行，夜则窃啮斗暴，其声万状，不可以寝。终不厌。

数岁，某氏徙居他州。后人来居，鼠为态如故。其人曰：“是阴类恶物也[⑥]，盗暴尤甚，且何以至是乎哉？”假五六猫[7]，阖门，撤瓦，灌穴，购僮罗捕之[8]。杀鼠如丘，弃之隐处，臭数月乃已。

呜呼！彼以其饱食无祸为可恒也哉？

① 永：永州。

② “畏日”二句：忌讳日子，禁忌特别厉害。即迷信日子的吉凶。

③ 生岁：出生的这一年。直：值，正逢。子：子年。古代以十二支（子丑寅卯辰巳午未申酉戌亥）纪年，与十二生肖相配，根据人的生年确定他的生肖。如子年属鼠，丑年属牛等等。

④ 仓：谷仓。廪：米仓。庖厨：厨房。恣：放任。

⑤ 椸（yí）：衣架。

⑥ 阴类：指蛇、鼠等住在洞穴中的动物。

⑦ 假：借。

⑧ 购：悬赏。罗捕：严密围捕。

译 文

我常憎恶世上的人，不知推究自己的实际情况，而只是凭借外界的条件来逞能，有的依仗势力要求与并非自己同类的人交往，有的拿出本领来激怒强者，有的抓住有利时机肆意横行，然而最终都不免于祸。有客人谈麋、驴、鼠三物，很像这类事，所以作《三戒》。

临江之麋

临江有个人打猎，得到一只小麋，要把它养起来。进了门，群狗都流着口水、摇着尾巴过来。这人发怒，镇吓住它们。从此每天抱着小麋去接近狗，经常给它们看，让狗不要动小麋。渐渐又让小麋与狗一起玩。时间久了，狗都能按人的意思去做。小麋渐渐长大，忘了自己是麋，以为狗真是自己的朋友，和它们碰撞翻滚，越来越亲昵。狗怕主人，动止都随小麋，相处很好，但不时地咂着自己的舌头。

三年后，麋出门，见外面道上有很多狗，于是走过去想和它们一起玩。外狗见了又喜又怒，一起把它吃了，尸骨乱七八糟地散在路上。麋到死都没有觉悟。

黔之驴

黔这地方没有驴，有个多事的人用船载了一头毛驴进来。到这里后没有用处，便把它放在山下。老虎见了这么个庞然大物，以为是神。先躲在林子里窥视，后渐渐出来接近它，还是一副小心谨慎的样子，不知它究竟是什么。

有一天，驴一声长鸣，把老虎吓了一大跳，逃得远远的，以为驴要来咬自己了，很是恐慌。但是来来回回观察它，觉得它没有什么特别的本领。便越来越习惯了它的叫声。又前前后后地凑近它，还是不敢扑过去。渐渐越靠越近，碰靠偎依，冲撞冒犯，驴非常生气，踢了老虎一脚。老虎为此挺高兴，盘算道："它的本事也只有这点了！"于是跳起来大声怒吼，咬断驴的喉咙，吃尽了它的肉，才离开。

噫！形体庞大像是有道德，声音洪亮像是有才能。如果不显示它的本领，老虎虽然凶猛，因疑心害怕，最后还是不敢吃它，现在像这样，就可悲了。

永某氏之鼠

永州有某姓，迷信日子的吉凶，禁忌特别厉害。以为自己出生的年份正逢子年，老鼠是子年的生肖，所以爱鼠，不养猫狗，禁止童仆打鼠。仓库厨房，都任老鼠随便吃，不去过问。

于是老鼠相互转告，都到这人家里来，吃得饱又没有灾祸。这人房里没有一件完整的器皿，衣架上没有一件完整的衣服。饭食也大都是老鼠吃剩的。白天老鼠连成串和人一起走路，晚上则偷窃、撕咬、斗殴、打闹，万种声音搅得人没法睡觉，始终不觉厌烦。

几年后，这个人搬到别的州去。后搬进来的人住在这里，老鼠仍像以前一样闹腾。这个人说：“这种阴类都是恶物，偷窃捣乱最厉害。再说怎么会弄到这地步的呢？”便借了五六只猫，关起门来，撤下瓦片，用水灌洞，并悬赏仆人围捕鼠类。杀死的老鼠堆积如山，扔在偏僻的地方，臭气几个月以后才消散。

呜呼！它们以为饱食无祸是可以长久的吧！

钴鉧潭西小丘记

题 解

柳宗元被贬永州时，为了排遣忧闷，在城外西山一带搜寻风景胜地，写成了《永州八记》这组著名的山水游记。这是《永州八记》中的第三篇，描写钴鉧潭西小丘群石的奇状异态和作者将小丘整治一新的经过，以及在此观赏美景的乐趣，借小丘长期被弃的遭遇暗寄作者自己沦落天涯的伤感。文章用生动的比喻写活了小丘上奇石的各种姿态，又把小丘人格化，使作者借小丘自我写照的用意，通过人与景的相互理解和亲密关系表现出来，构思新颖，寄托深远。

得西山后八日[①]，寻山口西北道二百步[②]，又得钴鉧潭[③]。

潭西二十五步，当湍而浚者为鱼梁[4]。梁之上有丘焉，生竹树。其石之突怒偃蹇[5]，负土而出，争为奇状者，殆不可数[6]；其嵚然相累而下者[7]，若牛马之饮于溪；其冲然角列而上者[8]，若熊罴之登于山[9]。

丘之小不能一亩，可以笼而有之[10]。问其主，曰："唐氏之弃地，货而不售[11]。"问其价，曰："止四百[12]。"余怜而售之。李深源、元克己时同游[13]，皆大喜，出自意外。即更取器用[14]，铲刈秽草，伐去恶木，烈火而焚之[15]。嘉木立，美竹露，奇石显。由其中以望，则山之高，云之浮，溪之流，鸟兽鱼之遨游，举熙熙然回巧献技[16]，以效兹丘之下。枕席而卧，则清泠之状与目谋[17]，瀯瀯之声与耳谋[18]，悠然而虚者与神谋[19]，渊然而静者与心谋[20]。不匝旬而得异地者二[21]，虽古好事之士，或未能至焉。

噫！以兹丘之胜，致之沣、镐、鄠、杜[22]，则贵游之士争买者，日增千金而愈不可得。今弃是州也，农夫渔父过而陋之。价四百，连岁不能售。而我与深源、克己独喜得之，是其果有遭乎[23]？书于石，所以贺兹丘之遭也。

① 西山：在永州城西五里。柳宗元《永州八记》的第一篇是《始得西山宴游记》，文中说他发现西山是在元和四年（809）九

月二十八日。

② 寻：缘着、顺着。山口西北道：由山口向西北的道路。

③ 钴鉧：熨斗，这里是因潭的形状像熨斗，而为潭命名。

④ 湍（tuān）：急流。浚：水深。鱼梁：阻水的土堰，中间留有空洞，可以放捕鱼的器具。

⑤ 突怒：高突耸起的样子。偃蹇：夭矫屈伸，高傲的样子。

⑥ 殆：几乎，差不多。

⑦ 嵚（qīn）然：石头耸立的样子。累：叠。

⑧ 冲然：往前的样子。角列：斜列。

⑨ 罴（pí）：熊的一种，棕褐色，会爬树和游泳。

⑩ 笼：包笼。有：据有。

⑪ 货：出卖。不售：卖不出去。

⑫ 四百：这里的货币单位不详。

⑬ 李深源、元克己：都是柳宗元的朋友。

⑭ 更：轮流、交互。器用：器物，指铲草伐木的工具。

⑮ 烈火：把火烧旺。

⑯ 熙熙然：和乐的样子。回巧献技：运用巧慧，呈献技艺。这是把景物人格化的写法。

⑰ 清泠（líng）：形容水清凉的样子。与目谋：与眼睛相接谈。谋：商谈、计议、谋合。

⑱ 潆（yíng）潆：形容水回流的声韵。

⑲ 悠然而虚者：形容虚空的悠远。

⑳ 渊然而静者：形容周围的静默。

㉑ 匝（zā）：周。

㉒ 沣：水名，这里借指“酆”，在今陕西省鄠（hù）县东。镐：在今陕西西安市长安区西南。鄠：今陕西省鄠县。杜：杜陵，在今陕西西安市长安区东南，以上都是唐朝都城长安附近的地方。

㉓ 遭：遭际、际遇。

译 文

发现西山以后八天，沿着由山口向西北的道路走二百步，又发现了钴鉧潭。潭西二十五步，水流又急又深的地方有一道堰，堰上有丘，竹树丛生，山石有的高突，有的耸起，背着土从地里钻出来，争相做出各种奇形怪状，几乎多得数不清。那些耸立重叠走势向下的，好像牛马在溪边饮水，那些前冲斜列趋势向上的，好像熊罴往山上攀登。

丘很小，还不到一亩，可以把它包下来。问它的主人，说：“这是唐家遗弃的一块地，作价待卖，却卖不出去。”问价格，说：“只有四百。”我爱这块地，便把它买下了。李深源、元克己当时与我同游，都因得到这小丘而喜出望外。当即轮流拿着器具，铲除荒草，砍去杂树，点起大火来把它们烧掉。佳树美竹奇石便显露出来。从小丘上望去，则山的高拔，云的飘浮，溪的流动，鸟兽鱼的遨游，都像是和和乐乐地呈献出各种巧技，在小丘之下效劳。在小丘上枕石席地而卧，则清澈明净的水色与我的眼睛商谈，潺潺回流的水声与我的耳朵商谈。悠远的虚空与我的神思相合，渊深的静默与我的心境相合。不到十天便得到两处奇异的胜地，即使是古代多事的士人，有的也未必能做到。

噫！凭着这小丘上的胜景，将它放在沣、镐、鄠、杜这些地方，那些闲游的王公子弟便会争着买，每天以千金给主人添价，还弄不到手。现在被抛弃在这个州，农夫渔父从这里走过都看不起它。价四百，连年不能脱售。而我与深源、克己偏高兴得到了它，是不是它果然有际遇呢？把这事写在石上，以庆贺这小丘得遇知己。

小石潭记

题 解

这是《永州八记》的第四篇，写小石潭水的明净澄澈，以及鱼与游者相乐的意趣。观察深细入微，描摹准确逼真。虽然全篇写景，不发感慨，但从小石潭深幽凄清的境界中可以隐约体味到作者孤寂的心情。

从小丘西行百二十步，隔篁竹闻水声[①]，如鸣佩环[②]，心乐之。伐竹取道，下见小潭，水尤清洌[③]。全石以为底，近岸卷石底以出[④]，为坻，为屿，为嵁，为岩[⑤]。青树翠蔓[⑥]，蒙络摇缀[⑦]，参差披拂[⑧]。

潭中鱼可百许头，皆若空游无所依。日光下澈[⑨]，影布石上[⑩]，佁然不动[⑪]；俶尔远逝[⑫]，往来翕忽[⑬]，似与游者相乐。

潭西南而望，斗折蛇行[⑭]，明灭可见[⑮]。其岸势犬牙差互[⑯]，不可知其源。

坐潭上，四面竹树环合，寂寥无人，凄神寒骨，悄怆幽邃[⑰]。以其境过清，不可久居，乃记之而去。

同游者：吴武陵，龚古，余弟宗玄。隶而从者[⑱]，崔氏二小生[⑲]：曰恕己，曰奉壹。

① 篁（huáng）：竹林。

② 佩、环：玉制的装饰品。

③ 洌：水清。

④ 卷石底以出：石底有些部分翻卷起来，沿岸边高出水面。

⑤ 坻（chí）：水中高地。屿（yǔ）：小岛。嵁（kān）：不平的岩石。

⑥ 翠蔓：翠绿的藤蔓，是附石而生的。

⑦ 蒙：遮掩。络：交缠。摇：摇动。缀：连在一起。

⑧ 参差：长短、高低不齐。披拂：飘荡。

⑨ 下澈：直照到水底。

⑩ 影布石上：鱼的影子映在石上。

⑪ 佁（yǐ）然：凝滞不前的样子。

⑫ 俶（chù）尔：忽然。远逝：游向远处。

⑬ 翕（xī）忽：迅速。

⑭ 斗折：像北斗七星那样曲曲折折。

⑮ 明：看得见。灭：看不见。

⑯ 差（cī）互：互相交错。

⑰ 悄怆：寂静中透着忧郁。邃：深。

⑱ 隶而从者：作为随从跟我来的。

⑲ 小生：年轻人。

译 文

从小丘朝西走一百二十步，隔着竹林听到水声，像人身上佩带的玉环叮咚作响，心里为之一乐。伐竹开路，往下见到一个小潭。水特别清澈。潭以整块石头为底，靠近岸边，石底的四边翻卷过来，露出水面，形成坻、屿、嵁、岩各种不同形状。石潭周围的青树翠蔓遮掩缠绕、摇动下垂、参差不齐，飘拂荡漾。

潭中鱼大约有一百来条，都像在空中游动，无所依靠。阳光直照潭底，鱼的影子映在石上，呆住不动，忽而向远处游去，来往飘忽迅疾，似乎与游者相嬉乐。

站在潭边向西南望去，泉水曲折蜿蜒，时隐时现。两岸地势犬牙交错，无法探知它的源头。

坐在潭上，四面竹树环抱，寂寥无人。觉得心神凄凉，寒气透骨。周围一片悄然，极其幽深，静得令人忧伤。因境地过于清冷，不能久留，便记下离开了。

同游的人有：吴武陵、龚古、我弟弟宗玄。随从的有姓崔的两位年轻人，一名恕己，一名奉壹。

欧阳修

朋党论

题 解

宋仁宗庆历四年（1044），起用范仲淹、杜衍、富弼、韩琦等实行政治改革，欧阳修为谏官。范仲淹等与欧阳修一向友善。当时被罢去枢密使职务的夏竦便和他的党羽们制造舆论，指责杜衍、范仲淹等与欧阳修结为朋党。于是欧阳修写了这篇《朋党论》呈给皇帝，指出朋党自古就有，君子因志同道合结成朋党，小人因利益相同而结成朋党。只有用君子之真朋，退小人之伪朋，才能治理好国家。文章援引古事反复论证，委婉流畅、切实透辟，从根本上点穿了历来争论不休的朋党问题的实质，被前人誉为“千古不刊之文”。

臣闻朋党之说，自古有之[1]，唯幸人君辨其君子小人而已。大凡君子与君子以同道为朋，小人与小人以同利为朋，此自然之理也。

然臣谓小人无朋，唯君子则有之。其故何哉？小人所好者利禄也，所贪者财货也。当其同利之时，暂相党引以为朋者[2]，伪也，及其见利而争先，或利尽而交疏，则反相贼害，虽其兄弟亲戚，不能相保。故臣谓小人无朋，其暂为朋者，伪也。君子则不然。所守者道义，所行者忠信，所惜者名节。以之修身，则同道而相益；以之事国，则同心而共济[3]；终始如一，此君子之朋也。故为人君者，但当退小人之伪朋，用君子之真朋，则天下治矣。

尧之时，小人共工、驩兜等四人为一朋[4]，君子八元、八恺十六人为一朋[5]。舜佐尧，退四凶小人之朋，而进元恺君子之朋，尧之天下大治。及舜自为天子，而皋、夔、稷、契等二十二人并列于朝[6]，更相称美，更相推让，凡二十二人为一朋，而舜皆用之，天下亦大治。《书》曰[7]：“纣有臣亿万，唯亿万心；周有臣三千，唯一心。”纣之时，亿万人各异心，可谓不朋矣，然纣以亡国。周武王之臣，三千人为一大朋，而周用以兴。后汉献帝时，尽取天下名士囚禁之，目为党人[8]。及黄巾贼起[9]，汉室大乱，后方悔悟，尽解党人而释之，然已无救矣[10]。唐之晚年，渐起朋党之论[11]。及昭宗时[12]，尽杀朝之名士，或投之黄河[13]，曰："此辈清流，可投浊流。"而唐遂亡矣。

夫前世之主，能使人人异心不为朋，莫如纣；能禁绝善人为朋，莫如汉献帝；能诛戮清流之朋，莫如唐昭宗之世；然皆乱亡其国[14]。更相称美推让而不自疑，莫如舜之二十二臣，舜亦不疑而皆用之；然而后世不诮舜为二十二人朋党所欺，而称舜为聪明之圣者，以能辨君子与小人也。周武之世，举其国之臣三千人共为一朋，自古为朋之多且大，莫如周；然周用此以兴者，善人虽多而不厌也[15]。

嗟呼，治乱兴亡之迹[16]，为人君者，可以鉴矣。

① 自古有之：《韩非子·孤愤》篇就说过："朋党比周以弊主。"意思是说朋党密切联结欺蒙君主。《荀子·臣道》说："朋党比周，以环主图私为务。"也是同样的意思。《史记·蔡泽列传》说吴起为楚悼王立法，"禁朋党以励百姓"。这些都是把朋党看作政治祸害的说法。宋初王禹偁作《朋党论》便开始区分君子之党和小人之党，并提出尧舜时就有朋党。

② 党引：结党而互相援引。

③ 共济：互相救助、接济。

④ 共工：传为尧的大臣。驩（huān）兜：人名。驩："欢"的异体字。传说共工、驩兜与三苗（古代少数民族首领）、鲧（人名），是尧时的四凶。舜后来把共工流放到幽州，把驩兜流放到崇山，把三苗流放到三危，把鲧处死在羽山。

⑤ 八元：古代传说中的八个有才有德的人。名字是：伯奋、仲堪、叔献、季仲、伯虎、仲熊、叔豹、季狸，是高辛氏（尧的父亲帝喾）时的才子。元：善。八恺：是高阳氏（上古帝王颛顼在位时的称号）的八个才子，名字是：苍舒、隤敳、梼戭、大临、龙降、庭坚、仲容、叔达。恺：和。舜辅佐尧时，举荐八元、八恺。

⑥ 皋：皋陶，在舜时掌管刑法。夔（kuí）：在舜时掌管音乐。稷：掌管农事。契（xiè）：掌管教育。二十二人都是舜的大臣。

⑦ 《书》：即《尚书》，又称《书经》。这里所引"纣有臣亿万"出自《尚书·周书·泰誓上》，原文是："受（商纣王的名字）有臣亿万，唯亿万心；予有臣三千，唯一心。"

⑧ 目为党人：东汉桓帝时，宦官专权，名士李膺等二百馀人因抨击腐败政治，反对宦官，被视为党人，囚禁起来。灵帝时，李膺、范滂等一百多人被宦官下狱处死，其他各州郡死去和流

放、监禁的名士计有六七百人，历史上称为党锢之祸。本文误写为汉献帝时。

⑨ 黄巾：指东汉灵帝中平元年（184）张角领导的农民大起义。义军用黄巾裹头，所以称为“黄巾军”。

⑩ 然已无救：黄巾军起义后，中常侍吕彊对灵帝说：党锢造成人情怨愤，如不加赦免，党人与张角合谋，“为变滋大，悔之无救”。灵帝害怕，便赦免了党人。但黄巾起义已使汉王朝崩溃，所以说已经无救了。

⑪ 渐起朋党之论：指唐穆宗到宣宗年间，朝官中产生的牛、李党争。牛党首领是牛僧孺、李宗闵，李党首领是李德裕。斗争持续了约四十年。

⑫ “及昭宗”二句：唐昭宣帝天祐二年（905），梁王朱全忠要委派他的亲信张廷范当太常卿，唐宰相裴枢不同意，认为这个官职一向是由清流（古代有声望的清高的士大夫）担任的，张廷范是梁的客将，不可以。梁王大怒。另一个宰相柳璨便迎合梁王的旨意，把这事归罪于大臣。于是裴枢以下朝廷重臣三十余人，都无罪遭贬，同一天赐死在白马驿。朝廷中士大夫，凡是不依附梁王的，都被诬为朋党，被贬黜赐死的人太多，以致朝中几乎为之一空。昭宣帝名李祚（后更名为李柷），是朱全忠与枢密使蒋玄晖等谋杀昭宗（名李晔）以后所立的幼君。本

文中误作昭宗。

⑬ 或投之黄河：裴枢等被杀死在白马驿时，朱全忠的亲信李振因以前老是考不上进士，对裴枢等人尤其怨愤，于是对朱全忠说："此辈自谓清流，宜投于黄河，永为浊流。"朱全忠笑着依从了他。

⑭ 乱亡其国：使国家遭受祸乱而灭亡。

⑮ 厌：满足。

⑯ 迹：事迹，轨迹。

译 文

据我所知，朋党的说法自古就有。只是希望人君辨别它是君子还是小人而已。一般说来，君子和君子因志同道合而结成朋，小人与小人因利益相同而结为朋，这是自然的道理。

然而我说小人无朋，唯君子才有朋。原因是什么？小人所爱好的是利禄，所贪的是财物。当他们利益相同时，暂时结为私党，互相援引而成朋，这是假的。等到他们见到好处，争相抢先之时，或无利可图而关系疏远时，就反而互相残害，即使是兄弟亲戚，都不能互相保全。所以我说小人无朋，那种暂时结成的朋党，是假的。君子就不是这样。他们所信守的是道义，所奉行的是忠信，所爱惜的是名节。以这些道德来修身，则志同道合，相互得益。以这些道德来治国，则同心同德，互相扶助，始终如一，这是君子之朋。所以作为人君，只要斥退小人的伪朋，起用君子的真朋，天下就可以大治了。

早在尧的时代，小人共工、驩兜等四人结为一朋，君子八元、八恺十六人结为一朋。舜辅佐尧，斥退四凶小人的朋党，而进用元、恺等君子的朋党，尧的天下得以大治。等到舜自己当天子时，皋、夔、稷、契等二十二人都在朝中做官，互相称誉，互相推让，共二十二人结为一朋，而舜都加以任用，天下也大治。《尚书》说："纣有臣子亿万人，就有亿万条心；周有臣子三千人，只有一条心。"商纣的时候，亿万人各怀离异之心，可以说是不结朋党了，然而纣却因此亡国。周武王的臣子，三千人结成一大朋党，而周却因此兴盛。东汉献帝时，把天下所有的名士都囚禁起来，视为党人。等黄巾军起来，汉王朝大乱。后来才悔悟，把党人都赦免释放了，但时势已无可挽救。唐朝晚期，逐渐兴起朋党之争。到唐昭宗之时，杀尽朝中名士，有的扔进黄河，说："像这等自称清流之辈，应当投进浊流。"而唐也因此灭亡了。

那前世的君主，能使人人离心不结成朋党的，没人比得上纣；能禁止好人结朋的，没人比得上汉献帝。能杀戮清流朋党的，再比不上唐昭宗的时代，然而都使他们的国家动乱灭亡。

互相称誉推让而互不猜疑，再比不过舜的二十二臣，舜对他们也不疑心，全部任用。然而后世不讥诮舜被二十二人的朋党所欺，反而称舜为聪明的圣人。这是因为他能辨别君子和小人。周武王时，全国臣子三千人结成一大朋，自古朋党之多而大，没有比得上周的，然而周因此而兴盛，好人是再多也不够的。

嗟呼！前代兴亡治乱的轨迹，可供人君作为借鉴。

五代史伶官传序

题 解

《五代史记》（又名《新五代史》）是欧阳修所撰的一部史书，记述梁、唐、晋、汉、周五个朝代的历史。欧阳修在书中除了为帝王官僚士大夫立传外，还创设了一些其他人物的传记。《伶官传》就是其中的一种。伶官指当时在内廷供职的艺人。《伶官传》记载后唐庄宗李存勗所宠幸的伶官景进、史彦琼、郭门高等乱政祸国的史实。本文是《伶官传》的序论。文章把庄宗得天下时的神气和失天下时的狼狈加以对比，指出一个王朝的兴亡盛衰主要取决于人事，并总结出忧劳可以兴国，安乐可以亡身的道理。文势大开大合，声调抑扬顿挫，被前人誉为“五代史中第一篇文字”。

呜呼！盛衰之理，虽曰天命[①]，岂非人事哉！原庄宗之所以得天下[②]，与其所以失之者，可以知之矣！

世言晋王之将终也[③]，以三矢赐庄宗而告之曰："梁，吾仇也[④]；燕王[⑤]，吾所立；契丹与吾约为兄弟[⑥]，而皆背晋以归梁。此三者，吾遗恨也。与尔三矢，尔其无忘乃父之志！"庄宗受而藏之于庙，其后用兵，则遣从事以一少牢告庙[⑦]，请其矢，盛以锦囊，负而前驱，及凯旋而纳之。

方其系燕父子以组[⑧]，函梁君臣之首[⑨]，入于太庙，还矢先王，而告以成功，其意气之盛，可谓壮哉！及仇雠已灭[⑩]，天下已定，一夫夜呼[⑪]，乱者四应，仓皇东出[⑫]，未及见贼而士卒离散，君臣相顾，不知所归，至于誓天断发，泣下沾襟，何其衰也！岂得之难而失之易欤？抑本其成败之迹[⑬]，而皆自于人欤？《书》曰："满招损[⑭]，谦得益。"忧劳可以兴国，逸豫可以亡身，自然之理也。

故方其盛也，举天下之豪杰，莫能与之争；及其衰也，数十伶人困之[⑮]，而身死国灭，为天下笑。夫祸患常积于忽微[⑯]，而智勇多困于所溺[⑰]，岂独伶人也哉！作《伶官传》。

① 虽曰天命：古人认为国家的兴亡治乱都是由天意决定的，是上天降命，不能违反。这也成为历代统治者改朝换代的一个主要

借口。

② 原：推究本原。庄宗：后唐庄宗李存勖（xù）。他在公元923年消灭后梁，统一北部中国，建立后唐王朝。死于公元926年。

③ 晋王：李存勖的父亲李克用，沙陀族。本姓朱邪，名赤心，后因帮助唐朝镇压黄巢起义，封晋王。唐末割据今山西一带。

④ 梁，吾仇也：后梁太祖朱全忠，原名朱温。最初参加黄巢起义，后叛变，帮助唐朝镇压起义，唐僖宗赐名全忠。他与李克用各自扩大势力，互相仇视。唐僖宗时，朱全忠曾企图谋杀李克用，李克用也屡次上表请求讨伐朱全忠。唐昭宗时，朱全忠又将李克用围困在太原，因军中发生大疫，才撤围。公元907年，朱全忠篡位，国号梁，在汴州建都，后迁都洛阳。李克用仍用唐的年号。

⑤ “燕王”句：燕王刘守光，其父刘仁恭原来在唐昭宗时是幽州的一员军将，带兵戍蔚州时，士卒奉他为帅，回攻幽州，在居庸关战败，投奔李克用。在李克用帮助下夺取幽州，官拜卢龙军节度使。后李克用有事向他求兵，他不给。李克用前来讨伐他，被他击败。此后双方虽然有时合力抗梁，但仇怨始终不解。刘仁恭的儿子刘守光将父亲囚禁起来，自立为幽州节度留后。朱全忠在公元909年封他为燕王。这里以“燕王”笼统地称刘仁恭父子。吾所立：指刘仁恭父子能据有幽燕一带，全靠

李克用。

⑥ “契丹”二句：梁王朱全忠要篡唐时，李克用与契丹首领耶律阿保机在云州东城会盟，握手约为兄弟，准备共同举兵攻梁。阿保机归去后就背弃盟约，派使者与朱全忠通好，相约共同举兵消灭李克用。

⑦ 从事：属吏。少牢：祭祀时用猪、羊二牲做祭品，一少牢就是一猪一羊。告庙：告祀太庙。

⑧ 系燕父子以组：用绳子绑着燕王父子。公元911年，刘守光自称大燕皇帝。913年，李存勖攻克幽州，擒获刘仁恭父子。914年正月，李存勖用丝绳绑着刘仁恭父子，奏着凯歌进入晋阳，在太庙亲自监斩刘守光，又将刘仁恭押到代州，刺其心血祭过李克用墓，然后斩首。

⑨ 函梁君臣之首：用木匣装着梁帝君臣的头。公元923年，李存勖即帝位后，攻破大梁。梁末帝（朱全忠之子朱友贞）命部将皇甫麟杀死自己，以免落入仇人之手。皇甫麟杀死梁末帝后自尽。李存勖命河南尹张全义收葬，将首级藏在太庙。

⑩ 雠（chóu）：同“仇”。

⑪ “一夫夜呼”二句：公元926年，屯驻在贝州（今河北清河县）的士兵皇甫晖因半夜聚众赌博不胜，趁当时贝州驻军人心不安之机，勾结党羽作乱，杀死主帅杨仁晸，拥立效节指挥使

赵在礼为帅，焚掠贝州，攻入邺都（今河北临漳县西南）。接着邢州（今河北邢台市）步直兵赵太等四百人叛变，沧州小校王景戡乘军乱自立为帅，河朔州县相继告乱。

⑫ “仓皇东出”六句：河朔多处兵乱，庄宗命蕃汉内外马步军都总管李嗣源去征讨。李嗣源是李克用的养子。乱兵逼他称帝，部将又劝他引军占据大梁以自保。李嗣源便收服河北各州，进入大梁。庄宗亲自发兵东向，招抚邺都乱兵。走到万胜镇，听说李嗣源已占据大梁，诸军离叛。便还兵洛阳，一路上扈从兵逃亡了一万多人。到了洛阳城东的石桥西，置酒悲泣，向诸将说：“卿辈事吾以来，急难富贵靡不同之；今致吾至此，皆无一策以相救乎？”诸将百余人相顾号泣，截发置地，发誓以死相报。仓皇：仓促，匆忙。

⑬ 抑：或。本：推究。

⑭ “满招损”二句：语出《尚书·虞书·大禹谟》。“谦得益”原作“谦受益”。

⑮ “数十伶人”三句：李存勖好音律，宠幸伶人，有时还自傅粉墨，与俳优一起在庭前游戏，伶人因此能作威作福，干预政事。庄宗又把他的亲军（号“从马直”）分置四个指挥，让伶人郭从谦（艺名“郭门高”）担任从马直的指挥使。贝州兵乱时，从马直军士王温等五人图谋作乱被斩，庄宗戏问郭从谦，

为什么教王温反叛。郭从谦畏惧，便趁李嗣源攻占大梁、庄宗已众叛亲离的机会，率领部下亲军作乱。在乱兵攻打洛阳皇城时，近臣守将均解甲逃跑，庄宗中流箭而死。国灭：庄宗死后，李嗣源即位，即唐明宗。因他即位时，群臣中有人曾建议自立国号，虽然未被采纳，但因李嗣源不是李克用的亲子，原名邈佶烈，所以也可以说是“国灭”了。

⑯ 忽：一寸的十万分之一。微：寸的百万分之一，这里指极细小的事情。

⑰ 所溺，所沉迷于其中的事物。溺：过分喜爱，以至达到迷惑的程度。

译文

呜呼！盛衰的道理，虽说有天命，但难道不是人事吗？推究庄宗之所以得天下和失天下的道理，就可以知道了。

世人说晋王李克用临终时，把三支箭赐给唐庄宗，并对他说：“梁，是我的仇敌；燕王，本是我所扶立；契丹和我原来约为兄弟，但他们都背叛了晋国而归顺了梁国。这三件事是我的遗恨。给你三支箭，你可不要忘记你父亲的遗志！”庄宗接受以后将箭藏在太庙。后来凡是用兵，就派人用猪、羊二牲作为祭品去告祀太庙，把箭请下来装在丝织的袋子里，背着它驱马冲在前面，等到唱着凯歌胜利归来时，再放回原处。

当他用丝绳绑着燕王父子、用木匣装着梁国君臣的首级，进入太庙，将箭交还先王而报告成功的时候，那种旺盛的意气，可说是够豪壮的了。等到仇敌已经消灭，天下已经平定，一个武夫夜里一声呼喊，作乱者四下里响应，庄宗仓皇东出，尚未见到乱贼，扈从士兵便叛离逃散。君臣相对，不知归向。以至于诸将割发立誓，泪下沾衣，又是何等衰弱呵！难道是得天下难而失天下易吗？还是推究成败的事迹，都出于人呢？《尚书》说："满盈招致损害，谦虚能够得益。"忧劳可以使国家兴盛，安乐可以使自己丧生。这是自然的道理。

所以当庄宗正盛的时候，天下所有的豪杰，无人能与他相争；待到他衰落之时，几十个伶人将他困住，以致身死国亡，被天下人讥笑。大凡祸患常常从极微小之处积累，而智勇之人大多因沉迷所爱而受困，又岂止是伶人呢？作《伶官传》。

醉翁亭记

题　解

欧阳修于仁宗庆历五年（1045），被贬到滁州（今安徽滁县）任刺史。这篇文章作于第二年，描写滁州琅玡山的四季朝暮景色，以及在醉翁亭上饮宴游赏的情景，将作者政治失意的苦闷消解在娱情山水和与民同游的乐趣之中。全文采用似散似排的句法以及逐层脱卸的章法，音调和谐，气势流畅，富有节奏感。开头第一句，从原来的几十字改定为五字，历来被传为字斟句酌的美谈。文中连用二十一个“也”字，也是记游散文的一种新形式。

环滁皆山也。其西南诸峰，林壑尤美①。望之蔚然而深秀者②，琅玡也③。山行六七里，渐闻水声潺潺，而泻出于两峰之间者，酿泉也④。峰回路转，有亭翼然临于泉上者⑤，醉翁亭也。作亭者谁？山之僧智僊也⑥。名之者谁？太守自谓也⑦。太守与客来饮于此，饮少辄醉，而年又最高，故自号曰醉翁也。醉翁之意不在酒，在乎山水之间也。山水之乐，得之心而寓之酒也。

若夫日出而林霏开⑧，云归而岩穴暝⑨，晦明变化者⑩，山间之朝暮也。野芳发而幽香，佳木秀而繁阴⑪，风霜高洁，水落而石出者，山间之四时也。朝而往，暮而归，四时之景不同，而乐亦无穷也。

至于负者歌于途，行者休于树，前者呼，后者应，伛偻提携⑫，往来而不绝者，滁人游也。临溪而渔，溪深而鱼肥；酿泉为酒，泉香而酒洌[13]；山肴野蔌[14]，杂然而前陈者，太守宴也。宴酣之乐，非丝非竹[15]，射者中[16]，弈者胜[17]，觥筹交错[18]，起坐而喧哗者，众宾欢也。苍颜白发，颓乎其中者[19]，太守醉也。

已而夕阳在山，人影散乱，太守归而宾客从也。树林阴翳[20]，鸣声上下，游人去而禽鸟乐也。然而禽鸟知山林之乐，而不知人之乐；人知从太守游而乐，而不知太守之乐其乐也。醉能同其乐，醒能述以文者，太守也。太守谓谁，庐陵欧阳修也[21]。

① 壑（hè）：山沟。

② 蔚然：树木茂盛的样子。深秀：幽深秀丽。

③ 琅玡：即琅琊，山名，在安徽滁县西南十里。

④ 酿泉：因水清可酿酒而命名。

⑤ 翼然：形容亭子四角翘起，像鸟儿展翅。

⑥ 智僊：琅琊山上琅琊寺（又名开化寺）的僧人。僊（xiān）：“仙”的异体字。

⑦ 自谓：自己的称谓、名字。

⑧ 霏：云气。

⑨ 岩穴：山谷。

⑩ 晦明变化：天气阴晴明暗的变化。

⑪ 佳木：好树。秀：茂盛。繁阴：浓密的绿荫。

⑫ 伛（yǔ）偻（lǚ）：弯腰曲背，指老年人。提携：搀着孩子走路。

⑬ 洌（liè）：清。

⑭ 山肴（yáo）：野味。蔌（sù）：蔬菜。

⑮ 丝：弦乐器，如瑟、琴等。竹：管乐器，如箫、笛之类。丝竹：指音乐。

⑯ 射者中：指古代投壶的游戏。用箭投入壶中，投中的得胜，倒酒给输的人喝。

⑰ 弈（yì）者：下棋的。

⑱ 觥（gōng）：酒器，古代用犀牛角制，称兕（sì）觥。筹：酒筹，饮酒时计算胜负的筹码，一般用竹制。

⑲ 颓乎：形容酒醉无力的样了。

⑳ 翳（yì）：遮盖。

㉑ 庐陵：今江西吉安市。欧阳修是永丰人，他的先世是庐陵大族。

译 文

滁州城周围都是山。其中西南面的各座山峰，树林山谷尤其秀美。远远望去葱郁茂盛、幽深秀丽的那座山，就是琅琊。

在山上走六七里，渐渐听到水声潺潺，从两峰之间直泻而下，那就是酿泉。峰回路转，有亭子像飞鸟展翅一样临近泉边，那就是醉翁亭。造亭的人是谁？是山僧智僊。给亭子命名的是谁？是太守用自己的称谓。太守与客人来此饮酒，稍喝一点就醉，加上年事最高，所以自号为醉翁。醉翁的意趣不在酒，在于山水之间。欣赏山水的乐趣，领会在心里，而又寄托在酒内。

像那日出林中，雾气消散，云归岩谷，暮色昏暗，明暗交替，阴晴变化，是山间的朝暮。野花开放，幽香四溢，嘉树茂盛，绿荫繁密，风高霜洁，水落石出，是山间的四季。清早前往，傍晚归来，四时景色不同，而乐趣也无穷。

至于负重的人在途中唱歌，行路的人在树下休息，前呼后应，老老小小，来往不绝的，是滁人在游山。临溪捕鱼，溪深而鱼肥，取泉酿酒，泉香而酒清。野味菜蔬，杂乱陈列，是太守的宴会。宴会喝酒的乐趣，不在于音乐。投壶射中，下棋得胜，酒杯酒筹交互错杂，忽起忽坐大声喧哗的，是众宾在欢闹。苍颜白发，颓坐在众宾之间的，是太守醉了。

接着夕阳下山，人影散乱，太守归去而宾客相随。树木遮蔽成荫，鸟声忽高忽低，游人离去而禽鸟自乐。然而禽鸟只知山林之乐，而不知游人之乐，众人只知跟太守出游而乐，不知太守为他所乐之事而乐。醉后能与众人同乐，醒来能用文章记述的人，是太守。太守是谁？庐陵欧阳修也。

秋声赋

题 解

这是一篇散文赋，写于宋仁宗嘉祐四年（1059）。文章以描摹秋声开头，极力渲染秋天的萧条景象和凛冽之气。又从儒家刑兵礼乐等方面，阐明秋与社会人事的关系，感叹人生不能摆脱自然规律的制约，抒写了因政事忧劳而日渐衰老的悲感。全文基本保持赋体全面铺陈的形制，但以散行奇句为主，杂以韵语和排偶。比喻精妙，笔力劲健，将无形的秋气写得有声有色，姿态百出，又有无限感慨溢于言表。

欧阳子方夜读书，闻有声自西南来者，悚然而听之[①]，曰：“异哉！”初淅沥以萧飒[②]，忽奔腾而砰湃[③]，如波涛夜惊，风雨骤至。其触于物也，鏦鏦铮铮[④]，金铁皆鸣，又如赴敌之兵，衔枚疾走[⑤]，不闻号令，但闻人马之行声。余谓童子：“此何声也？汝出视之。”童子曰：“星月皎洁，明河在天[⑥]，四无人声，声在树间。”

余曰：“噫嘻悲哉！此秋声也，胡为乎来哉？盖夫秋之为状也：其色惨淡，烟霏云敛[7]；其容清明，天高日晶；其气慄冽[8]，砭人肌骨[9]；其意萧条，山川寂寥。故其为声也，凄凄切切，呼号奋发。丰草绿缛而争茂[10]，佳木葱茏而可悦[11]；草拂之而色变，木遭之而叶脱；其所以摧败零落者，乃其一气之馀烈[12]。夫秋，刑官也[13]，于时为阴[14]；又兵象也[15]，于行为金[16]；是谓天地之义气[17]，常以肃杀而为心[18]。天之于物，春生秋实。故其在乐也，商声主西方之音[19]；夷则为七月之律[20]。商，伤也，物既老而悲伤；夷，戮也，物过盛而当杀。嗟乎！草木无情，有时飘零。人为动物，惟物之灵[21]，百忧感其心，万事劳其形，有动乎中[22]，必摇其精[23]。而况思其力之所不及，忧其智之所不能，宜其渥然丹者为槁木[24]，黟然黑者为星星[25]。奈何以非金石之质，欲与草木而争荣？念谁为之戕贼[26]，亦何恨乎秋声！”

童子莫对，垂头而睡。但闻四壁虫声唧唧，如助余之叹息。

① 悚（sǒng）然：惊惧的样子。

② 淅沥：小雨声。以：而。萧飒：风声。

③ 砰（pēng）湃（pài）：波浪汹涌声。

④ 鏦（cōng）鏦铮铮：金属相撞击的声音。

⑤ 衔枚：古代行军时为保持肃静，要士兵嘴里衔一根筷子形的东西。疾走：快走。

⑥ 明河：银河。

⑦ 烟霏：烟雾迷蒙。云敛：云雾密聚。

⑧ 慄冽：寒冷的样子。

⑨ 砭（biān）：古代治病用的石针。这里是针刺的意思。

⑩ 缛：繁茂。

⑪ 葱茏：草木青翠茂盛。

⑫ 一气：指秋气。馀烈：余威。

⑬ 刑官：周朝用天地四季的名称为官职命名。掌管刑法的司寇是秋官。审决死罪犯人也在秋天。

⑭ 于时为阴：用阴阳和四季相配；春夏属阳，秋冬属阴。《汉书·律历志上》："秋为阴中，万物以成。"

⑮ 兵象：古代用兵征战，一般在秋天。

⑯ 于行为金：古人用金、木、水、火、土五行与四时相配，秋天属金。

⑰ 天地之义气：天地的严正之气。《礼记·乡饮酒义》："天地严凝之气，始于西南，而盛于西北，此天地之尊严气也，此天地之义气也。"严凝之气始于西南，即秋的开始。

⑱ 肃杀：形容秋冬天气寒冷、草木枯败。

⑲ "商声"句：古代五音分宫、商、角、徵、羽，将五音与四季相配，秋天为商声。西方是秋天的方位。

⑳ 夷则：古代音乐按绝对音高分出十二律，名为黄钟、大吕、太簇、夹钟、姑洗、中吕、蕤宾、林钟、夷则、南吕、无射、应钟。把十二律和十二个月相配，七月为夷则。张守节《史记正义》引《白虎通》说："夷，伤也；则，法也。言万物始伤被刑法也。"即借夷则的字面意思，说明七月是万物刚被伤害如受刑法的时候。

㉑ 惟物之灵：人在万物中最有灵性。《尚书·周书·泰誓上》："惟人万物之灵。"

㉒ 动：触动、震动、感动。中：内心。

㉓ 摇：动摇、损伤。精：精神。

㉔ 渥（wò）然：浓郁润泽的朱红色。《诗经·秦风·终南》："颜如渥丹。"

㉕ 黟（yī）然：黑色。星星：比喻白发。

㉖ 戕（qiāng）贼：伤害。

译 文

欧阳子正在夜里读书，听见有声音从西南传来，不由得惊惧不安，凝神细听，说："奇怪！"开始时淅淅沥沥，飒然作响，像是小雨夹杂着风声。忽然间奔腾澎湃，像是惊涛骇浪在夜里掀起，狂风暴雨骤然来临。它触到器物时，发出鏦鏦铮铮的声音，像是金铁一齐撞响；又像是赴敌作战的军队，衔枚疾走，听不见号令，只听见人马走路的嚓嚓声。我对童子说："这是什么声音？你出去看看。"童子说："天上星月皎洁，银河明亮。四面寂无人声，声音从树间发出。"

我说："噫嘻，可悲呵！这是秋声，为什么要来呢？那秋天的形状是这样的：秋色惨淡时，烟气迷蒙，云雾密聚；秋容清明时，天高气爽，阳光明亮；秋气凛烈，刺人肌骨；秋意萧条，山川空旷。所以它发出的声音凄凄切切，呼啸怒号。百草碧绿繁茂，正在争相滋长，嘉树青翠茂盛，可供人们爱赏。然而草拂到秋气就变色，树遇到秋风就落叶。之所以摧败凋零，乃是因为秋气的一股余威。古时司寇为秋官，执掌刑法，以四时分配，秋冬属阴。秋应杀气，又主兵象，以五行分配，秋天属金。这是说天地之间的严正之气，常以肃杀的秋气为中心。天对于万物，春天生长，秋天结实。所以从音乐来看，五声中商音总是分在秋天所主的西方，十二律中的夷则总是与七月相配。商，就是伤，万物衰老难免悲伤；夷，就是杀，凡事过盛自当杀减。唉！草木无情，尚且到时候就要凋零，人是动物，万物中最有灵性。百忧交集心头，万事劳损身体。心中有所触动，精神必定损伤。更何况再去思谋那些力所不及的事，忧虑那些智所不能的事，当然要使红润的容颜变得枯槁，乌黑的头发变为花白。体质本来就不像金石那样牢固，那又为什么要去和草木争荣呢？想想人究竟是被什么所伤害，又何必去怨恨秋声呢？”

童子无言以对，垂头而睡。只听得四壁唧唧的虫声，似乎在和我一起叹息。

泷冈阡表

题　解

这篇文章作于宋神宗熙宁三年（1070），是欧阳修在旧稿《先君墓表》的基础上改写而成的。阡是墓道，阡表即墓碑，是一种记叙死者事迹并称颂其功德的文体。泷（shuāng）冈在今江西永丰县沙溪南凤凰山上，欧阳修的父母葬在这里。本文意在以自己今日的荣华富贵告慰先人的在天之灵。但文中记述父母的为人和遗训，却着重赞扬了他们仁厚、正直、安于贫贱，并不以富贵卿相期望儿子的高尚道德。因此与一般士大夫光宗耀祖的庸俗观念有所不同。文章不讲究辞藻修饰，尤其前半篇，平淡朴素，如话家常，但亲切动人，饱含着忆旧的深情。

呜呼！惟我皇考崇公卜吉于泷冈之六十年[①]，其子修始克表于其阡[2]。非敢缓也，盖有待也。

修不幸，生四岁而孤。太夫人守节自誓[3]，居穷，自力于衣食，以长以教[4]，俾至于成人。太夫人告之曰："汝父为吏廉而好施与，喜宾客。其俸禄虽薄，常不使有馀。曰：'毋以是为我累。'故其亡也，无一瓦之覆，一垅之植[5]，以庇而为生。吾何恃而能自守邪？吾于汝父，知其一二，以有待于汝也。自吾为汝家妇，不及事吾姑[6]，然知汝父之能养也。汝孤而幼，吾不能知汝之必有立，然知汝父之必将有后也。吾之始归也，汝父免于母丧方逾年[7]。岁时祭祀，则必涕泣曰：'祭而丰，不如养之薄也。'间御酒食[8]，则又涕泣曰：'昔常不足，而今有馀，其何及也[9]！'吾始一二见之，以为新免于丧适然耳[10]。既而其后常然，至其终身未尝不然。吾虽不及事姑，而以此知汝父之能养也。汝父为吏，尝夜烛治官书[11]，屡废而叹[12]。吾问之，则曰：'此死狱也，我求其生不得尔。'吾曰：'生可求乎？'曰：'求其生而不得，则死者与我皆无恨也；矧求而有得邪[13]！以其有得，则知不求而死者有恨也。夫常求其生，犹失之死；而世常求其死也。'回顾乳者抱汝而立于旁[14]，因指而叹曰：'术者谓我岁行在戌将死[15]，使其言然，吾不及见儿之立也，后当以我语告之。'其平居教他子弟，常用此语，吾耳熟焉，故能详也。其施于外事，吾不能知。其居于家，无所矜饰[16]，而所为如此，是真发于中者邪！呜呼！其心厚于仁者邪！此吾知汝父之必将有后也。汝其勉之！夫养不必丰，要于孝；利虽不得博于物[17]，要其心之厚于仁。吾不能教汝，此汝父之志也。”修泣而志之[18]，不敢忘。

先公少孤力学。咸平三年，进士及第。为道州判官[19]，泗、绵二州推官[20]，又为泰州判官[21]，享年五十有九。葬沙溪之泷冈。太夫人姓郑氏，考讳德仪，世为江南名族。太夫人恭俭仁爱而有礼，初封福昌县太君[22]，进封乐安、安康、彭城三郡太君[23]。自其家少微时[24]，治其家以俭约，其后常不使过之，曰：“吾儿不能苟合于世，俭薄所以居患难也。”其后修贬夷陵[25]，太夫人言笑自若，曰：“汝家故贫贱也，吾处之有素矣[26]。汝能安之，吾亦安矣。”

① 皇考：父亲死后称“考”。“皇考”是对亡父的敬称。崇公：欧阳修父亲名观，字仲宾，追封崇国公，后改封郑国公。卜吉：占卜吉地。

② 克：能。表于其阡：在墓道立表。

③ 太夫人：欧阳修的母亲郑氏。

④ 长：养育。

⑤ 一垅之植：一块可耕种的土地。

⑥ 事吾姑：侍奉自己的婆婆。

⑦ 免于母丧：母死后守丧期满。逾年：超过一年。

⑧ 间：偶尔，间或。御：进用。

⑨ 其何及：哪里还来得及。指现在虽有富余，但母亲已死，享用不到酒食了。

⑩ 适然：事理当然。

⑪ 烛：点烛。治官书：处理官方文件，指案件。

⑫ 废：中止。

⑬ 矧（shěn）：况且。有得：有可能得生。

⑭ 乳者：奶妈。

⑮ 术者：占卜、算命、看相的一类人。岁行在戌：古代用干支纪年，按子丑寅卯等十二支和甲乙丙丁等十干相配。又把黄道附近一周天分成十二等分，由东向西与十二支相配，叫作十二辰。又认为岁星由西向东绕天一周是十二年，每年行经一个范围。岁行在戌，就是岁星走到了戌年的范围。欧阳修的父亲死于宋真宗大中祥符三年，是庚戌年。

⑯ 矜饰：做作，粉饰。

⑰ 博于物：普施于人。

⑱ 志：同“誌”，铭记。

⑲ 道州：治所在今湖南省道县。判官：州郡长官手下掌文书事务

的属官。

⑳ 泗：州治在今安徽省泗县。绵：州治在今四川省绵阳市。推官：州郡长官手下专管刑事的属官。

㉑ 泰州：治所在今江苏省泰州市。

㉒ 福昌：今河南宜阳县。太君：宋代给文武官员的母亲的封号，根据官阶分为国太夫人、郡太君、县太君等级别。

㉓ 乐安：郡名，治所在今山东博兴县。安康：郡名，在今陕西石泉县。彭城：郡名，在今江苏省徐州市。

㉔ 少微：贫困寒微。

㉕ 贬夷陵：宋仁宗景祐三年（1036）范仲淹因论政事得罪宰相吕夷简被贬，朝廷大臣都出来救援，只有谏官高若讷认为应当贬，欧阳修便写信给他，骂他“不复知人间有羞耻事”，高若讷把欧阳修的信献上皇帝，欧阳修被贬为夷陵令。夷陵，在今湖北省宜昌市。

㉖ 有素：习以为常。

自先公之亡二十年，修始得禄而养①。又十有二年，列官于朝，始得赠封其亲②。又十年，修为龙图阁直学士③，尚书吏部郎中④，留守南京⑤。太夫人以疾终于官舍，享年七十有二。又八年⑥，修以非才，入副枢密⑦，遂参政事⑧。又七年而罢⑨。

自登二府[10]，天子推恩，褒其三世[11]。盖自嘉祐以来[12]，逢国大庆，必加宠锡[13]。皇曾祖府君[14]，累赠金紫光禄大夫、太师、中书令[15]。曾祖妣，累封楚国太夫人[16]。皇祖府君，累赠金紫光禄大夫、太师、中书令兼尚书令[17]。祖妣，累封吴国太夫人。皇考崇公累赠金紫光禄大夫、太师、中书令兼尚书令。皇妣，累封越国太夫人。今上初郊[18]，皇考赐爵为崇国公，太夫人进号魏国[19]。

于是小子修泣而言曰："呜呼！为善无不报，而迟速有时，此理之常也。惟我祖考，积善成德，宜享其隆。虽不克有于其躬[20]，而赐爵受封，显荣褒大，实有三朝之锡命[21]，是足以表见于后世，而庇赖其子孙矣。"乃列其世谱，具刻于碑。既又载我皇考崇公之遗训，太夫人之所以教而有待于修者，并揭于阡。俾知夫小子修之德薄能鲜[22]，遭时窃位[23]，而幸全大节，不辱其先者，其来有自。熙宁三年岁次庚戌四月辛酉朔十有五日乙亥[24]，男推诚保德崇仁翊戴功臣、观文殿学士、特进、行兵部尚书、知青州军州事、兼管内劝农使、充京东路安抚使、上柱国、乐安郡开国公[25]，食邑四千三百户，食实封一千二百户[26]，修表。

① 得禄而养：宋仁宗天圣八年（1030），欧阳修考取进士，授将仕郎，试秘书省校书郎，充西京留守推官。禄：俸禄。养：养亲。

② 赠封其亲：使双亲得到赠官和封号。宋仁宗康定元年（1040），欧阳修被召到京师，任馆阁校勘、修《崇文总目》，后转太子中允，第二年加骑都尉，改集贤校理，成为朝官。

③ 龙图阁：宋朝藏图书典籍的馆阁之一。分学士、直学士、待制、直阁等官职。

④ 尚书吏部：宋朝吏部属尚书省。主管全国官员的任免、考察、调动等事务。郎中：吏部设郎中四人。

⑤ 留守南京：宋时南京是应天府，在今河南商丘市。留守一人，由知府兼任。仁宗皇祐元年（1049），欧阳修以龙图阁直学士的官衔出为颍州知州，第二年任应天府知府，兼南京留守司事，转吏部郎中。

⑥ 又八年：指宋仁宗嘉祐五年（1060）。

⑦ 副枢密：任枢密副使。枢密使是全国最高军事长官。

⑧ 参政事：嘉祐六年（1061），欧阳修转户部侍郎，拜参知政事，即副宰相。

⑨ 又七年而罢：宋英宗治平四年（1067），欧阳修罢免参知政事。

⑩ 二府：枢密院和中书省，是宋朝掌握军事与政事最高权力的两个机构。

⑪ 褒：赠封。三世：父母、祖、曾祖三代。

⑫ 嘉祐：宋仁宗年号，公元1056—1062年。

⑬ 加宠锡：加官号，以示恩宠。

⑭ 府君：旧时子孙对先世的尊称。

⑮ 金紫光禄大夫：宋朝的光禄大夫是散官，加金章紫绶，称金紫光禄大夫。太师：周朝的宰辅，历代相沿，与太傅、太保合称三公。宋列为赠官。中书令：唐时宰相，宋改为赠官。

⑯ 妣（bǐ）：已故的母亲。

⑰ 尚书令：唐初宰相，宋改为加官、赠官，位高于太师。

⑱ 今上：当今皇上，指宋神宗赵顼（xū）。郊：郊祀，祭天。是古时的大典。神宗初次郊祀在熙宁元年（1068）十一月丁亥日。

⑲ 魏国：有的版本作“韩国”。

⑳ 不克：不能。有于其躬：亲身享有这些荣宠：躬：亲自。

㉑ 三朝：指仁宗、英宗、神宗三朝。锡命：赐予的命令。

㉒ 德薄：道德修养浅薄。能鲜：才能很少。

㉓ 遭时：幸逢时势。窃位：窃据官位，这与上句都是自谦的说法。

㉔ 四月辛酉朔：四月的辛酉日，乃是朔日。朔：初一。古人也用干支纪日。十有五日乙亥：指初一以后第十五天，这天的干支属乙亥。在月份下写明朔日的干支，以及写碑的日子距朔日第几天，是汉朝以后墓碑的惯例。

㉕ “男推诚”四句：欧阳修封乐安郡开国公是在嘉祐六

年（1061），加上柱国在治平二年（1065）。治平四年进阶特进、任观文殿学士、改赐推诚保德崇仁翊戴功臣。特进是表彰功德的一种散官。熙宁元年（1068），欧阳修转兵部尚书，改知青州（治所在今山东益都县）军州事，兼管内劝农使、充京东路安抚使。内劝农使：主管劝励农作的官职，由州官兼任。京东路：辖区在今山东中部、东部地区，治所青州。安抚使：执掌一州路军政，多由知州兼任。

㉖ 食实封：实封的食邑。食邑本是卿大夫的封地，可以收取赋税。但到唐朝时封爵的食邑已是虚设，实封的还有一点收入。到宋朝时食邑和食实封都只是名义。

译 文

呜呼！先父崇国公在泷冈占卜吉地六十年，其子欧阳修才能在墓道中立表。并非敢于迟延，而是因为有所期待。

修不幸，生后四岁便丧父。太夫人立誓守节，生活贫困，全靠自己经营衣食，抚育教养儿子，使之长大成人。太夫人告诉我说："你父亲身为州吏，廉洁而乐于施舍，又喜欢接待宾客。俸禄虽少，却经常不许剩余，说：'不要让利禄成为我的拖累。'所以他死的时候，没有一块瓦片可以盖屋，没有一垅土地可以耕种，使我们能赖以维持生活。我靠什么才独自守到现在呢？因为我对你的父亲略知一二，他是对你有所期待呵！自从我当了你家的媳妇以后，没有赶上侍奉我的婆婆，但我知道你的父亲是能孝养双亲的。你孤苦幼小，我不能预知你一定会有成就，但知道你的父亲一定会有后继的。我刚嫁过来的时候，你父亲为母守丧期满后刚过一年，四时祭祀，总是流着泪说：‘与其死后祭祀丰盛，还不如生前奉养俭薄。’偶尔进用酒食，又流着泪说：‘以前经常衣食不足，如今有盈余了，可是哪里还来得及让母亲享受呢？’我开始时见一两次，以为丧期刚满，理当如此。后来经常这样，直到他死，一直如此。我虽没赶上侍奉婆婆，却由此知道你父亲是能养亲的。你父亲当州吏时，夜里点着蜡烛办理案卷文书，曾屡次停下来叹息。我问他，他便说：‘这是死刑犯，我想为他求生，却没办法。’我说：‘可以求生吗？’他说：‘为他求生而不得，那么死者和我就都没有遗憾了。何况求而有可能得生呢？如果能得生，那么不求而死的人就会有遗恨了。常求他们生，尚且会不免于死，何况世上人常求他们死呢？’回头看见奶妈抱着你站在旁边，便指着叹息道：‘算命的人说我在岁星行到戌年时会死。如果他说得对，我就来不及看到儿子成人了。以后应当把我的话告诉他。’他平时教其他子弟，也常说这话，我已听熟了，所以能细说。他在外面的作为，我不得而知。但他平时在家，没有一点矫情做作，像这样的作为，是确实发自内心的。唉！他的心比仁者还要宽厚，这是我知道你父亲必将有后继的原因。你要努力呵！养亲不必丰厚，重要的是孝心，利益虽不能普施与人，重要的是心地仁厚。我不能教你，这是你父亲的遗志呵！”修流着泪记住了这些话，不敢忘记。

先父幼年孤苦，努力求学。咸平三年，考中进士，任道州判官，泗、绵二州推官，又任泰州判官，享年五十九岁。葬在沙溪泷冈。太夫人姓郑，名德仪，家世是江南著名大族。太夫人恭谨勤俭，仁爱知礼。最初封福昌县太君，后进封乐安、安康、彭城三郡太君。从家里贫困微贱时起，便以俭省治家，后来经常不让超过这界限，说：“我儿子不能苟且行事、迎合世人，俭省是为了能够应付患难。”后来修被贬夷陵，太夫人谈笑自如，说：“你家本来就贫穷，我在这种环境里已经习以为常了。你能安下心来，我也就安心了。”

自先父死后二十年，修才挣得俸禄奉养母亲。又过十二年，在朝中做官，才得到赠封双亲的待遇。又过十年，修任龙图阁直学士、尚书吏部郎中、南京留守。太夫人因病在官邸逝世，享年七十二岁。又过八年，修以不才，升为枢密副使，于是参与执掌政事。又过七年，罢免参知政事。自从登上枢密、中书二府，皇上推广恩泽，赠封曾祖、祖、父母三世。所以从嘉祐年以来，每逢国家大庆，必定再受恩宠，加赠官号。先曾祖父屡次赠封金紫光禄大夫、太师、中书令。先曾祖母屡封楚国太夫人。先祖父屡次赠封金紫光禄大夫、太师、中书令兼尚书令。祖母屡封吴国太夫人。先父崇国公屡次赠封金紫光禄大夫、太师、中书令兼尚书令。先母屡封越国太夫人。当今皇帝初次郊祀，先父赐爵为崇国公，太夫人进号魏国。

于是小子欧阳修流泪说道："呜呼！凡是行善，没有得不到报答的，只是有早有晚，这是常理。想我父祖，积善成德，自应蒙受如此隆恩。虽不能亲身享有，而赐爵受封，荣显褒扬，实有三朝皇帝的赐命，这也足以昂名后世，而庇护子孙了。"于是开列家世谱系，都刻在碑上。然后又记载我先父崇公的遗训，太夫人对修的教导和期待之意，一并刻在墓表上。使人知道小子修缺乏才德，遭逢时运，窃据高位，却能有幸保全大节，不辱没祖先，是有缘由的。熙宁三年庚戌、四月乙亥日，男推诚保德崇仁翊戴功臣、观文殿学士、特进、行兵部尚书、知青州军州事、兼管内劝农使、充京东路安抚使、上柱国、乐安郡开国公，食邑四千三百户，食实封一千二百户，修表。

苏　洵

六国论

题　解

这篇文章选自苏洵所作的《权书》。《权书》是一组议论政治、史事和历史人物的文章，共十篇。本文列为第八，原题为《六国》。基本论点是认为战国时期六国灭亡的主要原因在于贿赂秦国，并借史事影射当时北宋以岁币向契丹、西夏求和的政策。文章针对现实而发，立论善于从别人可能驳斥自己的方面着想，把不利于自己的论点变为有利。风格雄奇纵放，体现了苏洵深受战国纵横家影响的特色。

六国破灭，非兵不利，战不善，弊在赂秦①。赂秦而力亏②，破灭之道也。或曰③：六国互丧④，率赂秦耶⑤？曰：不赂者以赂者丧。盖失强援不能独完[6]。故曰：弊在赂秦也。

秦以攻取之外，小则获邑[7]，大则得城。较秦之所得与战胜而得者，其实百倍；诸侯之所亡与战败而亡者[8]，其实亦百倍。则秦之所大欲，诸侯之所大患，固不在战矣。思厥先祖父[9]，暴霜露[10]，斩荆棘，以有尺寸之地。子孙视之不甚惜，举以予人，如弃草芥。今日割五城，明日割十城，然后得一夕安寝。起视四境，而秦兵又至矣。然则诸侯之地有限，暴秦之欲无厌，奉之弥繁，侵之愈急。故不战而强弱胜负已判矣[11]。至于颠覆，理固宜然。古人云："以地事秦，犹抱薪救火，薪不尽，火不灭。"此言得之。

齐人未尝赂秦，终继五国迁灭[12]，何哉？与嬴而不助五国也[13]。五国既丧，齐亦不免矣。燕赵之君始有远略，能守其土，义不赂秦。是故燕虽小国而后亡，斯用兵之效也。至丹以荆卿为计[14]，始速祸焉[15]。赵尝五战于秦[16]，二败而三胜。后秦击赵者再[17]，李牧连却之[18]。洎牧以谗诛[19]，邯郸为郡[20]，惜其用武而不终也。且燕赵处秦革灭殆尽之际[21]，可谓智力孤危[22]，战败而亡，诚不得已。向使三国各爱其地[23]，齐人勿附于秦，刺客不行[24]，良将犹在[25]。则胜负之数，存亡之理，当与秦相较，或未易量[26]。

呜呼！以赂秦之地封天下之谋臣，以事秦之心礼天下之奇才，并力西向，则吾恐秦人食之不得下咽也。悲夫！有如此之势，而为秦人积威之所劫[27]，日削月割，以趋于亡。为国者无使为积威之所劫哉[28]！

夫六国与秦皆诸侯，其势弱于秦，而犹有可以不赂而胜之之势。苟以天下之大，下而从六国破亡之故事[29]，是又在六国下矣。

① 赂秦：贿赂秦国。语出贾谊《过秦论》："于是从散约解，争割地而赂秦。"

② 力亏：国力亏损。

③ 或曰：或者说，有人说。

④ 互丧：交互丧亡。

⑤ 率：都是。

⑥ 完：保全。

⑦ 邑：小城，市镇。

⑧ 亡：失去，指失地。

⑨ 厥：其。先：先人。

⑩ 暴：暴露于。

⑪ 判：分得很清楚。

⑫ 迁灭：灭亡。迁：变迁。

⑬ 与嬴：结交秦国。与：相与，友好。嬴：秦王的姓。

⑭ 丹：燕国太子丹。以荆卿为计：把派遣荆卿作为对付秦国的策略。燕太子派荆轲带着燕国地图去见秦王，图中暗藏匕首。荆轲在秦王面前展开地图，露出匕首，秦王惊起，荆轲将匕首掷向秦王，未击中，于是被害。

⑮ 速祸：招致灭亡之祸。速：动词，召。

⑯ 尝：曾。战于秦：对秦作战。

⑰ 再：两次。

⑱ 李牧：赵国的良将，曾大破匈奴，使匈奴十几年不敢侵犯赵国边境。并几次打退秦国的进攻。

⑲ 洎：自从。牧以谗诛：公元前229年，秦将王翦攻赵，李牧带兵抵抗，赵王听信宠臣郭开的谗言，派人代替李牧。李牧不接受命令，被杀。第二年，王翦破赵，俘虏赵王，赵国就此灭亡。

⑳ 邯郸为郡：赵亡后国都邯郸就成为秦国的一个郡。邯郸：在今河北邯郸市。

㉑ 革灭殆尽：把别国消灭得差不多了。

㉒ 智力：智谋和国力、兵力。

㉓ 向使：假使。三国：指韩、魏、楚。

㉔ 刺客：指荆轲。

㉕ 良将：指李牧。

㉖ 或未易量：或者还不容易衡量、判断。

㉗ 积威：久积的威势。劫：威胁，胁迫。

㉘ 为国者：治国的人。

㉙ 故事：旧事，前例。

译 文

六国破灭，不是因为兵器不利，作战不力，而是坏在割地贿赂秦国。贿赂秦国便使国力亏损，这是破灭的原因。有人说：“六国相继灭亡，难道都由于赂秦吗？”我说：“不赂秦的国家也因别国赂秦而亡。因为失去强有力的支援，不可能独自保全。所以说，弊端在于赂秦。”

秦在用战争夺取土地之外，小则获得市镇，大则获得城池。将秦国因六国贿赂所得之地，与因战胜所得之地相比较，其实有百倍之多。诸侯因赂秦而失去的土地，与因战败而失去的土地相比，其实也有百倍。那么秦国最大的欲望，诸侯最大的忧患，自然就不在于作战了。

想想他们的祖先，不避霜露，披荆斩棘，才有了尺寸大小的这点土地。子孙对它却并不爱惜，都拿去送人，像丢弃草芥一样。今天割去五座城，明天割去十座城，然后求得一夜安睡。起来看看四境，秦兵又来了。但是诸侯的土地有限，而暴秦的欲望却不会得到满足。奉送越是频繁，侵犯就越是厉害。所以还未打仗就已经清清楚楚地分出强弱胜负来了。至于国家颠覆，那是理所当然。古人说：“用土地事奉秦国，就像抱柴去救火，柴烧不完，火也不会灭。”这话说对了。

齐人并没有赂秦，但最后还是继五国之后灭亡，什么原因呢？是因为他们结交秦国而不援助五国。五国既灭，齐人也就不能免于亡国了。燕、赵二国的国君，起初有长远的谋略，能守住他们的国土，坚持大义，不肯赂秦。所以燕虽是小国却灭亡较晚，这是用兵的功效呵！到燕太子丹以荆轲行刺作为对付秦王的计策，才招致亡国之祸。赵国曾五次与秦作战，二败三胜。后来秦国两次攻赵，李牧接连几次将秦兵打退。自从李牧被谗害致死，邯郸才变成秦国的一个郡。可惜赵国用武而不能坚持到底。而且燕、赵处在秦国将要灭尽各国的情况下，可说是智谋兵力都已孤立无援，形势危急。战败之后灭亡，乃是实在不得已。假使韩、魏、楚各自珍惜它们的土地，齐人不依附秦国，燕国不派刺客，赵国良将还在，那么胜败的命运，存亡的道理，倘与秦国相比较，或者还不容易判断。

呜呼！用贿赂秦国的土地，封给天下的谋臣，用事奉秦国的心意，礼遇天下的奇才，合六国之力西向抗秦，那么我恐怕秦人吃饭都要咽不下去了！可悲呵！有这样的形势，而被秦人久积的威势所胁迫，天天削，月月割，一直趋于灭亡。治理国家的人，可不要使国家遭受敌人积威的胁迫呵！

六国与秦都是诸侯，它们的国势比秦弱，尚且有可以不用贿赂而战胜它的情势。如果以天下之大，降格以蹈六国灭亡的覆辙，那就更在六国之下了。

上欧阳内翰第一书（节录）

题　解

这是苏洵在宋仁宗嘉祐元年（1056）到京师时，给欧阳修的一封书信。内翰是宋人对翰林的称呼，欧阳修当时是翰林学士。信的前半部分回忆范仲淹、富弼、欧阳修等贤人君子并用于朝廷的盛况，委婉地表示了请求欧阳修推荐自己的心愿。后半部分着重评论孟子、韩愈、欧阳修等人的文章风格，论断精当，比喻生动。自述学道作文逐渐精进的经过，也能将很难言传的体会表达得洞达透彻。这里节录的是后半篇。

执事之文章[①]，天下之人莫不知之；然窃自以为洵之知之特深，愈于天下之人。何者？孟子之文，语约而意尽，不为巉刻斩绝之言[②]，而其锋不可犯。韩子之文[③]，如长江大河，浑浩流转[4]，鱼鼋蛟龙[5]，万怪惶惑，而抑遏蔽掩，不使自露；而人望见其渊然之光[6]，苍然之色，亦自畏避，不敢迫视。执事之文，纡馀委备[7]，往复百折，而条达疏畅[8]，无所间断；气尽语极[9]，急言竭论[10]，而容与闲易[11]，无艰难劳苦之态。此三者，皆断然自为一家之文也。唯李翱之文[12]，其味黯然而长[13]，其光油然而幽[14]，俯仰揖让，有执事之态。陆贽之文[15]，遣言措意，切近的当，有执事之实；而执事之才，又自有过人者。盖执事之文，非孟子、韩子之文，而欧阳子之文也。夫乐道人之善而不为谄者，以其人诚足以当之也；彼不知者，则以为誉人以求其悦己也。夫誉人以求其悦己，洵亦不为也；而其所以道执事光明盛大之德，而不自知止者，亦欲执事之知其知我也[16]。

虽然，执事之名，满于天下；虽不见其文，而固已知有欧阳子矣。而洵也不幸堕在草野泥涂之中[17]，而其知道之心[18]，又近而粗成。而欲徒手奉咫尺之书[19]，自托于执事，将使执事何从而知之，何从而信之哉？洵少年不学，生二十五岁，始知读书，从士君子游。年既已晚，而又不遂刻意厉行[20]，以古人自期，而视与己同列者，皆不胜己，则遂以为可矣。其后困益甚，然后取古人之文而读之，始觉其出言用意，与己大异。时复内顾，自思其才，则又似夫不遂止于是而已者[21]。由是尽烧曩时所为文数百篇，取《论语》《孟子》、韩子及其他圣人、贤人之文，而兀然端坐[22]，终日以读之者，七八年矣。方其始也，入其中而惶然[23]，博观于其外而骇然以惊[24]。及其久也，读之益精，而其胸中豁然以明；若人之言固当然者，然犹未敢自出其言也。时既久，胸中之言日益多，不能自制，试出而书之。已而再三读之，浑浑乎觉其来之易矣[25]，然犹未敢以为是也。近所为《洪范论》《史论》凡七篇，执事观其如何？嘻[26]！区区而自言[27]，不知者又将以为自誉以求人之知己也。惟执事思其十年之心如是之不偶然也而察之。

① 执事：古代书信中对人的敬称，表示不敢直呼对方，而称其左右办事的人。

② 巉（chán）刻：险峭。斩绝：锋利生硬。

③ 韩子：韩愈。

④ 浑浩：雄浑浩荡。流转：奔流转折，形容文章的气势很盛。

⑤ “鱼鼋”二句：用水里的鱼、鼋、蛟龙来形容文辞的瑰奇、怪异，令人惊惶迷惑。

⑥ 渊然：深邃。

⑦ 纡馀：屈曲。委：纡细曲折。备：详备。

⑧ 条达：形容文理清楚、晓畅。疏畅：文气疏放流畅。

⑨ 气尽语极：形容语气激烈到极点。

⑩ 急言竭论：急迫激切的言论。竭：尽，不留余地。

⑪ 容与：从容。闲易：悠闲平易，舒缓。

⑫ 李翱：字习之，韩愈的学生，文章以谨严平实为主要特色。

⑬ 其味：文章的意味。黯然而长：形容意味深长。黯然：深黑。

⑭ 油然：初生时美好的样子。油然而幽：形容文章光彩美而不显明。

⑮ 陆贽：字敬舆，唐德宗时翰林学士，著名文章家。

⑯ 知我：即知己。

⑰ 草野泥涂：指沦落下层，没有官职。

⑱ 知道：懂得古道。

⑲ 咫尺之书：八寸叫作咫，咫尺：指书信或长八寸，或长一尺。表示轻率的意思。

⑳ 刻意：消磨意志。厉行：砥砺品行。厉：同“励”。

㉑ 遂止于是而已：就停止在这里算了。

㉒ 兀然：不动的样子。

㉓ 入其中：指进入文章的内容。

㉔ 观于其外：指观看文章的形式。

㉕ 浑浑乎：泉水涌流的样子。

㉖ 嘻：叹息声。

㉗ 区区：喜悦自得的样子。

译 文

执事的文章，天下没有人不知道；但我私下以为自己对您的了解特别深，超过天下之人。怎么说呢？孟子的文章，语言简练而意思完备，不用险峭锐利的文辞，而它的锋芒却不可抵触。韩愈的文章，气势壮盛如长江大河，雄浑浩荡，奔流转折，文辞瑰奇如鱼鼋蛟龙，万种怪异，令人惶惑，但又能抑制掩蔽，不使显露，而别人望见它那深邃的光芒，苍郁的色泽，也都畏惧躲避，不敢近看。执事的文章，屈曲尽致，委婉周备，来回转折百次，而仍然条理清楚通顺，文气疏放流畅，没有间断之处。即使是语气极端激烈，言论极为急切，仍然表达得从容舒缓，没有艰难劳苦的神态。这三种文章，都断然自成一家之文。只有李翱的文章，意味深暗而悠长，光彩虽美而不显，俯仰作揖谦让的样子，有执事文章的姿态。陆贽的文章，措辞立意切实恰当，有执事文章的质实。而执事的才气，又自有过人之处。因执事的文章，不是孟子韩子之文，而是欧阳子的文章呵！乐于称道别人的好处而不为谄媚，是因为那人确实足以当得起这种称赞。而不知道的人，还以为称誉别人是为了讨得别人对自己的喜爱。像那种称赞别人以讨人喜欢的事，苏洵是不做的。我之所以称道执事光明盛大的品德，而不知停歇，也是想要执事知道我是您的知己呵！

虽然如此，执事大名满天下，即使没见过文章，也早知有欧阳子了。苏洵不幸沉沦在草野泥涂之中，学道的心意又近于粗有成立。而想要空手奉上尺把长的一封信札，将自己托付给执事，将使执事凭什么了解我，凭什么相信我呢？洵少年不学习，二十五岁后，才开始知道读书，和士人君子交游。年岁已晚，又不能用尽心思砥砺品行，以学习古人来要求自己，反而看那些与自己同类的人，都不如自己，就以为可以了。此后愈益困顿，然后取古人的文章来读，才觉得他们出言用意，与自己大不相同。这时又内省反顾，自己觉得才能似乎并不是就到此为止了。于是将以前所作的几百篇文章全部烧掉，取来《论语》《孟子》、韩子和其他圣贤的文章，端坐不动，终日诵读，像这样有七八年。开始时，进入文章的内容便惶惑不安，观览文章的形式又惊骇不已。久后读得越来越深，胸中便豁然开朗了。好像人家所说的话本来就应当如此，但还不敢自己说出这些话来。时间久了，胸中的言辞日益增多，再不能克制自己，便试着说出并写下来，然后再三阅读，就像泉水涌出一般，觉着来得很容易了。但还不敢自以为是。最近所作的《洪范论》《史论》凡七篇，执事您看怎样？嘻，自得其乐地诉说这些事，不知道的人又将以为是自我称誉以求别人了解自己了。但愿执事想到我十年来如此用心并非偶然，而给予体察。

曾　巩

墨池记

题　解

本文是曾巩应抚州州学教授王君的请求而写的。州学附近的墨池相传为王羲之洗砚洗笔的水池。因此文章通过记述墨池的来历，勉励学者学习王羲之勤学苦练的精神，努力深造，既切景又现成。全文不足三百字，每层意思用设问句结尾，简洁委婉，耐人寻味。

临川之城东[①]，有地隐然而高[②]，以临于溪，曰新城。新城之上，有池洼然而方以长[③]，曰王羲之之墨池者[④]，荀伯子《临川记》云也[⑤]。羲之尝慕张芝[⑥]，临池学书，池水尽黑，此为其故迹，岂信然邪？方羲之之不可强以仕[⑦]，而尝极东方[8]，出沧海[9]，以娱其意于山水之间[10]，岂有徜徉肆恣[11]，而又尝自休于此邪？羲之之书晚乃善，则其所能，盖亦以精力自致者[12]，非天成也。然后世未有能及者，岂其学不如彼邪？则学固岂可以少哉！况欲深造道德者邪？

墨池之上，今为州学舍[13]。教授王君盛恐其不章也[14]，书“晋王右军墨池”之六字于楹间以揭之[15]，又告于巩曰：“愿有记。”推王君之心[16]，岂爱人之善，虽一能不以废[17]，而因以及乎其迹邪[18]？其亦欲推其事以勉其学者邪[19]？夫人之有一能，而使后人尚之如此[20]，况仁人庄士之遗风馀思[21]，被于来世者如何哉。

庆历八年九月十二日[22]，曾巩记。

① 临川：宋代的抚州临川郡，在今江西省临川县。

② 隐然：突起的样子。

③ 洼（wā）：低深的样子。方以长：方而长。

④ 王羲之：字逸少，东晋著名书法家。官至右军将军会稽内史，世称王右军。

⑤ 荀伯子：南朝宋代人，曾任临川内史，著《临川记》。传说中的王羲之墨池或洗笔池遗迹不止临川一处。浙江会稽、永嘉，江西庐山，湖北蕲（qí）水等地也有。

⑥ 张芝：字伯英，东汉书法家，擅长章草（早期草书的一种）。王羲之在《与人书》中说："张芝临池学书，池水尽黑。使人耽（酷爱、沉迷）之若是，未必后之也。"意思是说，要是人们也像张芝这样沉迷于书法，未必就会比他写得差。

⑦ 方：当。强（qiǎng）以仕：强迫出来做官。王羲之与当时有一个叫作王述的人关系不好。王述先任会稽内史，后因母丧离职，由王羲之接任。后来王述又任扬州刺史，扬州管十八个郡，会稽也在其中。王羲之耻于当王述的下级，便称病辞官，发誓不再出仕。

⑧ 尝：曾。极：穷尽，游遍。东方：王羲之辞官后，游遍了东部和中部各郡有名的山水。

⑨ 出沧海：乘船出海。沧：暗绿色。

⑩ 娱其意：娱乐自己。

⑪ 岂有：莫非，或者。徜（cháng）徉（yáng）：徘徊。肆恣：放恣、任意。

⑫ 以精力自致：自己用精力下功夫取得的。

⑬ 州学舍：指抚州州学的校舍。州学：州里所办的官学。

⑭ 教授：宋代路学、府学、州学都设置教授，主管教育所属生员。盛：王君的名字。君是尊称，盛是名。恐其不章：恐怕墨池的来历不为世人共知。章：显明。

⑮ 楹：房屋前面的柱子。揭：揭示。

⑯ 推：推究，考察。

⑰ 一能：一技之长。不以废：不肯埋没。

⑱ 及乎其迹：推及于王羲之的遗迹。

⑲ 推其事：推广王羲之勤学苦练的事迹。

⑳ 尚：崇尚，尊重。

㉑ 遗风：遗留下来的教化。馀思：留给后人的怀念。

㉒ 庆历八年：公元1048年。

译　文

临川郡的城东，有地突起较高，临近溪上，叫作新城。新城上有一个低洼的长方形池子，说是王羲之的墨池，这是荀伯子的《临川记》所说的。羲之曾仰慕张芝在池边学书，使池水都为之变黑，这里是他的故迹，莫非确实吗？当王羲之不愿被人强迫做官的时候，曾经游遍东方，乘船出海，在山水之间娱乐自己，或者有过徘徊放浪，而又曾在这里休息的事吧？羲之的书法晚年才特别精妙，那么他的才能，也是自己用精力取得的，并不是天生具备。但后世没人能及得上他，莫非是学习不如他吗？那么学习又怎能少下功夫呢？更何况要在道德方面深造呢？

墨池上面，现在是抚州州学的校舍。教授王君恐怕它还不显著，写了“晋王右军墨池”六个字挂在门前的柱子间来标示它。又告诉曾巩说：“希望有一篇记。”推究王君的心思，是不是爱别人的好处，即使是一技之长也不肯埋没，因此而推及于王羲之的遗迹呢？或者也想推广王羲之学书的事迹来勉励求学的人吧？人有一技之长，而使后人如此尊崇，何况修德行仁、庄重有道之人遗留下来的风气以及留给后人的思念，将会怎样影响来世的人呢？

庆历八年九月十二日，曾巩记。

王安石

答司马谏议书

题　解

宋神宗熙宁二年（1069）春，王安石任参知政事，实行新法。遭到保守派官僚的强烈反对。熙宁三年（1070）二月，当时任右谏议大夫的司马光写了一封三千字的长信给王安石，指责他大讲财利，改变祖宗旧法，不肯听取别人批评新法的意见。王安石在这封回信中，将司马光对自己的指责归结为侵官、生事、争利、拒谏四点，但不做具体的申辩，只是从二人的根本分歧出发，逐条给予简短扼要的答复。笔锋犀利劲健，语势斩钉截铁，理足气盛，精悍无比。

某启①：昨日蒙教②，窃以为与君实游处相好之日久③，而议事每不合，所操之术多异故也[4]，虽欲强聒[5]，终必不蒙见察[6]，故略上报[7]，不复一一自辨；重念蒙君实视遇厚，于反复不宜卤莽[8]，故今具道所以[9]，冀君实或见恕也。

盖儒者所争，尤在于名实[10]，名实已明，而天下之理得矣[11]。今君实所以见教者，以为侵官[12]、生事[13]、征利[14]、拒谏[15]，以致天下怨谤也。某则以谓受命于人主，议法度而修之于朝廷，以授之于有司[16]，不为侵官；举先王之政[17]，以兴利除弊，不为生事；为天下理财，不为征利；辟邪说，难壬人[18]，不为拒谏。至于怨诽之多，则固前知其如此也。人习于苟且非一日[19]，士大夫多以不恤国事、同俗自媚于众为善[20]，上乃欲变此[21]，而某不量敌之众寡，欲出力助上以抗之，则众何为而不汹汹[22]？然盘庚之迁[23]，胥怨者民也，非特朝廷士大夫而已；盘庚不为怨者故改其度[24]，度义而后动[25]，是而不见可悔故也[26]。如君实责我以在位久，未能助上大有为，以膏泽斯民[27]，则某知罪矣；如曰今日当一切不事事[28]，守前所为而已，则非某之所敢知。

无由会晤，不任区区向往之至[29]！

① 某启：意即为“安石启”。“某”是人名的代字，一般在起草时用。正式写信要用本名。但根据书稿编的文集，常把“某”

字保留下来。

② 蒙教：承蒙您赐我这些教诲，是回复别人来信的客气话。

③ 君实：司马光的字。北宋著名史学家。王安石实行新法时，他担任谏官和翰林学士，因反对新法，离开朝廷十五年，专心著述，主编《资治通鉴》。宋哲宗时一度当政，废除新法。游处：交游相处。

④ 所操之术：所主张的一些政治策略。

⑤ 强聒（guō）：勉强聒噪。聒：喧扰，嘈杂。

⑥ 见察：被体察。

⑦ 略上报：简略地回复。

⑧ 反复：书信来往。卤莽：即鲁莽，草率粗疏。

⑨ 具道所以：详备地说出之所以这样做的道理。

⑩ 名实：概念与实质。

⑪ 得：掌握，获得。

⑫ 侵官：指王安石设立“制置三司条例司”，侵夺了盐铁、户部、度支三司的职权。

⑬ 生事：指推行新法，是多事。相对司马光所主张的“我无事而民自富”而说。

⑭ 征利：设法生财谋利。征：求。

⑮ 拒谏：司马光说王安石对于见解不同或说新法不便的人，往

往“或诟骂以辱之，或言于上而逐之”。

⑯ 有司：有关的主管部门。

⑰ 举：实行。

⑱ 难：驳斥。壬人：佞邪巧辩的人。

⑲ 习于苟且：习惯于得过且过。

⑳ 同俗自媚于众：附和世俗之见，向众人献媚。

㉑ 上：皇上。变此：改变这种风气。

㉒ 汹汹：吵闹，喧哗。

㉓ “盘庚之迁”二句：《尚书·商书·盘庚》：“盘庚五迁，将治亳（bó）殷，民咨胥怨。”意思是说：商君从汤到盘庚共五次迁都，盘庚将都城迁到亳的殷地（今河南偃师县），人民咨嗟忧愁，相与怨恨盘庚。胥：相与。

㉔ 不为怨者故：不为民怨的缘故。改其度（dù）：改变他的计划。度：法令，计划。

㉕ 度义：考虑正确。这里的“度”是动词。

㉖ 是：认为是对的。

㉗ 膏泽斯民：降恩泽给人民。

㉘ 不事事：不做事。前一个“事”是动词，后一个“事”是名词。

㉙ 不任：不胜。区区：诚心。向往之至：仰慕到极点。

译文

安石启：昨天承蒙来信教诲。私下以为与君实交游相好的日子久了，而讨论政事往往合不来，是因为彼此所持的政治主张不同，即使勉强聒噪，最终也一定不蒙您明察。所以简略地回复，不再一一申辩；又想到承蒙您厚待，对于书信来往不宜草率鲁莽，所以详细道出我之所以这样做的理由，希望君实或许能谅鉴。

儒者所重视的尤其是名称与实质是否相符。如果名称与实质已经明确，天下的大道理就得以掌握了。现在君实所批评我的，主要是侵夺原来机构的职权；改变祖宗制度，生事扰民；设法生财，与民争利；拒绝接受反对的意见，招致天下的怨恨非议。我则认为接受皇帝的命令，议订法令制度而在朝廷上修正决定，再分别交给各主管部门去实行，不能算侵夺职权；施行先王的政纲，兴利除弊，不能算生事扰民；为国家理财，不能算与民争利。抨击错误的言论，驳斥巧佞的小人，不算是拒绝接受批评。至于怨叹诽谤之多，则原先就料到必然会如此。人们习惯于得过且过，已经不是一天的事了。士大夫大多把不顾国事、附和世俗、讨好众人当作长处，皇上才想要改变这种状况。而我不去衡量敌人的多少，想出力帮助皇上与他们对抗，那么众人怎能不群起喧闹呢？但盘庚迁都，相怨的是百姓，不止是朝廷士大夫而已；盘庚不因为人们怨恨的缘故而改变计划，那是因为他考虑这样做合理，便付之行动。他认为做得对，就没什么可后悔的。假如君实责备我在位已久，不能辅助皇上大有作为，使人民得到恩惠，那我是知罪的。如果说今天应当什么事都不做，只要遵守从前的做法就行，那就不是我所敢于知道的道理了。

没有机会见面，私心不胜敬仰！

读孟尝君传

题　解

这是王安石读《史记·孟尝君列传》后写下的一篇有名的短文。孟尝君姓田名文，战国时期齐国的公子，以好客养士著名。这篇文章则反驳了历来认为孟尝君能得士的传统说法。全文仅四句话，一句一层转折，逻辑严密，文笔紧健，被前人誉为“千秋绝调”。

世皆称孟尝君能得士[①]，士以故归之[②]，而卒赖其力以脱于虎豹之秦[③]。嗟乎！孟尝君特鸡鸣狗盗之雄耳[④]，岂足以言得士？不然，擅齐之强[⑤]，得一士焉，宜可以南面而制秦[⑥]，尚何取鸡鸣狗盗之力哉？夫鸡鸣狗盗之出其门，此士之所以不至也。

① 孟尝君能得士：据《史记·孟尝君列传》说，孟尝君在他的封地薛招揽诸侯宾客以及有罪的亡命之徒，给予优厚的待遇，因此有几千名士人投奔他的门下。

② 以故：因这缘故。归：归附。

③ “卒赖”句：秦昭王曾请孟尝君做秦国的国相。后来有人在秦昭王面前说孟尝君的坏话，秦昭王就把孟尝君关起来，准备处死。孟尝君派人向秦昭王的宠姬求救。那个宠姬向孟尝君要一件狐白裘（用白色狐腋的毛皮制成的皮衣）作为报酬。孟尝君原有一件价值千金的狐白裘，但已送给秦昭王了。孟尝君手下有个门客便在夜里装狗，进入秦宫，把狐白裘偷出来献给那个宠姬。孟尝君被释放后急忙离开秦国，半夜里跑到函谷关，秦昭王又派人追上来。函谷关每天早晨鸡叫时才开关放人。这时孟尝君手下又有个门客学鸡叫，引得邻近的鸡都叫起来，守关人便来打开关门，孟尝君才得以出关逃脱。

④ 特：只是。雄：喻杰出强有力的人物。

⑤ 擅齐之强：掌握着齐国强大的政权。

⑥ 南面而制秦：坐北朝南，使秦王前来朝拜齐王。国君听政和接

见诸侯时面南而坐。

译　文

世人都称道孟尝君能招致士人，士因此都归附他，而孟尝君也终于依靠士的力量才从虎豹般的秦国逃脱。可叹呵！那孟尝君只不过是鸡鸣狗盗之徒的雄杰罢了，哪里称得上能得士？不然，掌握着齐国强大的政权，只要得一个士，便可以南面而坐，制服秦国，又何必利用鸡鸣狗盗的力量？鸡鸣狗盗之徒出自他的门下，正是士之所以不来的原因呵！

游褒禅山记

题　解

这篇文章记叙游览褒禅山的经过，并抒发了由此而产生的感想，指出奇伟瑰丽的景观常在险远之处。如果尽心尽力坚持到底，无论能否达到最高境界，都可以问心无愧。这对钻研学问和开创事业都有深刻的启示。文章记事与议论丝丝入扣，层层深入，章法与内容相应，巧妙自然。

褒禅山亦谓之华山[①]。唐浮图慧褒始舍于其址[②]，而卒葬之[3]；以故其后名之曰“褒禅”。今所谓慧空禅院者，褒之庐冢也[4]。距其院东五里，所谓华山洞者，以其乃华山之阳名之也[5]。距洞百馀步，有碑仆道[6]，其文漫灭[7]，独其为文犹可识，曰“花山”[8]。今言“华”如“华实”之“华”者[9]，盖音谬也[10]。

其下平旷，有泉侧出[11]，而记游者甚众[12]，——所谓“前洞”也。由山以上五六里，有穴窈然[13]。入之甚寒，问其深，则其好游者不能穷也[14]，——谓之“后洞”。余与四人拥火以入，入之愈深，其进愈难，而其见愈奇。有怠而欲出者，曰：“不出，火且尽[15]。”遂与之俱出。盖予所至，比好游者尚不能十一[16]，然视其左右，来而记之者已少。盖其又深，则其至又加少矣。方是时，予之力尚足以入，火尚足以明也。既其出，则或咎其欲出者[17]，而予亦悔其随之而不得极夫游之乐也。

于是予有叹焉。古人之观于天地、山川、草木、虫鱼、鸟兽，往往有得[18]，以其求思之深而无不在也[19]。夫夷以近[20]，则游者众；险以远，则至者少。而世之奇伟、瑰怪、非常之观[21]，常在于险远，而人之所罕至焉，故非有志者不能至也。有志矣，不随以止也，然力不足者，亦不能至也。有志与力，而又不随以怠，至于幽暗昏惑而无物以相之[22]，亦不能至也。然力足以至焉，于人为可讥[23]，而在己为有悔；尽吾志也而不能至者，可以无悔矣，其孰能讥之乎？此予之所得也。

余于仆碑，又以悲夫古书之不存[24]，后世之谬其传而莫能名者[25]，何可胜道也哉[26]！此所以学者不可以不深思而慎取之也[27]。

四人者：庐陵萧君圭君玉[28]，长乐王回深父[29]，余弟安国平父，安上纯父[30]。

至和元年七月某日[31]，临川王某记[32]。

① 褒禅山：在今安徽省含山县北。

② 浮图：也写作“浮屠”，或“佛图”，梵语（古印度语）。可释为佛、佛教徒、佛塔等，这里指僧人。慧褒：唐僧人，据说他喜爱含山县北山麓的风景，便在这里筑庐住下。舍：筑舍定居，作动词用。

③ 卒葬之：最后葬在那里。

④ 庐：庐舍。冢：坟墓。

⑤ 其乃华山之阳：指洞在华山的南面。名之：给洞起名。

⑥ 仆道：倒在路上。

⑦ 漫灭：模糊，磨灭。漫：漫漶（huàn），坏得难以辨认。

⑧ 为文：指碑文上残留的字。

⑨ “今言”句：“华实”的“华（huá）”是浮华的意思。“华”还有“花（huā）”的意思，所以“华山”的读音应念如“花山”。

⑩ 音谬（miù）：读错了字音。指现在把华山念成“华实”的“华”，是读错了。

⑪ 有泉侧出：有泉从平旷之地旁边涌出。

⑫ 记游者：指来此游览在山石上题记的人。

⑬ 窈（yǎo）然：幽深的样子。

⑭ 穷：走到尽头。

⑮ 且：将。

⑯ 十一：十分之一。

⑰ 咎（jiù）：责怪。

⑱ 得：心得体会。

⑲ 求思之深：指考虑的深度。无不在：指思考的广度而言。

⑳ 夷：平坦。

㉑ 瑰怪：瑰丽奇异。非常之观：不同寻常的景致。

㉒ 相（xiàng）：帮助。

㉓ 于人为可讥：可以为人所讥笑。

㉔ 古书：指古碑上刻的文章。

㉕ 谬其传：以讹传讹。莫能名：不能识其本名，指华山本名“花

山”。

㉖ 胜（shēng）道：说得尽。

㉗ 慎取：谨慎地采取。

㉘ 庐陵：今江西省吉安县。萧君圭君玉：萧君圭，字君玉。生平不详。

㉙ 长乐：今福建长乐市。王回深父：王回，字深父，宋朝著名理学家。

㉚ 安国平父：王安国，字平父。文章在当时很有名。宋神宗时曾任西京国子教授、崇文院校书、秘阁校理等。四十七岁去世。安上纯父：王安上，字纯父。生平不详。

㉛ 至和元年：公元1054年。至和是宋仁宗的年号。

㉜ 王某：古人作文起草时，自己的名字只写“某”，或在“某”字上加自己的姓，誊清时才写出姓名。

译文

褒禅山也称为华山。唐代僧人慧褒起先在此筑庐定居，最后葬在这里。所以后来给山起名为“褒禅”。现在所说的慧空禅院，就是慧褒的庐舍和坟墓。离禅院东面五里，有所谓华山洞，是因为它在华山南面而命名的。离洞一百多步，有一座碑倒在路上，上面的碑文已经模糊不清，只是从残存的字迹上还能辨认出“花山”二字。现在说“华”读如“华实”的“华”，大概是字音弄错了。

洞下地面平旷，有泉从旁边涌出来，而来游览题记的人很多，——这是所谓“前洞”。由山以上五六里，有一个洞穴相当幽深，进去后觉得很冷，问它的深度，则连爱好游览的人也走不到尽头，——这叫“后洞”。我和四个人拿着火把进去，走得越深，前进越是艰难，但所见到的景象也越是奇妙。有人懈怠，想要出去，便说：“不出去，火把就要烧完了。”于是和他一起出来。我所到的地方，与爱好游览的人相比，还不到十分之一。但看看左右，来此题记的人已很少。如再深，那么到的人又更少了。退出洞来的时候，我的力气还足够再往里走，火把也还足够照明。出来以后，有的人便责怪想出来的人，我也后悔随着别人退出，不能尽情享受游览的乐趣。

于是我由此而生感慨：古人观看天地、山川、草木、虫鱼、鸟兽，往往心有所得，因为他们求思很深，而且无处不思。那平坦而近便的地方，游人就多。险峻而路远的地方，到的人就少。而世上奇伟、瑰怪、不同寻常的景观，常在险远而人很少到的地方，所以不是有志的人就不能到达。有志气，不随人中止，但力气不足，也不能到达。有志气和力气，而又不随人懈怠，到了幽深昏暗的地方没有外物帮助，也不能到达。

但力气足以到达，在别人看来，固然可以讥笑，对自己来说，也该感到悔恨。如果尽了自己的心力而不能到达，就可以没有悔恨了，谁又能来讥笑呢？这是我的心得呵！

我对于倒在地上的古碑，又哀叹那上面古字的消失。后世以讹传讹而不能弄清其本名的，又哪里说得完呢？这正是学者对所学之事不可不加深思并谨慎采取的缘故呵！

四人是：庐陵人萧君圭，字君玉。长乐人王回，字深父。我弟弟安国，字平父，安上，字纯父。

至和元年七月某日，临川人王某记。

苏 轼

留侯论

题 解

本文是苏轼在宋仁宗嘉祐六年（1061）应制科考试时所上的《进论》之一。留侯，即汉高祖的谋臣张良，字子房。汉朝建立后封留侯。作者根据张良得圯上老人授书这件传闻加以发挥，认为张良能够辅佐刘邦成就大事的主要原因，是他能为长远的谋略忍一时的气愤。文章善于从并不可靠的史料中发现合乎情理的因素，大胆翻案，言之成理。笔势纵横，极尽变化曲折之妙。

古之所谓豪杰之士者，必有过人之节。人情有所不能忍者，匹夫见辱[1]，拔剑而起，挺身而斗，此不足为勇也。天下有大勇者，卒然临之而不惊[2]，无故加之而不怒，此其所挟持者甚大[3]，而其志甚远也。

夫子房受书于圯上之老人也[4]，其事甚怪。然亦安知其非秦之世有隐君子者出而试之[5]。观其所以微见其意者[6]，皆圣贤相与警戒之意。而世不察，以为鬼物[7]，亦已过矣。且其意不在书[8]。当韩之亡[9]，秦之方盛也，以刀锯鼎镬待天下之士[10]，其平居无罪夷灭者[11]，不可胜数；虽有贲、育[12]，无所获施。夫持法太急者，其锋不可犯，而其势未可乘[13]。子房不忍忿忿之心，以匹夫之力，而逞于一击之间[14]。当此之时，子房之不死者，其间不能容发[15]，盖亦危矣！千金之子[16]，不死于盗贼。何者？其身可爱[17]，而盗贼之不足以死也[18]。子房以盖世之才，不为伊尹、太公之谋[19]，而特出于荆轲、聂政之计[20]，以侥幸于不死，此圯上老人之所为深惜者也。是故倨傲鲜腆而深折之[21]，彼其能有所忍也，然后可以就大事，故曰："孺子可教也[22]。"

① 匹夫：普通人。见辱：受侮辱。

② 卒（cù）然：突然。卒：同"猝"。

③ 所挟持者：指抱负。

④ "子房受书"二句：据《史记·留侯世家》记载，张良曾在下邳城的桥上散步。有一个穿着粗布衣的老人走到张良面前，把

鞋掉到了桥底下，对张良说："小子，下去给我取鞋！"张良很惊讶，想打他，因看他年老，便强忍怒气下去拾鞋。老人又说："给我穿上鞋。"张良又跪着给他穿好。老人笑着走开，张良惊奇地目送着他。老人走了一里多路，返回来说："小子可以教了！后五天黎明，与我在此相会。"张良答应了。第五天黎明，张良去桥边，老人已在那里等候，发怒说："与老人约会，为什么迟到？"于是重新约定："再过五天早来相会。"第五天鸡叫，张良前往，老人又先到了，又怒问张良为什么迟到。并约定再过五天早来。第五天，张良半夜就去等着。过了一会儿，老人也来了，高兴地说："应当如此。"便拿出一编书，交给张良说："念了这本书就可以成为帝王的老师了。"司马迁在记述这件事后发表评论说：学者多说没有鬼神，但像留侯所遇到的老人授书的事，"亦可怪矣"。圯（yí）：桥。

⑤ 隐君子：隐居的高士，指圯上老人。

⑥ 微见其意：指老人在做这件事时微微显露出来的用意。

⑦ 以为鬼物：王充《论衡·自然》篇说，圯上老人授书张良，是上天辅佐汉朝兴起、诛灭秦朝的一种征象，书是鬼书。"妖气为鬼，鬼像人形，自然之道"，不是人为的。

⑧ 其意不在书：指老人的主要用意不在授书。

⑨ 当韩之亡：韩国亡于公元前230年，是六国中第一个被秦消灭的国家。张良是韩国人。

⑩ “以刀锯”句：刀锯是杀人的刑具，鼎镬是烹人的刑具，这里指秦王执法极其严苛，残杀成性。

⑪ 平居：安生过日子。夷灭：杀尽，灭族。

⑫ 贲（bēn）：孟贲。育：夏育。都是古代著名勇士。

⑬ 其势未可乘：指秦正处于盛势，没有可乘之机。

⑭ 逞于一击之间：《史记·留侯世家》载，秦灭韩后，张良将家财全部拿出来寻求刺客谋杀秦王，为韩报仇。找到一个大力士，制了重一百二十斤的大铁椎。秦始皇东游时，张良与刺客在博浪沙袭击秦始皇，误中副车。秦始皇大怒，搜索天下，缉拿刺客。

⑮ 间不能容发：形容张良死与不死的可能性之间容不下一根毛发，比喻死的危险极大。

⑯ 千金之子：旧时称富贵人家的子弟。

⑰ 可爱：应当爱惜。

⑱ 不足以死：不值得因（当盗贼）而死。

⑲ 伊尹：辅佐商汤建立商朝的贤臣。太公：即吕尚（太公望），辅佐周文王的贤臣。伊尹、太公之谋：即开国创立基业的谋略。

⑳ 特：只是。荆轲：战国时燕太子丹派去刺杀秦王的壮士。聂

政：战国时轵（zhǐ）（今河南济源市）人，应严仲子请求，刺杀韩相侠累，然后毁形自杀。他的姐姐聂荣为了给弟弟扬名，在韩市抚尸大哭，死在聂政旁边。荆轲、聂政之计：行刺谋杀的下策。

㉑ 倨傲：傲慢。鲜（xiǎn）腆（tiǎn）：不知羞耻。鲜：少，缺乏。腆：羞惭。

㉒ 孺子：儿童，后生。

楚庄王伐郑[①]，郑伯肉袒牵羊以逆。庄王曰："其君能下人，必能信用其民矣。"遂舍之。勾践之困于会稽[②]，而归臣妾于吴者，三年而不倦。且夫有报人之志[③]，而不能下人者，是匹夫之刚也。夫老人者，以为子房才有馀，而忧其度量之不足，故深折其少年刚锐之气，使之忍小忿而就大谋。何则？非有平生之素[④]，卒然相遇于草野之间，而命以仆妾之役[⑤]，油然而不怪者[⑥]，此固秦皇之所不能惊，而项籍之所不能怒也[⑦]。

观夫高祖之所以胜，而项籍之所以败者，在能忍与不能忍之间而已矣。项籍唯不能忍，是以百战百胜，而轻用其锋[⑧]。高祖忍之，养其全锋，而待其毙[⑨]。此子房教之也。当淮阴破齐而欲自王[⑩]，高祖发怒，见于词色。由此观之，犹有刚强不忍之气，非子房其谁全之？

太史公疑子房以为魁梧奇伟[11]，而其状貌乃如妇人女子，不称其志气[12]。呜呼！此其所以为子房欤[13]！

① “楚庄王”六句：《左传·宣公十二年》载，楚庄王攻破郑国，从皇门进来，郑伯袒衣露体亲自牵羊在路上迎接，表示愿意听从楚王的命令，甘为臣仆。并请求许和，以保存郑国的社稷。楚王左右的大臣都不同意，楚庄王说：“郑国的国君能居于人下，一定能得到人民的信任，怎能希求得到他的国家呢？”便退军三十里，允许讲和。下人：在人之下，向人低头。“下”作动词用。

② “勾践”三句：《左传》哀公元年载，吴王夫差击败越国军队，越王勾践带兵五千，困在会稽山，派大夫种到吴国，通过吴太宰嚭求和。吴国许和，勾践命大夫种守国，与范蠡入吴为臣。三年后被吴人遣返。归臣妾于吴：归附吴国成为奴隶。

③ 报人之志：向人报仇的志向。

④ 平生之素：平时的交往。

⑤ 仆妾之役：指老人要张良拾鞋的事。

⑥ 油然：自然而然地。

⑦ 项籍：字羽，楚人，灭秦后为西楚霸王。不能怒：不能激怒张良。

⑧ 轻用其锋：轻易地使用他的锋锐，指项羽消耗兵力过度。

⑨ 而待其毙：指刘邦经常采取守势，保存实力，等待项羽自己败亡。

⑩ “当淮阴”三句：《史记·淮阴侯列传》载，韩信破齐后，派人对汉王刘邦说：齐反复多变，希望封自己为假王以安定局势。这时楚军正将汉王围在荥阳，刘邦接到韩信的书信，大怒，骂道：“我困在这里，朝朝暮暮巴望着你来救我，你反倒要自立为王！”张良、陈平急踩汉王的脚，附耳说道：“汉正不利，怎能禁止韩信为王呢？不如就势立他为王，好好对待他，让他自己守住，不然，会生变乱。”汉王也立即省悟，又骂道：“大丈夫平定诸侯，就是真王了，又何必说什么假王？”就派张良去立韩信为齐王，征他的军队来抵抗楚军。韩信后来降级封为淮阴侯，所以称他为淮阴。

⑪ “太史公”二句：《史记·留侯世家》：“太史公曰：‘余以为其人计魁梧奇伟，至见其图，状貌如妇人好女。’”

⑫ 不称（chèn）：不相称。

⑬ 此其所以为子房：指张良胸怀大志，而貌似柔弱，不露锋芒，正是他的过人之处。

译 文

古时所说的豪杰之士，必定有超人的节操。人情中有些是不能忍的，比如普通人受辱，往往拔剑而起，挺身相斗，可这算不上勇敢。天下有大勇的人，突然面临受辱之事却不惊慌，无缘无故侮辱他也不发怒，这是因为他抱负很大，志向很远。

张子房从桥上老人处受书，这事很怪。但又怎么知道不是秦代有隐居的高士出来试他呢？看老人所微微显露的用意，都是圣贤所共同引为警戒的道理。世上人不了解，以为是鬼物，也太过分了。再说他的本意并不在书。当韩国已亡，秦室正强的时候，秦王用刀锯汤锅来对付天下的士人，那些安生地住着、没有犯罪就被杀害灭族的人，多得数不过来。即使有孟贲、夏育这样的勇士，也没有机会重新施展本领。秦执法太急，锋芒正不可犯，形势也还没有可乘之机。子房忍不住忿忿的心情，以一个普通人的力量，企图通过力士的一击，使灭秦的意愿得逞。在这种时候，子房不死的可能性极小，情势已很危急了！但富贵人家的子弟，不应身为盗贼而死。为什么？因他的身体应当爱惜，不值得为当盗贼去死。子房凭着盖世的才能，不学伊尹、太公开国创业的谋略，却只是出于荆轲、聂政行刺暗杀的下策，全靠侥幸才免于一死，这是桥上老人为他深感可惜的原因，所以故意用傲慢无礼的态度来深深折辱他。倘他能有所忍耐，便可以成就大事，所以说："这后生是可以受教的。”

楚庄王攻打郑国时，郑伯袒身露体牵羊前来迎接。庄王说：“国君能向人低头，一定能得到人民的信任。”于是放弃了灭郑的打算。勾践被困在会稽时，投降吴国甘为臣妾，三年没有倦怠。有报复人的志向，而不能向人低头，是普通人的刚强。那桥上老人认为子房才能有余，只担心他度量不足，所以深深挫磨他刚锐的气性，使他能忍小忿而成就大事。为什么呢？没有平常的交往，突然在草野之间相遇，命令他干拾鞋这种奴仆的差事，他能自然地不生怪罪之心，当然连秦始皇都不能惊扰他，项籍也不能激怒他了。

看来高祖之所以胜利，而项羽之所以失败的原因，就在能忍与不能忍之间罢了。项籍只因不能忍，所以百战百胜，轻易消耗他的锋锐。高祖能忍，善于保全自己的锋锐，以等待项籍败亡，这是子房教他的。当淮阴侯破齐而自立为王时，高祖发怒，显露于言辞脸色。由此看来，他还有刚强而不能忍耐的气性，不是子房还有谁来保全他呢？

太史公疑心子房体格魁梧奇伟，而他的外貌其实却像妇人女子，与他的志气很不相称。呜呼！这正是他之所以成为子房的缘故呵！

潮州韩文公庙碑

题 解

本文作于宋哲宗元祐七年（1092），是苏轼应潮州人士的请求，为纪念韩愈而写的一篇碑文。韩愈谥号为“文”，世称韩文公。文中对韩愈的道德文章，以及在中国思想史和文学史上的地位做了高度的评价，并盛赞他在潮州任刺史时的政绩。全文气势磅礴、笔力雄健。据说苏轼作这篇文章时，曾起了百十来遍开头，都不满意，后忽然得到“匹夫而为百世师”二句，下文才一气挥成。“文起八代之衰”四句因概括精当而为后人广泛称引。

匹夫而为百世师①，一言而为天下法②。是皆有以参天地之化③，关盛衰之运④，其生也有自来，其逝也有所为矣。故申吕自岳降⑤，傅说为列星⑥，古今所传，不可诬也。孟子曰：“吾善养吾浩然之气。”是气也，寓于寻常之中，而塞乎天地之间，卒然遇之，则王公失其贵，晋、楚失其富⑦，良、平失其智⑧，贲、育失其勇⑨，仪、秦失其辩⑩。是孰使之然哉？其必有不依形而立，不恃力而行，不待生而存，不随死而亡者矣。

故在天为星辰，在地为河岳；幽则为鬼神[11]，而明则复为人[12]。此理之常，无足怪者。

自东汉以来，道丧文弊[13]，异端并起[14]，历唐贞观、开元之盛[15]，辅以房、杜、姚、宋而不能救[16]。独韩文公起布衣，谈笑而麾之[17]，天下靡然从公[18]，复归于正，盖三百年于此矣[19]。文起八代之衰[20]，而道济天下之溺[21]，忠犯人主之怒[22]，而勇夺三军之帅[23]：此岂非参天地、关盛衰，浩然而独存者乎？

盖尝论天人之辨：以谓人无所不至[24]，唯天不容伪；智可以欺王公，不可以欺豚鱼[25]；力可以得天下，不可以得匹夫匹妇之心。故公之精诚，能开衡山之云[26]，而不能回宪宗之惑[27]；能驯鳄鱼之暴[28]，而不能弭皇甫镈、李逢吉之谤[29]；能信于南海之民[30]，庙食百世[31]，而不能使其身一日安之于朝廷之上。盖公之所能者天也，其所不能者人也。

① 匹夫：普通人。百世师：指圣人。《孟子·尽心下》：“圣人，百世之师也。”这里喻韩愈。

② 天下法：《礼记·中庸》说，君子“行而世为天下法，言而世为天下则”。

③ 参天地之化：与天地参，即与天地并立、并论。化：化育万物。

④ 关：关系到。盛衰之运：国家盛衰的命运。

⑤ 申：申伯。申是周朝的姜姓国，这里的申伯是周宣王的舅舅。吕：吕侯，又称甫侯，周穆王时作《吕刑》。另一种说法，“吕”是指周宣王时人，《吕刑》作者的子孙。申伯被封到谢这个地方，尹吉甫作诗送他，说：“嵩高维岳，骏极于天。维岳降神，生甫及申。”（《诗经·大雅·嵩高》）意思是说：嵩高为唐虞时四岳之一，极其高峻，直达于天。那山岳降下神灵和气，便生出了甫侯申伯。

⑥ 傅说（yuè）：商王武丁的大臣。《庄子·大宗师》说傅说辅助武丁得了天下，便“乘东维，骑箕尾，而比于列星”。东维在箕、斗二星之间，银河之东。箕、尾：都是二十八宿的星名。

⑦ 晋、楚：春秋时曾经是最富的两个国家。

⑧ 良：张良。平：陈平。汉高祖刘邦的两个谋臣。

⑨ 贲（bēn）：孟贲。育：夏育，古代著名勇士。

⑩ 仪：张仪。秦：苏秦。战国时两个最有辩才的纵横家。

⑪ 幽：阴间，幽冥之处。

⑫ 明：阳间，人世间。

⑬ 道丧：指儒家学说从东汉以来衰微。文弊：指文章从东汉以来日益浮华。

⑭ 异端：指与儒家宗旨不同的学派，如墨家、佛学、老庄等。

⑮ 贞观：唐太宗李世民的年号。开元：唐玄宗李隆基的年号。这两个时期在历史上号称盛世。

⑯ 房杜：房玄龄、杜如晦，唐太宗时的宰相。姚宋：姚崇、宋璟，唐玄宗时的宰相。

⑰ 麾：指挥，号召。

⑱ 靡然：顺风势倾倒的样子。从公：跟随韩文公。

⑲ 三百年：从韩愈倡导古文到苏轼的时代近三百年。

⑳ 起：振兴。八代：东汉、魏、晋、宋、齐、梁、陈、隋。衰：衰弊，衰落。

㉑ 道：韩愈所提倡的儒道。济天下之溺：拯救沉溺在异端学说中的天下之人，使他们不受佛、老思想的毒害。

㉒ 忠犯人主之怒：韩愈刚直敢谏。宪宗元和十四年（819），派使者到凤翔将佛骨迎到宫中，韩愈上表极谏，宪宗大怒，要把他处死。幸赖大臣救援，改贬为潮州刺史。

㉓ 勇夺三军之帅：韩愈反对藩镇割据，主张中央集权。唐穆宗时，镇州军变，杀主帅田弘正，拥立王廷凑为帅，皇帝命韩愈前去宣抚。王廷凑陈列甲士，严阵以待。韩愈大声与乱兵辩论，劝他们归顺朝廷。并使王廷凑不再围追神策六军将牛元翼。这里借用《论语·子罕》中“三军可夺帅也，匹夫不可夺志也”的说法，赞美韩愈的勇气可夺三军统帅。

㉔ 人无所不至：人没有什么事干不出来，指那些争权夺利，专用欺诈暴力的人。

㉕ 不可欺豚鱼：《易·中孚》："豚鱼吉，信及豚鱼也。"意思是说：由于诚信及于豚鱼，豚鱼也得吉利。

㉖ 开衡山之云：韩愈在贬阳山以后，被调到江陵，途中游衡山，写了一首著名的《谒衡岳庙遂宿岳寺题门楼》，诗里说他来衡山时正逢满天阴云，但他潜心默默祷告后，忽然满天乌云散开，这是他的正直感动了上天的缘故。

㉗ 回宪宗之惑：指宪宗不听韩愈劝谏，迎佛骨一事。回：扭转。

㉘ 驯鳄鱼之暴：据《新唐书·韩愈传》说，韩愈在潮州时，人民被恶溪中的鳄鱼所害，十分穷困。韩愈便自己去视察，用猪羊投入溪水，并写祭文祝告。就在祝告这天夜里，暴风雷电从溪中掀起，几天后溪水干涸，向西迁移六十里，从此潮州再无鳄鱼之祸。

㉙ 弭（mǐ）：平息。皇甫镈（bó）：宪宗时官宰相，性奸诈，善谄媚。韩愈到潮州后上表哀谢，宪宗感悔，想重新起用他，皇甫镈一向忌韩愈刚直，便奏言韩愈狂疏，改为袁州刺史。李逢吉：穆宗时宰相，因与李绅不和，阴谋挑动韩愈与李绅相斗，先任韩愈为京兆尹兼御史大夫，又特许他不须参见御史台，而将李绅任命为御史中丞。李绅果然弹劾韩愈，韩愈便自

我辩解，双方争吵不休，朝廷便把韩愈改任为兵部侍郎，把李绅派出朝廷任江西观察使。

㉚ 南海之民：指潮州人民。因潮州近南海。

㉛ 庙食：享受庙祭。

始潮人未知学，公命进士赵德为之师[1]。自是潮之士，皆笃于文行[2]，延及齐民[3]，至于今，号称易治[4]。信乎孔子之言，“君子学道则爱人，小人学道则易使”也[5]。潮人之事公也，饮食必祭，水旱疾疫，凡有求必祷焉。而庙在刺史公堂之后[6]，民以出入为艰。前守欲请诸朝作新庙[7]，不果。元祐五年[8]，朝散郎王君涤来守是邦[9]。凡所以养士治民者，一以公为师。民既悦服，则出令曰：“愿新公庙者[10]，听。”民欢趋之，卜地于州城之南七里，期年而庙成。或曰：“公去国万里，而谪于潮，不能一岁而归[11]，没而有知[12]，其不眷恋于潮也，审矣[13]。”轼曰：“不然，公之神在天下者，如水之在地中，无所往而不在也。而潮人独信之深，思之至，焄蒿凄怆[14]，若或见之。譬如凿井得泉，而曰水专在是，岂理也哉！”元丰七年[15]，诏封公昌黎伯[16]，故膀曰[17]：“昌黎伯韩文公之庙。”潮人请书其事于石，因为作诗以遗之[18]，使歌以祀公。其词曰：

公昔骑龙白云乡[19]，手抉云汉分天章[20]，

天孙为织云锦裳[21]。飘然乘风来帝旁，
下与浊世扫秕糠[22]，西游咸池略扶桑[23]，
草木衣被昭回光[24]。追逐李杜参翱翔[25]，
汗流籍湜走且僵[26]，灭没倒景不可望[27]。
作书诋佛讥君王，要观南海窥衡湘[28]，
历舜九疑吊英皇[29]。祝融先驱海若藏[30]，
约束鲛鳄如驱羊[31]。钧天无人帝悲伤[32]，
讴吟下招遣巫阳[33]。犦牲鸡卜羞我觞[34]，
於粲荔丹与蕉黄[35]。公不少留我涕滂[36]，
翩然被发下大荒[37]。

① 赵德：韩愈《潮州请置乡校牒》推荐赵德“通经，有文章，能知先王之道，论说且排异端、而宗孔氏”，请求让他担任海阳县尉，专管州学。他曾将韩愈的文章辑成《文录》。

② 笃：专心。文行：文章品行。

③ 延及：影响到。齐民：平民。

④ 易治：容易治理。

⑤ “君子”二句：出自《论语·阳货》。

⑥ 刺史公堂：州官办事的大堂。

⑦ 前守：前任郡守。请诸朝：请之于朝廷。

⑧ 元祐：宋哲宗的年号。元祐五年：公元1090年。

⑨ 朝散郎：文官的名称之一，官阶是从七品。王君涤：王君名叫涤，生平不详。

⑩ 新公庙：重建韩文公庙。新：作动词用。

⑪ 不能一岁而归：不足一年便归去。韩愈在元和十四年正月贬为潮州刺史，同年十月转袁州刺史。

⑫ 没：死，指韩愈。

⑬ 审：明白，清楚。

⑭ 焄（xūn）：祭祀所用百物的气息。蒿：气息散发的样子。凄怆：人闻到祭祀气息时引起的凄怆心情。

⑮ 元丰：宋神宗的年号。元丰七年，即公元1084年。

⑯ 昌黎伯：韩愈原籍昌黎。

⑰ 牓：匾额，这里指潮州韩庙前的横匾。

⑱ 遗（wèi）：赠。

⑲ 白云乡：帝乡，仙乡。这句说韩愈本是天上的仙人。

⑳ 抉：挑取。云汉：银河。天章：天上星云的文采。

㉑ 天孙：织女星。云锦裳：用彩云纺织成的衣裳。

㉒ 粃糠：不熟的谷子叫粃，谷皮叫糠。此指浊世的尘垢污秽，喻各种杂说异端。

㉓ 咸池：神话中太阳沐浴的地方。略：行，到。扶桑：神树的名

称。这句写韩愈为探求真理，宣扬儒道而奔走不息。

㉔ 草木衣被：即衣被草木。昭回：光辉普照，这句形容韩愈的道德文章辉映一代，如光照大地，惠及草木。

㉕ 参翱翔：并驾齐驱。

㉖ 籍：张籍。湜：皇甫湜，韩愈的学生。汗流，走且僵：形容追赶得汗流浃背，双腿发僵。喻张籍、皇甫湜之辈比韩愈差得远了。

㉗ 灭没倒景：形容张籍、皇甫湜像倒影一样容易消灭。景：同“影”。不可望：难以仰望韩愈的光辉。

㉘ 要观南海：指韩愈被贬到潮州。窥衡湘：指韩愈南下，取道衡山、湘江，今湖南省境。

㉙ 历：经过。舜九疑：舜南巡时死在苍梧之野，葬在九嶷山，在今湖南宁远县南。吊：凭吊。英皇：指舜之二妃娥皇、女英，传说死在江湘之间，死后变为湘水之神。韩愈有《祭湘君夫人文》和《黄陵庙碑》，都是祭吊二妃的。

㉚ 祝融：南海之神。海若：海神。韩愈《南海神庙碑》说南海神比北、东、西三海之神高贵，经常降下风雨之灾。自从一个名叫孔戣（kuí）的人亲往祭祀后，便使当地风灾熄灭，五谷丰登。这里借用韩愈文章中的意思，称赞韩愈到了潮州，使海神都远远地躲起来，不敢再兴风作浪为害百姓。

㉛ 约束鲛鳄：指韩愈祭鳄鱼一事。如驱羊：使鲛鳄像羊群一样容易驱赶。

㉜ 钧天：天的中央。帝：天帝。

㉝ 讴吟：歌唱吟诵，这里是指巫招魂时边唱边舞的动作。下招：下界招魂。遣：派遣。巫阳：神巫。

㉞ 犦（bào）牲：牦牛。鸡卜：用鸡骨占卜。羞我觞：献上我的酒觞。

㉟ 於（wū）粲：颜色鲜明。於：感叹词。荔丹：荔枝红。蕉黄：香蕉黄。这里化用韩愈《柳州罗池庙碑》中“荔子丹兮蕉黄”句。

㊱ 少留：稍留片刻。涕滂：涕泪滂沱。

㊲ “翩然”句：化用韩愈《杂诗》中“翩然下大荒，被发骑麒麟”二句。翩然：飘然。被发：披散头发。大荒：神话中日月所入的大荒山。末句是送神之词。

译文

匹夫而成为百世的师表，一言而成为天下的法则。这些人都有功绩可与天地化育万物相提并论，与国家命运的盛衰相互关联。其出生自有来历，其逝世也仍有所为。所以申伯吕侯因山岳降下神灵而生，傅说死后能成为天上的列星，这些事古今流传，不能认为是编造。孟子说：“我善于涵养自己的刚直正大之气。”这种气，寄寓在平常事物之中，而充塞在天地之间。突然遇到它，则王公显不出高贵，晋、楚显不出富裕，张良、陈平显不出智谋，孟贲、夏育显不出勇武，张仪、苏秦显不出辩才。是谁使他们这样的呢？其中必定有不依赖形体而立，不凭恃外力而行，不待出生而存在，不随死去而消亡的东西。所以在天上成为星辰，在地上成为河岳，在幽冥之中成为鬼神，在人世间则又变而为人。这是常理，没什么可奇怪的。

从东汉以来，儒道衰落，文章变坏。各种异端学说一齐兴起，虽经过唐代贞观、开元的盛世，有房玄龄、杜如晦、姚崇、宋璟作为辅佐，都不能挽救。而唯独韩文公出身布衣，谈笑指挥，天下纷纷相从，又归于正道。从那时到现在差不多有三百年了。他的文章振起八代的衰弊，而他的道德拯救了天下的迷误。论忠正，可以冒犯震怒的君主，论英勇，可以夺取三军的统帅：这难道不是与天地并立，与盛衰相关，刚直正大而独存的气概吗？

我曾论述天与人的区别：认为人可以无所不为，而上天则不容虚伪；人的智谋可以欺骗王公，但不能欺骗豚鱼；人的力量可以夺取天下，但不能取得普通男女的人心。所以韩公的精诚，可以在他拜谒南岳时扫开衡山的云雾，却不能在他谏迎佛骨时解除宪宗的迷惑；能够用祭文驯服潮州凶暴的鳄鱼，却不能制止皇甫镈、李逢吉对他的毁谤；能得到南海人民的信赖，百世享受庙宇的祭祀，却不能使他本人在朝廷中安生地待上一天。这是因为韩公能尽的是天道，而他无能为力的是人事。

起先潮州人不懂学习，韩公命令进士赵德当他们的老师。从此潮州士人都专心于文章品行，并影响了一般平民。直到现在，仍号称容易治理。确如孔子所说："君子学道则爱人，小人学道则容易驱使。"潮州供奉韩公，饮食必要祭祀，遇到水旱瘟疫，凡是有所需求就定要祈祷。而庙在州官公堂的后面，百姓嫌进出太难。前任太守想向朝廷申请另建新庙，没有成功。元祐五年，朝散郎王涤来守此州。他在教养士人治理百姓方面，都以韩公为榜样。使人民心悦诚服以后，便发布命令说："愿为韩公建新庙的，可听从。"人民都欢欢喜喜地追随他，在州城南面七里占卜新地，一年后庙已建成。有人说："韩公离京万里，贬谪到潮州，不足一年便归去。他若死而有知，也不会眷恋潮州，这是很清楚的。"轼说："并非如此。韩公的神灵在天下，就像水在地里，无往而不在。而潮州人独独对他的信仰是这样深切，思念是这样至诚，祭祀时发出的气息引起人们的凄怆之情，或许他能够见到。譬如凿井得泉，就说水专聚在这里，难道合乎情理吗？"元丰七年，皇帝下诏封韩公为昌黎伯，所以庙前匾额题为：“昌黎伯韩文公之庙”。潮州人请求将他的事迹写在石上，于是我作诗赠给他们，让他们歌唱着祭祀韩公。歌词说：

公昔日，骑飞龙，云游帝乡，
挑天河，分星云，理出纹章，
天女孙，纺彩云，为织锦裳。
飘飘然，乘长风，来到朝堂，
下浊世，为人间，扫除秕糠。
求光明，游咸池，直到扶桑，
道德高，惠草木，如被阳光。
文章妙，与李杜，并肩翱翔。
籍与湜，紧追赶，汗流腿僵，
似倒影，易泯灭，光辉难望。
作谏书，斥佛子，讥刺君王，
赴南海，观衡岳，取道清湘，
经九嶷，怀虞舜，凭吊英皇。
风灾熄，祝融迁，海神潜藏，
写祭文，制鳄鱼，如驱绵羊。
天中央，空无人，帝心悲伤，
以歌吟，招英魂，遣下巫阳。

献牦牛，卜鸡骨，再荐酒觞，
荔枝红，香蕉黄，何其鲜亮。
公之灵，不少留，使我泪长，
翩翩然，散长发，直下大荒。

答谢民师书

题　解

这是苏轼写给谢民师的一封回信。谢民师，名举廉，新淦（江西新干县）人，宋神宗元丰八年（1085）进士。宋哲宗元符三年（1100），苏轼从海南遇赦北归，谢民师正在广东做官，曾带着信和旧作去拜见苏轼。苏轼在分别之后，便写了这封信给他，信中通过称赞谢民师的文章，表明了自己的写作主张：即要求文章能够用言辞准确地描绘事物，表达意思，自然流畅，透彻明了。反对用艰深的文辞去粉饰浅薄的内容。这些见解直到今天仍可引为借鉴。

近奉违[①]，亟辱问讯[②]，具审起居佳胜[③]，感慰深矣！某受性刚简[④]，学迂材下，坐废累年[⑤]，不敢复齿缙绅[⑥]。自还海北[⑦]，见平生亲旧，惘然如隔世人；况与左右无一日之雅[⑧]，而敢求交乎？数赐见临[9]，倾盖如故[10]，幸甚过望，不可言也。

所示书教及诗赋杂文[11]，观之熟矣。大略如行云流水，初无定质，但常行于所当行，常止于所不可不止，文理自然，姿态横生[12]。孔子曰："言之不文，行而不远[13]。"又曰："辞达而已矣！[14]"夫言止于达意，即疑若不文，是大不然。求物之妙[15]，如系风捕景[16]，能使是物了然于心者，盖千万人而不一遇也；而况能使了然于口与手者乎！是之谓辞达。辞至于能达，则文不可胜用矣[17]。

扬雄好为艰深之辞，以文浅易之说[18]，若正言之[19]，则人人知之矣。此正所谓雕虫篆刻者[20]，其《太玄》《法言》皆是类也[21]。而独悔于赋，何哉？终身雕篆，而独变其音节[22]，便谓之经，可乎？屈原作《离骚经》[23]，盖风雅之再变者[24]，虽与日月争光可也。可以其似赋而谓之雕虫乎？使贾谊见孔子[25]，升堂有馀矣；而乃以赋鄙之，至与司马相如同科。雄之陋如此比者甚众[26]，可与知者道，难与俗人言也，因论文偶及之耳。

欧阳文忠公言[27]，文章如精金美玉，市有定价，非人所能以口舌定贵贱也。纷纷多言，岂能有益于左右，愧悚不已。

所须惠力法雨堂两字[28]，轼本不善作大字，强作终不佳，又舟中局迫难写，未能如教。然轼方过临江[29]，当往游焉。或僧有所欲记录，当为作数句留院中，慰左右念亲之意。今日至峡山寺，少留即去。愈远，唯万万以时自爱。

① 奉：敬词。违：告别，离别。

② 亟（qì）：屡次。辱：谦词。问讯：问候。

③ 具审：详知。起居：日常作息。佳胜：很好。

④ 受性：赋性，秉性。刚简：刚直简慢。

⑤ 坐废：因事被废黜。

⑥ 齿：并列于。缙绅：原指古代官僚将记事的手版插在束腰的大带子上。后来代指做官的人。

⑦ 海北：宋哲宗元符三年，苏轼遇赦，从他的贬所儋（dan）耳（今海南省儋县）渡海北还。海：南海。

⑧ 左右：对谢民师的敬称，表示不敢直呼其名，只能对他的左右说话。雅：素，平常，指平常的交往。

⑨ 见临：前来看望，表示尊敬的说法。

⑩ 倾盖如故：两人在途中相逢，停车交谈，谈得投机，彼此车盖相接，以致倾斜。盖：古人车上的伞状篷盖。如故：像老朋友。

⑪ 书教：对于谢民师所给的书信表示尊敬的提法。

⑫ 姿态横生：指文章不拘一格，变化多端。

⑬ “言之不文”句：语出《左传·襄公二十五年》。意为说话不

讲究文辞，即使能传播，也不能传到远处。

⑭ “辞达”句：见于《论语·卫灵公》篇。

⑮ 求物之妙：探求事物的微妙之处。

⑯ 系风捕景：见于《汉书·郊祀志》：“求之，荡荡如系风捕景，终不可得。”比喻事物难于捕捉和把握。

⑰ 不可胜（shēng）用：多得用不完，应用不穷。

⑱ “扬雄”二句：扬雄，字子云，西汉成都人。哲学家和辞赋家。文：文饰，装饰。

⑲ 正言：直说出来，即不用深奥文辞修饰。

⑳ “此正”句：扬雄说过，赋是“童子雕虫篆刻”，“壮夫不为”（见《法言·吾子》），意思是赋只讲究雕琢字句。苏轼认为用艰深的文辞粉饰浅易的内容，就是雕虫篆刻。

㉑ 《太玄》《法言》：都是扬雄的著作。扬雄仿照《易》经作《太玄》，仿照《论语》，作《法言》，以求传名后世。他本是著名的大赋作者，后来悔恨作赋。苏轼认为《太玄》《法言》都伤于文辞艰涩，所以也属于雕虫篆刻一类，不应仅仅把赋看成雕虫小技。

㉒ 独变其音节：指《太玄》《法言》只是没有用赋的音调节奏而已。不能因为它们是散文，就不算雕篆。

㉓ 《离骚经》：即屈原所作《离骚》，东汉人王逸作《楚辞章

句》，称它为经。

㉔ 风雅之再变者：汉朝人把《诗经》中的“风”诗、“雅”诗分成正风正雅和变风变雅。正风正雅指周王朝兴盛时期的作品。变风变雅指周王朝政治衰乱时的作品，多抒写忧怨、讥刺时政。离骚产生在楚国衰乱的政治背景下，内容是抒写屈原遭谗被疏的忧怨，指斥乱政的腐朽贵族集团，精神与变风变雅相通，所以说是风雅之再变者。

㉕ “使贾谊”四句：《法言·吾子》说：“如孔氏之门用赋也，则贾谊升堂，相如入室矣；如其不用何！”这意思是说：如果孔子写赋的话，那么贾谊达到了升堂的境界，司马相如达到了入室的更高一层境界，可惜孔子不用赋。这是扬雄对贾谊和司马相如写赋的讽刺。“升堂”“入室”见于《论语·先进》篇，是用人进屋由外入内的顺序比喻道德学问所达到的境地。先入门，其次升堂（正厅），最后入室（内室），入室是最高的境界。苏轼在这里借用扬雄的话来反驳扬雄，说如果贾谊遇见孔子，那么他的道德学问是不止达到升堂这个境界的，现在扬雄只把贾谊当作辞赋家看待，甚至与司马相如同等，是对贾谊的鄙视。

㉖ 雄之陋：扬雄的浅陋、缺乏见识。如此比：像这类。

㉗ 欧阳文忠公：欧阳修。

㉘ 惠力：寺名，又作慧力寺，在江西省清江县南二里，临江。创建于南唐，宋时很兴盛。清代还有苏轼写的《金刚经》碑，存一半。法雨堂是寺中堂名。两字：可能是指“法雨”两字。有的版本没有“两”字。

㉙ 临江：宋代所设的军名。军是行政区域，与州、府、监都属路管辖，路类似现在的省。临江军治所在今江西省清江县，清江、新干都是临江军的属县。

译 文

最近离别之后，屡次蒙您问候我，知道您的日常起居一切都好，深感欣慰。我秉性刚直，待人简慢，学问迂阔，才质低劣。因事被废弃多年，不敢再自居于士大夫的行列。自从回到海北，见到平生的亲人旧交，恍然如同隔世之人。何况与您没有一天的素交，哪里敢求结交呢？几次承您亲自光临，彼此一见如故，欣幸之至，已出望外，不是言语所能形容的。

您所赐予的书信和诗赋杂文，我已看熟了。文章大体上就像行云流水，开始时并没有固定的形体，只是常在所应当行的地方行，常在不能不停的地方停止，文理通顺自然，舒卷自如，变化不一，形成多种姿态。孔子说：“说话不讲究修辞，即使能传布，也不能到达远处。”又说：“文辞，只要能达意就可以了！”言辞只求达意，便疑心像是不讲修辞，这可不对。要表现事物的微妙之处，好像捕风捉影一样困难。能使自己心里透彻了解所写的事物，千万个人中间也遇不到一个。更何况能使它在口里和手上清清楚楚地表达出来呢？这就叫辞达。文辞做到能达意的程度，那么文章也就应用不穷了。

扬雄喜欢制造艰深的文辞，以粉饰浅易的学说。如果正面直说出来，就人人都知道了。这正是他自己所说的“雕虫篆刻”一类。他的《太玄》《法言》都是这类，而唯独后悔写赋，这有什么道理呢？终身雕琢，只是把赋的音节改为散文，就称为经，难道可以吗？屈原写作《离骚经》，那是风雅的再次变化，是足以与日月争光的。难道可以因为它像赋而把它称为雕虫吗？假如让贾谊遇见孔子，那么他的道德学问比“升堂”这个境界还要高，却只因为他作赋便鄙视他，甚至把他和司马相如等同看待，扬雄的浅陋之处类似这样的还有很多。只可与懂得的人谈，很难与一般人说清楚，这里因为论文偶尔提到它罢了。

欧阳文忠公说：“文章就像精金美玉，市场自有定价，不是人们所能够用口舌论定贵贱的。”杂乱地说了这么多，哪里能对您有什么益处，实在觉得惭愧恐惧。

您要我为惠力寺法雨堂写字，因我本来不擅长大字，勉强总是写不好，又在船上，局促难写，所以未能遵照您的嘱咐办。但我将过临江军，当去游览惠力寺，或者僧人要我写一点什么留作纪念，定当为他们作几句留在院里，以安慰您思念亲人的心意。今天到峡山寺，稍作停留便离开。相距越来越远，万望自己随时保重。

石钟山记

题 解

石钟山在今江西湖口县鄱阳湖东岸，分为上钟山和下钟山两部分，位于县城南北两边，都离城一里左右，高五六百尺，周围约十里。关于“石钟山”这一名称的来历，说法不一。苏轼这篇文章对前人的解释表示怀疑，并通过自己实地考察，提出了新的看法。最后指出：凡事必须根据“目见耳闻”深入调查，才能做出判断。文中描写石钟山奇异幽森的夜景以及波浪冲激石穴的情状，十分生动，使人如临其境。

《水经》云[①]：“彭蠡之口有石钟山焉[②]。”郦元以为下临深潭[③]，微风鼓浪，水石相搏[④]，声如洪钟[⑤]。是说也，人常疑之。今以钟磬置水中[⑥]，虽大风浪不能鸣也，而况石乎！至唐李渤始访其遗踪[7]，得双石于潭上，扣而聆之[8]，南声函胡[9]，北音清越[10]，枹止响腾[11]，馀韵徐歇。自以为得之矣[12]。然是说也，余尤疑之。石之铿然有声者，所在皆是也，而此独以钟名，何哉？

元丰七年六月丁丑[13]，余自齐安舟行适临汝[14]，而长子迈将赴饶之德兴尉[15]，送之至湖口[16]，因得观所谓石钟者。寺僧使小童持斧，于乱石间择其一二扣之，硿硿焉[17]。余固笑而不信也[18]。至莫夜月明[19]，独与迈乘小舟至绝壁下。大石侧立千尺，如猛兽奇鬼，森然欲搏人[20]；而山上栖鹘[21]，闻人声亦惊起，磔磔云霄间[22]；又有若老人欬且笑于山谷中者[23]，或曰此鹳鹤也[24]。余方心动欲还，而大声发于水上，噌吰如钟鼓不绝[25]。舟人大恐。徐而察之，则山下皆石穴罅[26]，不知其浅深，微波入焉，涵澹澎湃而为此也[27]。舟回至两山间，将入港口，有大石当中流[28]，可坐百人，空中而多窍[29]，与风水相吞吐，有窾坎镗鞳之声[30]，与向之噌吰者相应，如乐作焉[31]。因笑谓迈曰："汝识之乎？噌吰者，周景王之无射也[32]，窾坎镗鞳者，魏庄子之歌钟也[33]。古之人不余欺也[34]！"

事不目见耳闻而臆断其有无[35]，可乎？郦元之所见闻殆与余同[36]，而言之不详；士大夫终不肯以小舟夜泊绝壁之下，故莫能知；而渔工水师虽知而不能言[37]：此世所以不传也。而陋者乃以斧斤考击而求之[38]，自以为得其实。余是以记之，盖叹郦元之简，而笑李渤之陋也。

① 《水经》：书名，相传是汉代桑钦所著，一说是晋人郭璞所著。记述我国大小河渠的源流，较为详细。北魏时，郦道元为它作注，遂成《水经注》。

② 彭蠡（lǐ）湖：就是鄱阳湖，在今江西北部。

③ 郦元：即郦道元，范阳（今河北省涿州市）人。古人为行文方便，有时略去姓名中的一个字。

④ 搏：击。

⑤ 洪钟：大钟。

⑥ 磬（qìng）：古代乐器，用玉或石制成，形状像曲尺，较宽而短，成排地悬在木架上，用木槌打击发声。

⑦ 李渤：唐宪宗元和年间，曾做过江州刺史。江州在今江西九江市一带。访其遗踪：指李渤写过一篇《辨石钟山记》。遗踪：即《水经》所记石钟山的所在地。

⑧ 扣：敲打。聆（líng）：听。

⑨ 南声：南边石头发出的声音。函胡：模糊厚重。

⑩ 北音：北边石块发出的声音。清越：清亮高亢。

⑪ 枹（fú）：鼓槌。响：声响。腾：传播。

⑫ 得之：找到石钟山命名的原因了。

⑬ 元丰七年：公元1084年。六月丁丑：阴历六月初九。

⑭ 齐安：郡名，在今湖北黄冈市。适：往。临汝：郡名，在今河南省临汝县。当时苏轼从黄州团练副使移任汝州。

⑮ 迈：苏轼的长子苏迈。饶：饶州。德兴：今江西省德兴市。

⑯ 湖口：在今江西省湖口县。

⑰ 硿（kōng）硿：形容斧击石头的声音。

⑱ 固：坚持。

⑲ 莫：同“暮”。

⑳ 森然：阴森森的样子。搏人：捉人、打人。

㉑ 栖鹘（hú）：已经栖息的鹘鸟。鹘性凶猛。

㉒ 磔（zhé）磔：鹘的鸣叫声。

㉓ 欬（ké）：咳嗽。

㉔ 鹳（guàn）鹤：水鸟，似鹤，顶不红，颈和嘴比鹤长。

㉕ 噌（zēng）吰（hóng）：形容声音洪亮沉重。

㉖ 石穴罅（xià）：石洞和石缝。罅：缝隙。

㉗ 涵澹：水动荡的样子。澎湃：动荡撞击而洋溢的样子。为此：指形成噌吰的声响。

㉘ 当：正处在。中流：流水中央。

㉙ 空中：中间是空的。窍（qiào）：窟窿。

㉚ 窾（kuǎn）坎（kǎn）：物件相击的声音。镗（táng）鞳（tà）：钟鼓声。

㉛ 乐作：奏乐。

㉜ 周景王之无射（yì）：《国语》载，周景王二十四年（前521），铸成“无射”钟。

㉝ 魏庄子之歌钟：《左传》载，鲁襄公十一年（前561），郑人把歌钟和其他乐器献给晋侯，晋侯分一半赐给晋大夫魏绛。魏绛死后谥“庄子”。

㉞ 不余欺：不骗我。

㉟ 臆断：凭主观想象来判断。

㊱ 殆：大概，差不多。

㊲ 渔工：打鱼的人。水师：驾船的人。

㊳ 斤：砍树用的刀。考：敲击。

译文

《水经》说：“彭蠡湖口有石钟山。”郦道元以为山下临近深潭，微风鼓起波浪，水石相击，便会发出洪钟般的声响。这一说法，人们常常怀疑。现在将钟磬放在水里，即使是大风浪也不会发声，何况石头呢？到唐代李渤才去探访石钟山的陈迹，他在潭上得到两块石头，敲打着细听，南边那块声音厚重含糊，北边那块发声清亮高亢，鼓槌停止敲击后，声音还在响，馀韵慢慢消逝，便自以为找到石钟山命名的原因了。然而这一说法，我更怀疑。石头能发出铿铿声响的，到处都有，而这座山独独以钟命名，又是为什么呢？

元丰七年六月初九这一天，我从齐安乘船前往临汝，而长子苏迈将去饶州德兴县任县尉，送他到湖口，因而得以观看那所谓的石钟。寺僧派小童拿着斧子，在乱石之中选一两块敲敲打打，发出硿硿的声音。我只是笑而不信。到夜晚趁着明月，独与苏迈坐小船到绝壁下。大石直立千尺，形状像猛兽奇鬼，阴森可怕，像要扑过来打人。而山上栖宿的鹘鸟，听到人声后被惊起，在云霄间发出磔磔的怪声。又有像老人在山谷里边咳嗽边笑的声音，有人说这是鹳鹤。我正觉得心惊，想要回去，忽然有巨大的声响从水上发出，如钟鼓般洪亮沉重，连续不断。船夫大为惊恐。慢慢地观察，原来山下都是石头的洞穴裂缝，不知是浅是深。微波进入以后，动荡冲撞，水浪相激，便发出了这种声响。船绕行到南北两山之间，将进入港口，有大石正当流水中央，上面可坐一百来人，中间是空洞，还有许多窟窿，吞吐风水，发出窾坎镗鞳的声音，与刚才那种沉重洪亮的声音相应和，就像奏乐一般。于是我笑着对苏迈说：“你知道吗？噌吰的声响，是周景王所铸的‘无射’钟。窾坎镗鞳的声响，是魏庄子的歌钟。古人称此为石钟山，没有欺骗我们呵！”

凡事不经亲眼看见或亲耳听见，便凭主观猜想来判断它是有还是无，难道可以吗？郦道元所见所闻大体上与我相同，但说得不详细。士大夫始终不肯坐小船夜里停泊在绝壁下，所以没人能知道。而渔人船夫，虽然知道又不能表达。这是石钟山名字的来历在世上不能广为传播的缘故。而浅陋的人竟用斧子敲打石块去寻求原因，自以为得到了真相。我记下这段经历，是叹息郦道元的简略，而讥笑李渤的浅薄呵！

赤壁赋

题　解

这篇文章作于宋神宗元丰五年（1082）十月，苏轼被贬黄州时。黄州即今湖北黄冈市，城外有赤鼻矶，又名赤壁。而周瑜破曹的赤壁在湖北蒲圻县。苏轼在文中联想到赤壁之战，只是借题发挥。这是一篇散文赋，借汉赋中主客问答的形式，描写秋夜泛舟大江的情景，抒发宇宙无穷、人生短促的感慨，并以水月为喻，谈论自然界万事万物变与不变的辩证关系，使惆怅的心情在眼前享受清风明月的快意中得到消解，表现了作者旷达的襟怀，但也流露出政治失意的苦闷。全文诗情、画意、哲理融为一体，形成了优美高远的意境。

壬戌之秋[1]，七月既望[2]，苏子与客泛舟，游于赤壁之下。清风徐来，水波不兴。举酒属客[3]，诵明月之诗[4]，歌窈窕之章[5]。少焉[6]，月出于东山之上，徘徊于斗牛之间[7]。白露横江，水光接天。纵一苇之所如[8]，凌万顷之茫然[9]。浩浩乎如冯虚御风[10]，而不知其所止；飘飘乎如遗世独立[11]，羽化而登仙[12]。

于是饮酒乐甚，扣舷而歌之。歌曰："桂棹兮兰桨[13]，击空明兮泝流光[14]；渺渺兮予怀[15]，望美人兮天一方[16]。"客有吹洞箫者[17]，倚歌而和之[18]。其声呜呜然，如怨如慕，如泣如诉；馀音袅袅[19]，不绝如缕。舞幽壑之潜蛟[20]，泣孤舟之嫠妇[21]。

苏子愀然[22]，正襟危坐[23]，而问客曰："何为其然也？"客曰："'月明星稀，乌鹊南飞'[24]，此非曹孟德之诗乎？西望夏口[25]，东望武昌[26]，山川相缪[27]，郁乎苍苍，此非孟德之困于周郎者乎[28]？方其破荆州[29]，下江陵，顺流而东也，舳舻千里[30]，旌旗蔽空，釃酒临江[31]，横槊赋诗[32]，固一世之雄也，而今安在哉！况吾与子渔樵于江渚之上[33]，侣鱼虾而友麋鹿[34]，驾一叶之扁舟[35]，举匏樽以相属[36]。寄蜉蝣于天地[37]，渺沧海之一粟。哀吾生之须臾[38]，羡长江之无穷。挟飞仙以遨游[39]，抱明月而长终[40]。

知不可乎骤得，托遗响于悲风[41]。”

苏子曰：“客亦知夫水与月乎？逝者如斯[42]，而未尝往也；盈虚者如彼[43]，而卒莫消长也。盖将自其变者而观之，则天地曾不能以一瞬；自其不变者而观之，则物与我皆无尽也。而又何羡乎？且夫天地之间，物各有主，苟非吾之所有，虽一毫而莫取。唯江上之清风，与山间之明月，耳得之而为声，目遇之而成色；取之无禁，用之不竭：是造物者之无尽藏也[44]，而吾与子之所共适[45]。”

客喜而笑，洗盏更酌。肴核既尽[46]，杯盘狼籍[47]。相与枕藉乎舟中[48]，不知东方之既白。

① 壬戌：宋神宗元丰五年（1082），是壬戌年。

② 既望：阴历十六日。望是十五日。

③ 属（zhǔ）：劝请。

④ 明月之诗：一种说法是指《诗经·陈风·月出》这一篇。一种说法是指曹操的《短歌行》，诗里有“明明如月，何时可掇”和“月明星稀，乌鹊南飞”等句。

⑤ 窈（yǎo）窕（tiǎo）之章：指《诗经·陈风·月出》中“窈窕”一章。这首诗第一章有“舒窈纠兮”句，“窈纠”（jiǎo）与“窈窕”声音相近。

⑥ 少焉：不一会儿。

⑦ 斗：斗宿、南斗。牛：牛宿，星辰名。

⑧ 一苇：像一片苇叶般的小船。如：往。

⑨ 凌：越过。万顷之茫然：形容江面广阔。

⑩ 浩浩：水大的样子。冯：同“凭”。冯（píng）虚：凌空。御风：驾着风。

⑪ 遗世：遗弃人世。

⑫ 羽化：传说成仙的人能飞升，似有羽翼。

⑬ 桂櫂（zhào）：桂木作的棹。棹是船旁拨水的用具，长的叫棹，短的叫楫。兰桨：木兰树做的桨。都是对划船用具的美化。

⑭ 空明：指水月交映的澄明之色。泝：同“溯”，逆流前进。流光：江面上闪烁浮动的月光。

⑮ 渺渺：悠远。予怀：我的思念。

⑯ 美人：心里所思慕的人。

⑰ “客有”句：据清人赵翼考证，吹箫的客人叫杨世昌，字子京，是一个道士。洞箫：原指没有底的排箫，后指单管直吹的箫。

⑱ 倚歌：按着歌声。

⑲ “馀音”二句：馀音即尾声。袅（niǎo）袅：形容声音婉转悠长。缕：丝缕。

⑳ 舞：使动用法，这里说使藏在深谷中的蛟龙起舞。

㉑ 泣：使动用法。嫠（lí）妇：孤居的妇女。

㉒ 愀（qiǎo）然：忧愁的样子。

㉓ 正襟：整好衣襟。危坐：严肃地端坐。

㉔ “月明”二句：见于曹操《短歌行》。

㉕ 夏口：城名，在今湖北武昌。

㉖ 武昌：在今湖北鄂州市。

㉗ 相缪（liáo）：相盘绕。

㉘ 周郎：周瑜。孟德困于周郎：指汉献帝建安十三年（208），周瑜在赤壁击溃曹操一事。

㉙ “破荆州”三句：建安十三年，曹操南击荆州，荆州刺史刘表这时已死，他的儿子刘琮率众投降，曹操不战而取得荆州。接着又在当阳击败刘备，攻占江陵。荆州：指湖北襄阳县周围一带地区。江陵：在今湖北江陵。

㉚ 舳（zhú）舻：战船。舳是船后掌舵的地方，舻是船前撑棹的地方。

㉛ 釃（sī）酒：滤酒，这里是酌酒的意思。

㉜ 横槊：横执着长矛。

㉝ 江渚（zhǔ）：江上沙洲。

㉞ 侣：做伴。麋（mí）：鹿的一种。

㉟ 扁（piān）舟：小船。

㊱ 匏（páo）樽：一种用葫芦做的酒器。

㊲ 蜉蝣：一种小虫，夏秋之交生在水边，只能活几小时，古人说它朝生暮死。

㊳ 须臾：短暂。

㊴ 挟：带。飞仙：飞于空中的仙人。

㊵ 长终：直到永远。

㊶ 遗响：余音，指箫声。悲风：秋风。

㊷ 逝者如斯：《论语·子罕》："子在川上曰：'逝者如斯夫！不舍昼夜。'"逝者：流逝，往。斯：水。

㊸ "盈虚者"二句：指月亮的圆缺。盈：满。虚：缺。彼：那，指月。卒：到底，最终。消长：消减和增长。

㊹ 造物者：原指"天"，也就是自然界。无尽藏（zàng）：佛家说"无尽藏海"（海能包罗万象），这里是无尽的宝藏的意思。

㊺ 适：感到适意。这里有"享受"的意思。

㊻ 肴：菜肴。核：果品。

㊼ 狼籍：散乱的样子。同"狼藉"。

㊽ 枕藉：互相紧靠着睡觉。

译 文

壬戌之年的秋天，七月十六的夜晚，苏子与客人在赤壁之下荡舟游赏。清风徐徐吹来，水面波纹不起。举起酒杯，劝客共饮。朗诵描写月出之景的诗篇，歌咏形容窈窕之态的章节。稍过片刻，明月从东山之上升起，在南斗与牛宿之间徘徊。白茫茫的水汽横在江上，亮闪闪的水光与天相接。任凭一叶小船漂向前去，越过万顷茫无边际的水面。浩浩渺渺像凌空驾风而行，不知停在何处，飘飘荡荡像离世独自飞升，一直登上仙境。

于是大家饮酒笑乐，敲着船舷唱了起来：“桂木做的棹呵，木兰做的桨，划破空明的水色呵，逆着浮动的月光。我的心呵飞得多么辽远，遥望美人呵在天的另一方。”有吹洞箫的客人，按着歌声相应和，箫声呜呜咽咽，如怨尤，又如思慕，如幽泣，又如低诉，悠长宛转的余音像将断未断的细丝，可使潜伏在深谷中的蛟龙起舞，可使独居在孤舟上的思妇哭泣。

苏子不由得顿生哀愁，整好衣襟，端坐着问客人说：“为什么这样悲凉呢？”客人说：“‘月明星稀，乌鹊南飞。’这不是曹孟德的诗吗？西望夏口，东望武昌，山盘水绕，郁郁苍苍，这不是曹孟德被周郎围困的地方吗？当他击破荆州，攻占江陵，顺流东下的时候，战船千里相接，旌旗遮蔽天空，面对大江酌酒，横执长矛吟诗，那本是当时盖世的英雄呵！而如今又在哪里呢？何况我与你在江边沙洲上捕鱼打柴，和鱼虾做伴，以麋鹿为友，驾着一叶小船，举起瓢酒相劝，就像蜉蝣在天地之间寄托生命，渺小得像大海中的一粒小米。悲哀人生的短促，羡慕长江的无穷。想和神仙结伴遨游，与月亮一起永存，又明知不可能骤然求得，所以将箫声托付给悲凉的秋风。”

苏子说：“客人知道那江水和月亮吗？水像这样不断流去，而其实并没有消逝，月像这样不断圆缺，而最终并没有增减。因为从它变的一面来看，则天地几乎没有一瞬间的静止；而从它不变的一面来看，则万物与我都将归于无穷。又何必羡慕长江呢？再说天地之间，物各有主，如果不属我所有，即使是一毫也不要去取。只有江上的清风和山间的明月，耳朵听到就成为声音，眼睛遇见便成为景色，取之没有禁止，用之没有尽头：这是大自然无穷无尽的宝藏，是我和你可以共同享用的。”

客人转悲为喜，笑了起来。于是洗净杯盏，重新斟酒。菜肴果品吃尽之后，只剩下杂乱堆放的杯盘。大家互相紧靠着睡在船中，不知东方已经发白。

后赤壁赋

题　解

这篇赋与《赤壁赋》都是苏轼的名作，写于前次游赤壁的同年十月。主要描写冬夜在赤壁江岸踏月的情景。刻画景色句法天然，字字如画。境界幽奇萧瑟，与前篇各异其趣。

是岁十月之望[①]，步自雪堂[②]，将归于临皋[③]。二客从予过黄泥之坂[④]。霜露既降，木叶尽脱[⑤]，人影在地，仰见明月，顾而乐之，行歌相答[⑥]。

已而叹曰："有客无酒，有酒无肴。月白风清，如此良夜何[⑦]！"客曰："今者薄暮[⑧]，举网得鱼，巨口细鳞，状似松江之鲈[⑨]。顾安所得酒乎？"归而谋诸妇[⑩]。妇曰："我有斗酒[⑪]，藏之久矣，以待子不时之须[⑫]。"

于是携酒与鱼，复游于赤壁之下。江流有声，断岸千尺[⑬]，山高月小，水落石出。曾日月之几何，而江山不可复识矣！予乃摄衣而上[⑭]，履巉岩[⑮]，披蒙茸[⑯]，踞虎豹[⑰]，登虬龙[⑱]；攀栖鹘之危巢[⑲]，俯冯夷之幽宫[⑳]。盖二客不能从焉。划然长啸[㉑]，草木震动，山鸣谷应，风起水涌。予亦悄然而悲[㉒]，肃然而恐[23]，凛乎其不可留也[24]。反而登舟[25]，放乎中流，听其所止而休焉。时夜将半，四顾寂寥。适有孤鹤，横江东来，翅如车轮，玄裳缟衣[26]，戛然长鸣[27]，掠予舟而西也。

须臾客去，予亦就睡。梦一道士，羽衣翩仙[28]，过临皋之下，揖予而言曰[29]："赤壁之游乐乎？"问其姓名，俛而不答[30]。"呜呼噫嘻！我知之矣！畴昔之夜[31]，飞鸣而过我者，非子也耶？"道士顾笑[32]，予亦惊悟[33]。开户视之，不见其处。

① 是岁：这一年。十月之望：十月十五。

② 雪堂：苏轼在黄州东坡新筑的住所，在大雪时建成，四壁画有雪景，所以命名为雪堂。

③ 临皋：亭名。在今黄冈市南长江边，苏轼初到黄州时住在定惠院，后迁到临皋亭。

④ 黄泥之坂（bǎn）：黄冈东面东坡附近的山坡，名黄泥坂。

⑤ 木叶：树叶。脱：落。

⑥ 行歌相答：边走边唱，互相酬答。

⑦ 如此良夜何：怎样对付这个良夜呢？

⑧ 薄暮：傍晚。薄：迫，逼近。

⑨ 松江之鲈：松江（今属上海市）出产的鲈鱼，以味美著名。

⑩ 谋诸妇：谋之于妇，与妻商量弄酒的事。

⑪ 斗：古代酒器。

⑫ 不时之须：意外的需要。

⑬ 断岸：形容江岸壁立陡峭。

⑭ 摄衣：撩起衣襟。

⑮ 履：踏、践。巉（chán）岩：险峻的山石。

⑯ 披：分开。蒙茸：丛生的杂草。

⑰ 踞：蹲坐。虎豹：形容山石形如虎豹。

⑱ 虬（qiú）龙：形容枝柯盘曲如虬龙的古木。

⑲ 栖鹘：栖息的鹘鸟。鹘是一种猛禽。危巢：鹘鸟将巢筑在很高的崖壁上。危：高。

⑳ 冯（píng）夷：水神，即河伯。据说他原姓冯氏，名夷，华阴潼乡人，在河里洗澡淹死，成为河伯。幽宫：指水府。

㉑ 划然：象声词，含有“裂”的意思，形容声音如划破夜空。长啸：撮口而呼，发出清亮悠长的声音。

㉒ 悄然：静默的样子。

㉓ 肃然：庄重的样子。

㉔ 凛乎：恐惧、肃穆的样子。

㉕ 反：同“返”。

㉖ 玄裳：黑色的下衣。缟（gǎo）衣：白色的上衣。仙鹤身上的羽毛是白色的，尾巴是黑色的。

㉗ 戛（jiá）然：形容鹤类高声鸣叫的象声词。

㉘ 羽衣翩仙：穿着羽衣，轻快地走路，姿态犹如舞蹈。汉代方士穿鸟羽做的衣服，表示神仙飞翔的意思，所以后世称道士为羽士，道服为羽衣。翩仙：一作“蹁（pián）跹（xiān）”。

㉙ 揖予：向我拱手行礼。

㉚ 俛（fǔ）：同“俯”，低头。

㉛ 畴昔：昨天。

㉜ 顾：回头看。

㉝ 悟：醒。

译　文

这年十月十五，从雪堂步行出来，将回临皋亭。两位客人跟我经过黄泥坂。此时霜露已降，树叶尽落。地上人影分外清晰，抬头望见明月在天，三人相顾而乐，一路吟诗酬答，边走边唱。

过了一会，叹息道：“有客无酒，有酒无菜。月白风清，怎么对付这个良夜呢？”客人说：“方才傍晚时分，我拉网得鱼，大口细鳞，很像松江鲈鱼，只是到哪里去弄酒呢？”归来与妻商量，妻说：“我有一斗酒，储藏很久了，正是为应付你们随时需用而准备的。”

于是带着酒和鱼，又到赤壁之下去游江。江流哗哗有声，崖岸壁立千尺，山高月小，水落石出。才过了几多日月，江山的旧面目便再也认不出来了。我撩起衣襟，走上江岸，踏着险峻的山崖，分开蓬乱的杂草，蹲坐在虎豹般的巨石上，攀扯着虬龙般的老树枝，登上栖宿着鹘鸟的高巢，俯视水神冯夷的深宫。来到这里，二位客人已不能相随。我发出一声长啸，顿时草木震动，山谷回响，风起水涌，我自己也不由得感到一阵悲哀悄然袭来，接着油然而生敬畏之感。四周气氛肃静得令人恐惧，实在不可久留。返回原路，登上扁舟，放小船到中流漂荡，任它自动停止而就地休息。这时已将近半夜，向四外望去，一片寂寞寥落。恰有一只孤独的仙鹤横过大江上空，从东飞来，翅膀大如车轮，黑裳白衣，嘎嘎地长鸣着，掠过我的小船向西飞去。

不久客人离去，我也归家入睡。梦见一个道士，穿着羽衣翩翩而来，经过临皋亭下，向我作揖道："赤壁之游快乐吗？"问他姓名，却低头不答。"呜呼噫嘻！我知道了！昨天夜里，飞鸣着从我旁边经过的，不就是你吗？"道士回头一笑，我也惊醒了。开门去看，已不见他的去处。

记承天寺夜游

题 解

这篇短文作于苏轼被贬黄州时期，描写初冬之夜与友人在承天寺庭中步月的情景，仅八十三字。但能根据切身感受，从“月光如水”的常见比喻中翻出新意，借用错觉，将月光的澄澈表现得极为真切。结尾惋惜世上少有闲人赏月，微讽俗人溺于名利、辜负良夜美景，也暗含贬谪之感，收得简洁而意味深长。

元丰六年十月十二日①，夜，解衣欲睡，月色入户，欣然起行。念无与乐者②，遂至承天寺③，寻张怀民。怀民亦未寝，相与步于中庭④。

庭下如积水空明⑤，水中藻荇交横⑥，盖竹柏影也。

何夜无月，何处无竹柏，但少闲人如吾两人耳⑦。

① 元丰六年：公元1083年。

② 念：想。无与乐者：没有可与自己一起游乐的人。

③ 承天寺：在今湖北黄冈市南。

④ 相与：一起。步：散步。

⑤ 积水：庭中犹如上下都充满着水。空明：形容积水的清澄。

⑥ 藻荇（xìng）：水草。藻：水草的总称。荇：一种多年生水草，叶子为心形，正面绿色，背面紫色，夏天开黄花。交横：纵横交错。

⑦ 闲人：苏轼这时被贬为黄州团练副使，是一个无事可做的闲职，所以自称为“闲人”。意思是不追求名利而能从容欣赏美景的人。

译 文

元丰六年十月十二日，夜，解衣将睡时，月光照进门来。欣然起身走出，想起身边没有可与共同游乐的人，便到承天寺寻张怀民。怀民也未睡下，于是一起到庭中漫步。

庭中像积满一池清水，水里漂浮着纵横交错的水草，那是竹柏在月光下的投影。

哪一夜没有明月？哪一处没有竹柏？只是缺少像我们这样的两个闲人罢了。

苏 辙

上枢密韩太尉书

题 解

这是苏辙在宋仁宗嘉祐二年（1057）考中进士后，给枢密使韩琦的一封书信。韩琦字稚圭，相州安阳（今河南安阳县）人，当时任检校太傅，充枢密使。宋代枢密使执掌全国兵权，与汉代太尉相似，所以称韩琦为太尉。这篇文章从作文要有充实的修养和丰富的阅历谈起，层层展示自己从四川来到京师所历览的各种奇闻壮观，最后将求见韩琦以“尽天下大观”的本意烘托出来，构思巧妙，境界壮阔，少年作者的勃勃英气也宛然如见。

太尉执事[①]：辙生好为文，思之至深，以为文者气之所形[2]，然文不可以学而能[3]，气可以养而致。孟子曰："我善养吾浩然之气[4]。"今观其文章，宽厚宏博，充乎天地之间，称其气之小大[5]。太史公行天下[6]，周览四海名山大川，与燕赵间豪俊交游[7]，故其文疏荡[8]，颇有奇气。此二子者，岂尝执笔学为如此之文哉？其气充乎其中而溢乎其貌，动乎其言而见乎其文[9]，而不自知也。

辙生十有九年矣。其居家所与游者，不过其邻里乡党之人[10]；所见不过数百里之间，无高山大野可登览以自广；百氏之书[11]，虽无所不读，然皆古人之陈迹，不足以激发其志气。恐遂汩没[12]，故决然舍去[13]，求天下奇闻壮观，以知天地之广大。过秦汉之故都[14]，恣观终南、嵩、华之高[15]，北顾黄河之奔流，慨然想见古之豪杰[16]。至京师，仰观天子宫阙之壮，与仓廪府库城池苑囿之富且大也[17]，而后知天下之巨丽。见翰林欧阳公[18]，听其议论之宏辩，观其容貌之秀伟，与其门人贤士大夫游，而后知天下之文章聚乎此也。太尉以才略冠天下，天下之所恃以无忧，四夷之所惮以不敢发[19]，入则周公、召公[20]，出则方叔、召虎。而辙也未之见焉。

且夫人之学也，不志其大[21]，虽多而何为？辙之来也，于山见终南、嵩、华之高，于水见黄河之大且深，于人见欧阳公，而犹以为未见太尉也。故愿得观贤人之光耀，闻一言以自壮[22]，然后可以尽天下之大观而无憾者矣。

辙年少，未能通习吏事。向之来[23]，非有取于升斗之禄[24]。偶然得之[25]，非其所乐。然幸得赐归待选[26]，使得优游数年之间，将归益治其文[27]，且学为政。太尉苟以为可教而辱教之[28]，又幸矣！

① 太尉执事：太尉左右执役的人，这是对太尉表示尊敬的称谓。

② 文者气之所形：文是气的表现形式。这里的“气”指作者本人的修养、学识、阅历、气质、才情等多方面的因素。

③ 文不可以学而能：意思是，文章既以气为根本，那就不是专靠学习语言文字等技巧就能写好的。

④ 我善养吾浩然之气：见于《孟子·公孙丑上》。浩然：正大的样子。

⑤ 称（chèn）：相称。

⑥ “太史公”二句：《史记·太史公自序》说，司马迁二十岁时曾南游江淮，探寻禹穴，窥看九嶷山，浮游于沅水、湘水之上，北渡汶水、泗水，到齐鲁的故都去求学，观看孔子的遗风。经过梁、楚等地归来。

⑦ 燕、赵：战国时两个国家的名字。燕在今北京市和河北省一带，赵在今河北、山西一带。豪俊：豪杰才俊。司马迁与燕赵

间人交游，可考姓名的有陉城人田仁、广川人董仲舒等。陉城、广川都是赵国的地方。

⑧ 疏荡：疏放、跌宕，即挥洒自如，不受拘束。

⑨ 动乎其言：发于言辞。见乎其文：表现于文章。

⑩ 邻里乡党：按《周礼·地官》，古时以五家为邻，二十五家为里，五百家为党，一万二千五百家为乡。

⑪ 百氏之书：诸子百家的著作。

⑫ 汩（gǔ）没：沉沦埋没，无所成就。

⑬ 决然：《栾城集》作"泱"，今据别本改。舍去：指离开家乡。苏辙于宋仁宗嘉祐元年（1056）与父兄经成都、长安、洛阳到汴京。

⑭ 秦汉之故都：秦都咸阳（今陕西省咸阳市），西汉都长安（今陕西省西安市），东汉都洛阳（今河南省洛阳市）。

⑮ 恣观：纵情观览。终南：终南山，在陕西省西安市南，是秦岭的主峰之一。嵩：嵩山，在河南省登封市北，古时称中岳。华：华山，在陕西省渭南县境，古称西岳。

⑯ 想见：想象，追思。

⑰ 仓廪（lǐn）：粮仓。府库：官府储藏财货的库房。池：指护城河。苑：帝王养禽兽植林木的地方。囿：动物园。

⑱ 翰林欧阳公：欧阳修于宋仁宗至和元年（1054）官翰林学士，

嘉祐二年知贡举（即任主考官），苏氏兄弟就在这一科考取进士。

⑲ 四夷：指边境上的少数民族。惮以不敢发：韩琦曾在宋仁宗康定元年至庆历三年（1040—1043）与范仲淹经略陕西，阻止西夏的进犯，当时民谚说："军中有一韩，西贼闻之心胆寒。军中有一范，西贼闻之惊破胆。"他在镇守并州（今山西省太原市一带）时，收回契丹侵占的土地，稳定了边防。惮：害怕。发：发动侵扰。

⑳ "入则"二句：周公、召公都是周武王的名臣，共同辅佐成王，周公姓姬名旦，召公姓姬名奭（shì）。方叔、召虎都是周宣王的大臣，方叔征玁（xiǎn）狁（yǔn）有功，召虎曾讨平淮夷。玁狁是上古时北方的少数民族。淮夷指淮水沿岸到黄海边的夷族。

㉑ 不志其大：志向不在大处。

㉒ 自壮：激励自己的壮气。

㉓ 向之来：以前来京。指嘉祐元年入京。

㉔ 升斗之禄：微薄的俸禄。

㉕ 偶然得之：指这次考中进士。

㉖ 赐归待选：宋时文人考中进士后，还要等待吏部的选拔。

㉗ 益治其文：更努力地研究作文。

㉘ 辱教之：不以教我为耻辱。

译 文

太尉执事：辙天生爱好作文，对其中的道理想得很深。以为文章是由气所形成的，但作文不可以专靠学习文辞而成为能手，气则可以靠培养而得到充实。孟子说："我善养自己的浩气。"今天看他的文章，宽厚宏博，充满于天地之间，与他气的大小相称。太史公走遍天下，周游博览四海名山大川，与燕、赵之间的豪杰才俊交游，所以他的文章疏放跌宕，挥洒自如，很有奇气。这两位先生，难道曾拿着笔学过写这样的文章吗？它的气充实于心中，而溢出于形貌，发于言辞而表现于文章，全都是不知不觉的。

辙出生有十九年了。住在家里时所交游的，不过是乡里邻居；所见到的，不过是几百里之间，没有高山大平原可供登临游览，开阔眼界。诸子百家的著作虽然无所不读，但都是古人的陈旧事迹，不足以激发人的志气。我生怕就此沉沦埋没，所以毅然抛离故乡，寻求天下的奇闻壮观，以了解天地的广大。经过秦汉的故都，纵情观赏终南山和嵩山、华山的高大，北望黄河的奔流，慨然追想古代的英雄豪杰。到达京师，瞻仰天子宫阙的壮丽，以及粮仓、府库、城池、皇家园林的富裕宽广，然后才知道天下的壮美。见到翰林欧阳公，听到他议论的宏伟博辩，看到他容貌的秀美魁伟，与他的门人和贤士大夫交游，然后才知道天下的文章都集中在这里。太尉以才能韬略为天下第一，天下之人依靠您就没有忧虑，四境外族畏惧您而不敢作乱，入朝则成为周公、召公这样的辅相，出外则成为方叔、召虎这样的名将，然而苏辙还未能见到。

再说人的学习，志向不在大处，学得虽多又有什么用？苏辙这次来京，于山已见到终南、嵩、华的高大，于水已见到黄河的宽阔深广，于人已见到欧阳修，但还未能见到太尉。所以希望得以瞻仰贤人的丰采，听您一句话而激励自己的壮气，然后才算阅尽天下大观而没有遗憾了。

辙年少，未能通晓做官的业务。前不久来京，并不是为了谋取升斗禄米。这次偶然得中，也不是我所乐意的。但幸而得蒙朝廷赐我归乡候选，使我可以再从容地闲游几年。我将回去更努力地研治作文，同时也学习理政。太尉如认为我还可教，而又不以教我为耻，则更是我的幸运了。

黄州快哉亭记

题　解

这篇文章写于宋神宗元丰六年（1083），当时苏辙被贬到筠州监盐酒税。苏轼贬在黄州，为同贬在黄州的张梦得所修筑的一座亭子题名为“快哉”，苏辙便写了这篇记。文中极力铺叙在亭上观景览古的快意，并通过解释“快哉”二字的出处，抒写了不计较政治得失的淡泊情怀，文势汪洋，笔力雄壮。

江出西陵①，始得平地，其流奔放肆大②。南合沅湘③，北合汉沔④，其势益张⑤。至于赤壁之下⑥，波流浸灌⑦，与海相若。清河张君梦得谪居齐安⑧，即其庐之西南为亭⑨，以览观江流之胜，而余兄子瞻名之曰“快哉”。

盖亭之所见⑩，南北百里，东西一舍⑪。涛澜汹涌，风云开合。昼则舟楫出没于其前，夜则鱼龙悲啸于其下。变化倏忽⑫，动心骇目，不可久视。今乃得玩之几席之上⑬，举目而足⑭。西望武昌诸山，冈陵起伏，草木行列⑮，烟消日出，渔夫樵父之舍，皆可指数：此其所以为快哉者也。至于长洲之滨⑯，故城之墟⑰，曹孟德、孙仲谋之所睥睨⑱，周瑜、陆逊之所骋骛[19]，其流风遗迹，亦足以称快世俗[20]。

昔楚襄王从宋玉、景差于兰台之宫[21]，有风飒然至者，王披襟当之，曰："快哉此风！寡人所与庶人共者耶？"宋玉曰："此独大王之雄风耳，庶人安得共之！"玉之言盖有讽焉[22]。夫风无雌雄之异，而人有遇不遇之变[23]；楚王之所以为乐，与庶人之所以为忧，此则人之变也，而风何与焉[24]？士生于世，使其中不自得[25]，将何往而非病[26]？使其中坦然，不以物伤性[27]，将何适而非快[28]？今张君不以谪为患[29]，窃会计之馀功[30]，而自放山水之间，此其中宜有以过人者[31]。将蓬户瓮牖[32]，无所不快；而况乎濯长江之清流，揖西山之白云[33]，穷耳目之胜以自适也哉！不然，连山绝壑，长林古木，振之以清风，照之以明月，此皆骚人思士之所以悲伤憔悴而不能胜者[34]，乌睹其为快也哉[35]！

元丰六年十一月朔日，赵郡苏辙记[36]。

① 江：长江。西陵：西陵峡，长江三峡之一，又名夷陵峡、巴峡。在湖北省巴东县与宜昌市之间。

② 肆大：水流因无峡谷束缚而变开阔。

③ 沅：沅水，又称沅江。湘：湘江。两条河流都在长江南岸，主要在湖南省境内，向北流入洞庭湖，注入长江。

④ 汉：汉水。沔（miǎn）：汉水上源，从陕西省西南部流出，流经陕西省勉县南，称沔水，到汉中，便称为汉水，在武汉市入长江。

⑤ 益张：更加盛大。

⑥ 赤壁：指湖北省黄冈市城外的赤鼻矶。

⑦ 浸（jìn）灌：汇注，形容水势浩荡。

⑧ 清河：郡名，今河北省清河县。张梦得：据王文诰《苏诗总案》卷二十二说，就是张怀民，见苏轼《记承天寺夜游》一文。齐安：郡名，即黄州。

⑨ 即：就着。

⑩ 亭之所见：从亭上望出去所见到的。

⑪ 一舍：三十里。古代行军每天走三十里宿营，称为一舍。

⑫ 倏（shū）忽：迅速。

⑬ 玩之几席之上：在亭中的几席上就可赏玩。几：小桌子。

⑭ 举目而足：抬起眼睛就可看个够。

⑮ 行列：成行成排。

⑯ 长洲：江中长条形的沙洲。黄冈市附近的长江中沙洲很多。

⑰ 故城之墟：指三国时吴国的故都。孙权在黄初元年（220）从公安迁到武昌（今湖北省鄂州市）。北宋时黄州对岸还有孙权故宫。墟：遗址。

⑱ 孙仲谋：孙权，字仲谋。睥（bì）睨（nì）：斜视，傲慢的样子。

⑲ 周瑜：字公瑾，赤壁之战中吴军的主帅。陆逊：字伯言，吴国的将军，曾在荆州袭击关羽，并大破刘备伐吴的大军，打败魏将曹休，后来在武昌整军，曾两次驻节黄州。骋：直驰。骛：乱驰。

⑳ 称快世俗：使世人称快。

㉑ “昔楚襄王”等句：这一段录自宋玉的《风赋》，只是将原文简化了。宋玉：郢人，楚国大夫。屈原死后，他与唐勒、景差等人都以擅长辞赋著称。当时楚襄王骄奢，宋玉便写了这篇《风赋》来讽劝他。兰台：在今湖北省钟祥市东。这一节说明“快哉”二字的出处。

㉒ 盖有讽焉：盖，表示推断的语气词。讽：劝告。

㉓ 遇不遇之变：遇时和不遇时的不同。遇：指一个人的际遇，如能赶上好时机，受到赏识重用，就是所谓“遇”。

㉔ 何与（yù）：有什么相干。与：参与。

㉕ 其中：他的心中。不自得：不自在，没有自得之乐，不能坦然对待遇与不遇的问题。

㉖ 病：忧愁、抑郁。

㉗ 以物伤性：因外物的影响而损伤精神。物：指外界条件、环

境等。

㉘ 适：往。

㉙ 患：忧虑。

㉚ 窃：私下利用。会（kuài）计：指征收钱谷等事务。馀功：剩余时间。

㉛ 宜：应当。有以过人者：有超过常人的地方，指心胸豁达，不同于一般人因谪居而忧思难解。

㉜ 将：即使、假令。蓬户：蓬草编的门。瓮牖：破瓮口做的窗。指穷人的住所。

㉝ 揖：拱手行礼，这里形容人与白云相对。

㉞ 骚人思士：心中怀有牢骚忧思的人。不能胜：经受不了，禁不起。

㉟ 乌覩（dǔ）：哪里看得出。覩：同“睹”。

㊱ 赵郡：苏辙先世是赵郡栾城（今河北省赵县）人。

译 文

长江流出西陵峡，才上了平地，江水奔流开阔，南与沅水、湘水汇合，北与汉水合流，水势更加盛大。到了赤壁下面，波流灌注，与海相似。清河张君梦得被贬到齐安郡，就在他住所的西南建亭，以观览江流的胜景，我的兄长子瞻为它起名叫“快哉”。

亭上所能望见的地方，南北一百里，东西三十里。波涛汹涌，风云变化。早晨船只在亭前出没，夜晚鱼龙在亭下悲鸣。变幻迅速，惊心骇目。从前无亭，这些景致不能久看。现在可以在亭中的几旁席上赏玩，抬起眼睛就能看个饱。西望武昌各山，丘陵起伏，草木成行。烟消日出，渔父樵夫的屋舍，都可用手指点数：这是它之所以名为快哉亭的原因呵！至于沙洲水滨，故城遗址，曹操孙权相互傲视的气概，周瑜陆逊驰骋战场的功业，其遗风故迹，也足以使世人称快。

从前楚襄王随宋玉、景差到兰台之宫，有风飒飒而来，大王敞开衣襟来兜着，说：“快哉此风！是寡人与平民所共有的吗？”宋玉说：“这只是大王的雄风罢了，平民怎能共有？”宋玉的话是有所讽劝的。风并没有雌雄的不同，而人有遇时和不遇时的差别。楚王之所以为此快乐，平民之所以为此忧愁，这只是人的不同，与风有什么相干呢？士生在世上，如果心里不自在，那么到哪里才会没有忧愁呢？如果心里坦然，不因外物损伤精神，那么到哪里都不会不快活！现在张君不因贬谪而忧虑，在征收钱谷之余暇，偷闲漫游，放浪于山水之间，他的心胸当有超过常人之处。即使是蓬草作门，破瓮为窗，也没有什么不愉快。何况在长江清流中洗濯，与西山白云相对，可使耳目享尽美景而自求安适呢？不然，连山深谷，长林古木，为清风所振荡，为明月所映照，这都是心中怀忧的人士之所以悲伤憔悴而不能禁受的景物，哪里还能从中看出快意呢？

元丰六年十一月朔日，赵郡苏辙记。

国家新闻出版广电总局
首届向全国推荐中华优秀传统文化普及图书

大家小书书目

国学救亡讲演录	章太炎 著 蒙 木 编
门外文谈	鲁 迅 著
经典常谈	朱自清 著
语言与文化	罗常培 著
习坎庸言校正	罗 庸 著 杜志勇 校注
鸭池十讲（增订本）	罗 庸 著 杜志勇 编订
古代汉语常识	王 力 著
国学概论新编	谭正璧 编著
文言尺牍入门	谭正璧 著
日用交谊尺牍	谭正璧 著
敦煌学概论	姜亮夫 著
训诂简论	陆宗达 著
金石丛话	施蛰存 著
常识	周有光 著 叶 芳 编
文言津逮	张中行 著
经学常谈	屈守元 著
国学讲演录	程应镠 著
英语学习	李赋宁 著
中国字典史略	刘叶秋 著
语文修养	刘叶秋 著
笔祸史谈丛	黄 裳 著
古典目录学浅说	来新夏 著
闲谈写对联	白化文 著
汉字知识	郭锡良 著
怎样使用标点符号（增订本）	苏培成 著
汉字构型学讲座	王 宁 著

诗境浅说	俞陛云　著
唐五代词境浅说	俞陛云　著
北宋词境浅说	俞陛云　著
南宋词境浅说	俞陛云　著
人间词话新注	王国维　著　滕咸惠　校注
苏辛词说	顾　随　著　陈　均　校
诗论	朱光潜　著
唐五代两宋词史稿	郑振铎　著
唐诗杂论	闻一多　著
诗词格律概要	王　力　著
唐宋词欣赏	夏承焘　著
槐屋古诗说	俞平伯　著
词学十讲	龙榆生　著
词曲概论	龙榆生　著
唐宋词格律	龙榆生　著
楚辞讲录	姜亮夫　著
读词偶记	詹安泰　著
中国古典诗歌讲稿	浦江清　著 浦汉明　彭书麟　整理
唐人绝句启蒙	李霁野　著
唐宋词启蒙	李霁野　著
唐诗研究	胡云翼　著
风诗心赏	萧涤非　著　萧光乾　萧海川　编
人民诗人杜甫	萧涤非　著　萧光乾　萧海川　编
唐宋词概说	吴世昌　著
宋词赏析	沈祖棻　著
唐人七绝诗浅释	沈祖棻　著
道教徒的诗人李白及其痛苦	李长之　著
英美现代诗谈	王佐良　著　董伯韬　编
闲坐说诗经	金性尧　著
陶渊明批评	萧望卿　著

古典诗文述略	吴小如　著
诗的魅力 ——郑敏谈外国诗歌	郑　敏　著
新诗与传统	郑　敏　著
一诗一世界	邵燕祥　著
舒芜说诗	舒　芜　著
名篇词例选说	叶嘉莹　著
汉魏六朝诗简说	王运熙　著　董伯韬　编
唐诗纵横谈	周勋初　著
楚辞讲座	汤炳正　著 汤序波　汤文瑞　整理
好诗不厌百回读	袁行霈　著
山水有清音 ——古代山水田园诗鉴要	葛晓音　著
红楼梦考证	胡　适　著
《水浒传》考证	胡　适　著
《水浒传》与中国社会	萨孟武　著
《西游记》与中国古代政治	萨孟武　著
《红楼梦》与中国旧家庭	萨孟武　著
《金瓶梅》人物	孟　超　著　张光宇　绘
水泊梁山英雄谱	孟　超　著　张光宇　绘
水浒五论	聂绀弩　著
《三国演义》试论	董每戡　著
《红楼梦》的艺术生命	吴组缃　著　刘勇强　编
《红楼梦》探源	吴世昌　著
《西游记》漫话	林　庚　著
史诗《红楼梦》	何其芳　著 王叔晖　图　蒙　木　编
细说红楼	周绍良　著
红楼小讲	周汝昌　著　周伦玲　整理

曹雪芹的故事	周汝昌　著　周伦玲　整理
古典小说漫稿	吴小如　著
三生石上旧精魂 ——中国古代小说与宗教	白化文　著
《金瓶梅》十二讲	宁宗一　著
中国古典小说名作十五讲	宁宗一　著
古体小说论要	程毅中　著
近体小说论要	程毅中　著
《聊斋志异》面面观	马振方　著
《儒林外史》简说	何满子　著

我的杂学	周作人　著　张丽华　编
写作常谈	叶圣陶　著
中国骈文概论	瞿兑之　著
谈修养	朱光潜　著
给青年的十二封信	朱光潜　著
论雅俗共赏	朱自清　著
文学概论讲义	老　舍　著
中国文学史导论	罗　庸　著　杜志勇　辑校
给少男少女	李霁野　著
古典文学略述	王季思　著　王兆凯　编
古典戏曲略说	王季思　著　王兆凯　编
鲁迅批判	李长之　著
唐代进士行卷与文学	程千帆　著
说八股	启　功　张中行　金克木　著
译余偶拾	杨宪益　著
文学漫识	杨宪益　著
三国谈心录	金性尧　著
夜阑话韩柳	金性尧　著
漫谈西方文学	李赋宁　著
历代笔记概述	刘叶秋　著

周作人概观	舒　芜　著
古代文学入门	王运熙　著　董伯韬　编
有琴一张	资中筠　著
中国文化与世界文化	乐黛云　著
新文学小讲	严家炎　著
回归，还是出发	高尔泰　著
文学的阅读	洪子诚　著
中国文学1949—1989	洪子诚　著
鲁迅作品细读	钱理群　著
中国戏曲	么书仪　著
元曲十题	么书仪　著
唐宋八大家 ——古代散文的典范	葛晓音　选译
辛亥革命亲历记	吴玉章　著
中国历史讲话	熊十力　著
中国史学入门	顾颉刚　著　何启君　整理
秦汉的方士与儒生	顾颉刚　著
三国史话	吕思勉　著
史学要论	李大钊　著
中国近代史	蒋廷黻　著
民族与古代中国史	傅斯年　著
五谷史话	万国鼎　著　徐定懿　编
民族文话	郑振铎　著
史料与史学	翦伯赞　著
秦汉史九讲	翦伯赞　著
唐代社会概略	黄现璠　著
清史简述	郑天挺　著
两汉社会生活概述	谢国桢　著
中国文化与中国的兵	雷海宗　著
元史讲座	韩儒林　著

魏晋南北朝史稿	贺昌群　著
汉唐精神	贺昌群　著
海上丝路与文化交流	常任侠　著
中国史纲	张荫麟　著
两宋史纲	张荫麟　著
北宋政治改革家王安石	邓广铭　著
从紫禁城到故宫 ——营建、艺术、史事	单士元　著
春秋史	童书业　著
明史简述	吴　晗　著
朱元璋传	吴　晗　著
明朝开国史	吴　晗　著
旧史新谈	吴　晗　著　习　之　编
史学遗产六讲	白寿彝　著
先秦思想讲话	杨向奎　著
司马迁之人格与风格	李长之　著
历史人物	郭沫若　著
屈原研究（增订本）	郭沫若　著
考古寻根记	苏秉琦　著
舆地勾稽六十年	谭其骧　著
魏晋南北朝隋唐史	唐长孺　著
秦汉史略	何兹全　著
魏晋南北朝史略	何兹全　著
司马迁	季镇淮　著
唐王朝的崛起与兴盛	汪　篯　著
南北朝史话	程应镠　著
二千年间	胡　绳　著
论三国人物	方诗铭　著
辽代史话	陈　述　著
考古发现与中西文化交流	宿　白　著
清史三百年	戴　逸　著

清史寻踪	戴　逸　著
走出中国近代史	章开沅　著
中国古代政治文明讲略	张传玺　著
艺术、神话与祭祀	张光直　著
	刘　静　乌鲁木加甫　译
中国古代衣食住行	许嘉璐　著
辽夏金元小史	邱树森　著
中国古代史学十讲	瞿林东　著
历代官制概述	瞿宣颖　著

宾虹论画	黄宾虹　著
中国绘画史	陈师曾　著
和青年朋友谈书法	沈尹默　著
中国画法研究	吕凤子　著
桥梁史话	茅以升　著
中国戏剧史讲座	周贻白　著
中国戏剧简史	董每戡　著
西洋戏剧简史	董每戡　著
俞平伯说昆曲	俞平伯　著　陈　均　编
新建筑与流派	童　寯　著
论园	童　寯　著
拙匠随笔	梁思成　著　林　洙　编
中国建筑艺术	梁思成　著　林　洙　编
沈从文讲文物	沈从文　著　王　风　编
中国画的艺术	徐悲鸿　著　马小起　编
中国绘画史纲	傅抱石　著
龙坡谈艺	台静农　著
中国舞蹈史话	常任侠　著
中国美术史谈	常任侠　著
说书与戏曲	金受申　著
世界美术名作二十讲	傅　雷　著

中国画论体系及其批评	李长之　著
金石书画漫谈	启　功　著　赵仁珪　编
吞山怀谷 ——中国山水园林艺术	汪菊渊　著
故宫探微	朱家溍　著
中国古代音乐与舞蹈	阴法鲁　著　刘玉才　编
梓翁说园	陈从周　著
旧戏新谈	黄　裳　著
民间年画十讲	王树村　著　姜彦文　编
民间美术与民俗	王树村　著　姜彦文　编
长城史话	罗哲文　著
天工人巧 ——中国古园林六讲	罗哲文　著
现代建筑奠基人	罗小未　著
世界桥梁趣谈	唐寰澄　著
如何欣赏一座桥	唐寰澄　著
桥梁的故事	唐寰澄　著
园林的意境	周维权　著
万方安和 ——皇家园林的故事	周维权　著
乡土漫谈	陈志华　著
现代建筑的故事	吴焕加　著
中国古代建筑概说	傅熹年　著
简易哲学纲要	蔡元培　著
大学教育	蔡元培　著 北大元培学院　编
老子、孔子、墨子及其学派	梁启超　著
春秋战国思想史话	嵇文甫　著
晚明思想史论	嵇文甫　著
新人生论	冯友兰　著

中国哲学与未来世界哲学	冯友兰　著
谈美	朱光潜　著
谈美书简	朱光潜　著
中国古代心理学思想	潘　菽　著
新人生观	罗家伦　著
佛教基本知识	周叔迦　著
儒学述要	罗　庸　著　杜志勇　辑校
老子其人其书及其学派	詹剑峰　著
周易简要	李镜池　著　李铭建　编
希腊漫话	罗念生　著
佛教常识答问	赵朴初　著
维也纳学派哲学	洪　谦　著
大一统与儒家思想	杨向奎　著
孔子的故事	李长之　著
西洋哲学史	李长之　著
哲学讲话	艾思奇　著
中国文化六讲	何兹全　著
墨子与墨家	任继愈　著
中华慧命续千年	萧萐父　著
儒学十讲	汤一介　著
汉化佛教与佛寺	白化文　著
传统文化六讲	金开诚　著　金舒年　徐令缘　编
美是自由的象征	高尔泰　著
艺术的觉醒	高尔泰　著
中华文化片论	冯天瑜　著
儒者的智慧	郭齐勇　著

中国政治思想史	吕思勉　著
市政制度	张慰慈　著
政治学大纲	张慰慈　著
民俗与迷信	江绍原　著　陈泳超　整理

政治的学问	钱端升　著	钱元强　编
从古典经济学派到马克思	陈岱孙　著	
乡土中国	费孝通　著	
社会调查自白	费孝通　著	
怎样做好律师	张思之　著	孙国栋　编
中西之交	陈乐民　著	
律师与法治	江　平　著	孙国栋　编
中华法文化史镜鉴	张晋藩　著	
新闻艺术（增订本）	徐铸成　著	
经济学常识	吴敬琏　著	马国川　编
中国化学史稿	张子高　编著	
中国机械工程发明史	刘仙洲　著	
天道与人文	竺可桢　著	施爱东　编
中国医学史略	范行准　著	
优选法与统筹法平话	华罗庚　著	
数学知识竞赛五讲	华罗庚　著	
中国历史上的科学发明（插图本）	钱伟长　著	

出版说明

“大家小书”多是一代大家的经典著作，在还属于手抄的著述年代里，每个字都是经过作者精琢细磨之后所拣选的。为尊重作者写作习惯和遣词风格、尊重语言文字自身发展流变的规律，为读者提供一个可靠的版本，“大家小书”对于已经经典化的作品不进行现代汉语的规范化处理。

提请读者特别注意。

北京出版社